一个人的跋山涉水

喇嘛哥 著

陕西新华出版
陕西旅游出版社

图书在版编目（C I P）数据

一个人的跋山涉水 / 喇嘛哥著. — 西安 : 陕西旅游出版社, 2023.10（2025.3重印）

ISBN 978-7-5418-4469-0

Ⅰ. ①一… Ⅱ. ①喇… Ⅲ. ①长篇小说－中国－当代 Ⅳ. ①I247.5

中国国家版本馆 CIP 数据核字(2023)第 101985 号

YIGEREN DE BASHANSHESHUI
一个人跋山涉水 喇嘛哥 著

责任编辑：贺 姗
出版发行：陕西旅游出版社
（西安市曲江新区登高路 1388 号 邮编：710061）
电 话：029-85252285
经 销：全国新华书店
印 刷：永清县晔盛亚胶印有限公司
开 本：787mm×1092mm 1/16
印 张：13.75
字 数：200 千字
版 次：2023 年 10 月 第 1 版
印 次：2025 年 3 月 第 2 次印刷
书 号：ISBN 978-7-5418-4469-0
定 价：59.00 元

序

《一个人的跋山涉水》是喇嘛哥的首部散文体小说，我跟另一个朋友比较早地拿到了初稿。

某个周末的上午，我倚靠在阳台的椅子上慢慢读下去。

喇嘛哥写道："大爸去世后，我不能去大爸住过的地方，也不能看到大爸的旧物或遇见认识大爸的人，那时会忍不住要哭。"

这样的心情，像极了当年父亲去世后我的心情。

这是精准击打吗？我低下头泪流满面。

又读不下去了。

上一次读不下去，是因为喇嘛哥的苦难经历：他刚生下来就被扔在沙漠里，养父母把他捡回家养到 8 岁时双双过世，他成了孤儿，跟一条叫黑虎的狗度过整个寒冬。那时他仅仅是一个 8 岁的孩子……回到亲生父母家后，10 岁时，二姐失踪了，母亲疯了，父亲又离家出走，他跟仅大他 4 岁的姐姐撑起支离破碎的家。

岂止是苦难，这是不幸的一次又一次叠加。我心里被堵得透不过气来，扔下稿子跑到外面，开车在街上转了大半天才缓过神来。

喇嘛哥说："我从不感谢苦难，我也不歌颂苦难。那些熬过去的黑暗里，总会有一轮明月照到西楼，五颜六色的生活，我怎么舍得过成乱七八糟？"

我做完胃息肉切除手术后，给自己写了一个清单：每天早睡早起、睡 8 小时、喝 8 杯水、吃营养餐……

那时，喇嘛哥的音乐团队在为一场演出加紧排练。晚上 9 点，我说我必须回家，喇嘛哥默默点一下头；一帮人出去吃饭，我说，请给我倒白开水，我不喝饮料不喝茶当然也不喝酒；大家应邀去一个农场玩，我小心翼翼地说，旁边的镇子有新冠病例，我怕不能去……喇嘛哥转身走开了。

另一个事实是，早回家也照样失眠，看手机熬到凌晨，第二天起来眉目浮肿，脾气暴躁，稍遇不顺就脑门子蹿火；所谓的营养餐顶不到晚上 10 点就饿得饥肠辘辘，再吃就是宵夜，体重还上去了。

所以就是，我给自己写了个所谓健康清单，结果吃不好睡不好过不好，把自己整抑郁了。

朋友红梅姐温柔地说："要是身体没问题，自己要心安，不要太多虑。"

喇嘛哥已经忍无可忍："你这段时间变了你知道不？你焦虑健康，还给自己心理暗示，你整个状态都不对了你知道不？你不能这样！"

被宽慰了，也被训了，我回家踏踏实实地睡着了。

有这样的朋友，也实在是人生幸事。

大家有一次聊到推广旅游资源的话题，就说："喇嘛哥你有那么多粉丝，去景区拍点素材，再加上你本人用当地话解说，效果一定不错。"

喇嘛哥说可以试试。

我用 2 天时间写了 3 个文案，回头一刷手机，喇嘛哥已经完成了 3 个完整的中视频创作，从文案到实地拍摄到剪辑到发布，而且反响极好。

我只好抓耳挠腮，连夜写完剩下的文案，表示自己还能跟得上这种节奏。

先起飞，再调整姿势；先出发，再调整步伐。刚说好动身去远方，他已经收拾好行囊，"啪"地一声把旅行包扔脚边了。你跟不跟吧？

我有时候说："你一个人活得像一支部队，在各种创作间来回切换、自由舞蹈。"这些年，喇嘛哥写了 8 本书，创作了 400 多首原创歌曲，拍了几十部微电影……

我们都是被围困在钢筋水泥和沙里的囚徒，请你坚持表达，继续做一个会讲故事的人，让人生的剧本更丰富、充盈和美好。

写这话的时候，中秋节到了，喇嘛哥也即将返程云南民宿。群里一帮朋友已经约着要同去。他说，民宿的云海现在最好看，随即就发出来若干张无比华美壮观的云海照，看得人心醉。

与谁同坐？明月清风云海，还有朋友和酒。

高俪萍

目录

楔子

这几天看电视剧《人世间》，突然有一种冲动，想把我这四十八年见证和经历的事情记录下来；只不过，我的“人世间”仿佛被一场一场风肢解得破碎而凌乱，庸常而漫长，变成了这马不停蹄的岁月。

于是便有了这个所谓的前言。

人真是一种奇怪的动物，活着活着就会觉得有一些词仿佛是专门为一些人定制的，不管在任何地方看到这个词，关于这个词后面的那个人就会跋山涉水出现在他的脑海里。

她的笑容、举手投足，甚至是那些忧伤，都会复原，就好像一个人想念另一个人，不辞辛劳地奔赴，只为远远地看你一眼，又消失得无影无踪！

比如有个词叫“阴天”。我一直觉得这个词充满仪式感。雨丝里有一些泥土的味道，年轻的阿爸会穿上雨衣，就像一个等待号角响起的战士，果敢地冲进雨幕里，往羊圈里背草料。当然，羊们比我淡定，它们知道，这一天不仅可以四平八稳地、慵懒地躺到自然醒，而且可以心不在焉地吃着送到嘴边的草料，热络地和旁边的同伴讲述着比远古还遥远的往事。最可气的是，这些羊们，即使吃着最好的草料，也一副心安理得的样子，一点感激的神情都没有，眼皮都懒得抬起，不肯配合一下这千辛万苦的付出，简直枉费了阿爸雨幕中的辛苦。阿爸总是这么任劳任怨，他好像对每一场雨的到来都心存感激，即使雨水划过他那古铜色的脸庞，也掩饰不住他那莫名的兴奋。他有点空闲就和阿妈互相祝贺着这场大雨。

阿妈比阿爸矜持一些。黎明时分，她会掖紧我的被子，探过身子向父亲求证：“嗨，下雨啦？”

我很奇怪，阿爸和阿妈很少叫对方的名字，他们之间总是用“嗨”来代替对方，就像一个人和另一个自己在说话一样，从来不需要铺垫，他们默契到了无须解释。比如，阿妈说下雨啦，父亲接下来的一系列动作就像排列好的程序：先掖紧我的被子，突兀地用满是胡楂的脸亲亲我的脸颊，嘴里像羊一样含糊不清地咕噜着：“长长长长大啦，长长长长大啦。”接着一骨碌爬起来，草草地穿戴好，迅速走了出去，从羊圈到马棚巡视一圈，然后带着一身水汽回来。不管多早，阿爸肯定开始生火熬茶，向阿妈汇报一下雨有多大、跟上一场雨相比阵势如何、羊们马们都安然无恙，等等。接着开始和阿妈做雨后的一些规划，比如，门前的荒地能种西瓜了，板定秋后就能上学了，借着这下雨的空闲，是不是该请西山梁那边的蒙医大夫来家喝点酒，感谢人家。

每当这时，阿妈也总是赖在炕上，少女一样慵懒地半躺着，像个将军一样指挥着父亲：水开了，能放茶叶啦；把冬天晾好的干羊肉拿出来，炖上；等天晴了，该晒晒被子啦；等等。父亲也总是像个接到命令的跟班，很少反驳母亲，默默地、有条不紊地干着活儿。

不过有两次，他们不知道因为什么大声地争辩起来。最匪夷所思的是，他们在这个时候会叫对方的全名，并且凭空给对方升上一些辈分，比如阿妈叫阿爸是巴存德的爷爷，阿爸叫阿妈老姑奶奶高娃！接着他们开始绕开吵架的缘由，跑题十万八千里，念诗一样说着类似于“没本事的山羊脾气大，年久的夜壶臊气重”等等的话。那时候我就探出头来，重重地咳嗽，他们就瞬间噤声了。但手中的盆碗就跟着倒霉了，声响比平日里重很多倍!

我知道即使这样，他们的对峙天明前也就自然消停了，因为阿妈的记性不好，起床后开始筹备过阴天的各种聚会的东西时，总是需要父亲的帮助。她就会赔着笑和父亲和解，父亲也会顺势下了台阶，骑着马去邀请朋友聚会。

接下来，家里会来很多人，他们从一场雨谈到秋后的收成，从一场雨幻想草原的丰茂，接着会从一个人讲到另一个人，讲到情义，讲到想念，然后找各种理由唱歌，一首接着一首。他们会沉浸在歌声里，会热泪盈眶，会哄堂大笑，会憧憬，会哀伤。他们借着歌唱抒发自己的情绪，借着歌声倾诉自己的遭遇。

那时候，我极其讨厌他们唱歌，总是不明白，为什么那么熟悉的人却要借着歌声和酒劲说那么深情的话？有时候，我会一个人站在沙梁上看天，和身边的小草野花说话，会潜伏进羊群和它们斗智斗勇，看它们气急败坏的样子。当然也会有马失前蹄的时候，比如被头羊顶翻在地，被马桩刮破衣服，等等。

我一直以为，这些冗长而烦琐的景象会随着我的成长而被淡忘，我也不需要再听那些千篇一律的歌唱。谁知道，很多年后，无论在哪里，只要是阴天，那些人，那些景象，那些歌声，就会像海水一样涌来，填满我所有记忆和想念的缝隙，连他们擦拭眼泪的动作都清晰如昨，甚至连“天阴”两个字都显得气象万千和无比珍贵。

有时候我会固执地认为，一部分人住在梦里，一部分人住在词语里。

还比如有个词叫“窗明几净”。我总觉得那是大雪封路的某个午后，屋内炉火点点，炉上炖着羊肉，成片的阳光洒落进来，我坐在靠窗边的一角，看着三毛的书。读着读着就有很多思绪，有想表达的冲动。就在这时，有人推门进来，我定睛一看，是同学老五踏着大雪来看我，我们相拥在一起，讲述这些天分开的事情。那时候屋内窗明几净，屋外雪沫在风中飞扬，阳光斑斑点点，明暗交错。

多少年了，我一直觉得那种情景就是重逢的样子。多年后，我开始接触文字，就特别喜欢坐在明亮的窗前写作，光线一暗，就没有写作的冲动，喝酒之后更是毫无兴致写作。了解我的朋友也总说：“你这种做派就没有文人气质，还信誓旦旦地说，真正的文人喜欢在昏暗的灯下‘斗酒诗百篇’，可惜你那酒量啦！”

还比如有个词叫“远方”，总会和乡愁揪扯在一起。每次说起远方，我心里总出现整个草原，坐在我对面的，都是一些脸庞纯朴的牧人，他们的脸上挂着喜极而泣的泪水。我的心里头这时无比安然，暗暗窃喜，这就是故乡的样子。每一个乡人眼里始终闪着热切的、憧憬的光芒，谁也不想说破，这热切的重逢之后，是一场漫长的分开，我甚至来不及告诉他们，我因为他们而骄傲！

再比如有个词叫“柔软”。这个词总会让我记起一个人来，是在新疆遇见的一位大哥。他有魁梧的身材、冷峻的目光，但在讲起自己的妈妈时，那克制再克制的情绪，还是无法阻止那一句“妈妈我想……你”，但他终于用尽全力打败了一个“你”字，把它生生地咽了进去。同样咽进去的，估计还有想念、委屈、悲伤。他说他一生最遗憾的就是，从监狱里出来，妈妈已经不在了。每次说起妈妈，都会心疼到无法呼吸。说这话的时候，我看见他的泪水在眼眶蓄满后，径直弹落下来。那时候，我就想到一个词，叫柔软。尽管前不久，我们因为工作分歧，刚刚打过一架。有人在为我们调解关系的时候，无意中讲起妈妈，他当时的表现，就是被“柔软”两个字冲击和摧毁的，把一个那么彪悍的人，就这么突兀地打倒在地。

年龄越大越懂，人这一辈子，一出生就兵分两路，一部分交给了时间，一部分交给了命。

而我们跌跌撞撞走过的身影，注定会被一些词语收留，或者实在的、或者可感的、或者卑微的、或者温柔的。

不过，这些词，注定不会和伟大、创造、永远等大词并排出现，只会如他们当初来这个世界一样平凡和普通，他们与露珠、青草、歌声、争吵等词语并列出现，散发着一些想念的味道，成为留给这个世界最后的模样。

那一场被马不停蹄的岁月淹没的往事

一

我出生于1974年农历七月。

据说，那一年是少有的风调雨顺。进入六月，整整下了半个月的雨，本来就要进入初秋的大漠，居然出现了草长莺飞的春日景象。后来听大人们回忆，沙葱长得都能没过马的小腿，成片的沙葱花能绵延到天边。

可惜，在我出生的前几个小时，除了我母亲，一家人都在讨论谁去扔这个即将出生的孩子。作为一家之主的我父亲，在我二姐出生之后，就被贫穷吓怕了，断然决定，之后无论生男生女，都或扔或送，这个家庭是无法承受再养一个孩子的重担了。

我父亲仗着自己认识几个字，蒙汉语兼通，觉得整个腾格里大漠所有的女人都配不上他。尤其是我妈这个三岁死了父亲、从此寄居在婶娘家的女子，我父亲从一开始就没看上她。在他的心中，我妈的老实和懦弱约等于智商不足，只是苦于他自己的家境也很一般，除了我妈，他还能不能娶上老婆都两说。所以，他一边享受着我妈像奴仆一样供着他的感觉，一边对我妈各种挑剔。

而对于我妈来说，我父亲不仅仅是她的丈夫，还是她最后一根救命的稻草。我妈十七岁嫁给父亲，就觉得再无退路，只能一边小心翼翼地侍奉着无理取闹的父亲，一边卑微地照顾着全家的生活。

我父亲在我二姐出生之后，就说什么都不想再要孩子了，可偏偏我们家的孩子就像墙脚的野草，刚刚铲掉，过一段时间就又蓬勃地生长出来。那时候也没有什么节育的工具，我父亲总是蛮不讲理地把有孩子的责任全部推给我母亲。我妈也无力反驳，不管有和没有，都必须要像正常女人一样操持家务，直到孩子生下来，然后听候我父亲的发落。

据说在我二姐之后，我妈在除夕夜还生过一个男孩。我父亲觉得这是一件特别晦气的事情，责令当年还很小的大哥和二哥把那孩子扔到荒野。很多年后，二哥每次讲起这件事来，还对那一夜的情景心有余悸，用当地人的话说，输胆了。从此，我妈只要怀孕，大哥和二哥就斩钉截铁地发誓，宁愿离家出走也休想让他们再去处理任何一个孩子。

我三姐就是在这种情况下存活下来的。我三姐出生在中秋节那天，我父亲从邻居家串门回来，听见我三姐的哭声，二话没说，转身又骑马走了。很快，整个腾格里大漠的人都知道了我们家有个女婴要送人。后来听大姐说，离我们家不远的一户人家，夫妻俩三十多岁都没有孩子，就犹豫着要不要抱走我三姐，给他们家冲喜。

我三姐也真是与我们家有缘，那户人家抱回我三姐三个月后，那个多年不生育的女主人居然怀孕了。有了自己的孩子后，我三姐就变成了别人家多余的孩子。听我大姐说，是我爷爷去那户人家喝茶，看到被扔在墙角的我三姐。恰好那时，我三姐竟然对我爷爷灿烂地笑了一下，我爷爷就擅自把我三姐抱了回来。

我三姐的遭遇大概让我妈非常懊悔，有四五年的时间，我妈的肚子再没有怀孕的迹象。就在我妈以为她终于到了闭经的年龄、可以掉以轻心的时候，我宣布要来人间了。从知道怀了我的那一天起，我们全家都陷入了焦虑中。我妈故意从院墙上往下跳，或者骑马狂奔，想把我终止在出生之前，以后也少遭厄运，可惜我毫无反应。

接下来的日子，我父亲除了责难我母亲，就是命令他的几个孩子负责扔掉即将出生的我。三姐还是一个四五岁的孩子，根本指望不上；大姐、二姐毕竟是女孩，说得多了，就知道哭；大哥和二哥有了上一次扔孩子的经历，宁愿被打死也不愿去扔他们的弟弟或者妹妹。我就在大家还没有达成统一意见的时候，来到人间！

我父亲一想到家里多了一个人，就意味着日子会更艰难一些，只好硬着头皮亲自把我扔到沙漠里。

以上这些经历，都是很多年后，我在几个哥哥姐姐以及我妈和邻居断断续续的回忆中拼接起来的。

二

我的命真大，我出生的日子，是当地人认为比命还硬的一个日子。

据说，我在沙漠里活了一天一夜，野狗不遇，老鹰躲过，恰巧被来这片草原帮别人家放羊的、一个叫道尔吉的、身体有点残疾的男子看到了。

那时，他的妻子，一个从出生就被宣判为患有先天性心脏病的、终身不能生育的、名叫高娃的女子，正在和丈夫为不能拥有自己的孩子而郁郁寡欢。我的出现，他们一致认为这一定是长生天的恩赐。

他们抱回了我，又生怕扔掉孩子的这家人突然反悔，夫妻俩反复盘算，最后连夜返回自己的老家，一个叫图克木的地方。

这是我的故乡。我现在闭上眼都能清晰地记得，从我们家出发，多少步的地方，有一条小河，甚至连小河的走向、波光粼粼的样子，都记得真真切切；我也记得，我们家屋后那棵老柳树，以及离最近的小伙伴图雅和吉雅家的距离；我还记得，我的阿妈穿着深蓝色蒙古袍渐渐远去的样子；记得我的阿爸为我定做的冰车，以及我们每年去参加那达慕的情景。

阿妈除了每年在草发芽和草枯黄的时候，需要吃点蒙药外，她和全天下的妈妈一样，满眼都是孩子的未来。

阿妈是个极其热爱生活的人，每天从睁眼的那一刻起，就感觉整个草原都沸腾了，她像一个将军一样指挥着眼前的所有活物，连我沉默的阿爸看我阿妈的眼神都含着赞许的温柔。

阿妈的确是个有趣而浪漫的人。早晨的阳光照在冒着热气的奶茶锅上，她都觉得生活怎么可以美妙得如此不可思议。况且，在他们的眼里，我长高一厘米都是天大的喜事，甚至会果断地停止一切劳动，开始筹划如何庆祝。

阿妈是个有仪式感的人，即使只有我们一家三个人，她也会无比庄严而圣洁地举行仪式，比如在开饭前，先洗手、净身，然后和阿爸双双跪在先祖的挂像前，嘴里念念有词，然后点燃香火，再深情地凝视片刻后，才恢复到先前的喜悦。然后倒一点酒，对我们俩讲一番意味深长的话。等我长大后，才知道，她讲话的样子，像极了重大活动上致辞的领导们。很多词语都是平日里很少启动的大词，比如阿妈给阿爸敬酒的时候会说，给她丰功伟绩的丈夫敬酒；给我敬酒的时候则会说，给她苍天恩赐的儿子敬酒，然后自己一饮而尽。这一番仪式过后，整个屋子都仿佛变得气势恢宏起来。

阿妈除了有仪式感之外，天生还有文艺女青年的气质。她会毫不避讳地谈论孤独，尤其是从那达慕回来的时候，有客人要返程离开的时候，月光很好或者雨后踏着青草漫步的时候，她会一个人站在高处，小声地唱着忧伤的歌；或者一个人望着远方，怅然地自语"真远啊"。她坐在月光里，微微闭上眼睛，深深地吸气。她还会穿上新衣服，明明知道无人欣赏，也会隆重地化妆，站在风中远望……

阿妈对我，除了不允许有讨吃相和浪费粮食，我要星星，她都愿意去给我摘的。她对我的纵容，引起了阿爸的极大不满，只是苦于阿妈的权威，阿爸只能用眼神表示对我的训斥。而我早就看穿了，阿爸的那点威严都是酝酿了很久的慈善，我一点也不怕他。阿爸除了对我的矫情有点不爽之外，他和阿妈一样把我宠到天上。

吉雅的奶奶说过，爱要细水长流，用完了就没有了。我觉得吉雅奶奶的话就像是咒语，在我八岁那年得到了验证！

现在我有时候还会想，如果不是我八岁那年遭遇的变故，我现在应该像所有牧民一样，娶妻生子，谈论着一场一场的大风，等着领草场补贴，送一个一个孩子离开草原上学，谋划着给儿女们盖房，操持着家务。

可惜，一切幸运，都在我八岁那年戛然而止。

先是那年春天的一天，我阿爸像往常一样叮嘱我要帮助阿妈接羔，他还要处理家务，谋划我秋天上学的事情，然后临时决定去河对岸淘点碎石，垒一个暖棚。结果，中午时分，邻居大叔骑着马飞奔过来，神情凝重地跟阿妈耳语了几句，我阿妈瞬间就瞪着眼睛，昏厥过去。

等阿妈醒过来的时候，我不得不接受一个残酷的事实，我的阿爸去世了！至今，我的阿爸是什么原因去世的，都是一个不解之谜。长大后，我和医生朋友聊起这件事，他们都认为可能是心梗发作！

阿爸去世之后，阿妈的全世界都塌了。她从枯草发芽时开始吃药，一直吃到下第一场雪。她每次看到我都会莫名地哀伤。我隐约觉得，我的童年就在阿爸离去的那几天结束了。

我学会了干活，学会了做饭，还试图去弄饲料，去救一只拉稀的羔羊。我也学会了去蒙医大夫那里抓药，去吉雅家请求奶奶来家里和我阿妈聊天。

阿妈也极力想像先前那样沸腾地生活。可是她越是故作轻松，越是力不从心。直到那年冬天，下了第二场雪的时候，阿妈连靠在窗前看我干活的力气都没有了。她的脾气也越发不好，常常半夜把我打醒，让我重复每个人的名字，呵斥我洗衣服、做饭。每次她让我做完这些，又非常后悔地抱着我哭。

直到我成家后，才理解了阿妈性格大变的原因：这是一个和死亡赛跑的母亲迫不得已的残忍。她只是想在她走之后，这个孩子可以独自活下来。

阿妈的离开是我预料之中的，除了恐惧，我没有感到悲伤和痛苦。

人真是一种奇怪的动物，我对四五岁发生的事情记忆犹新，却记不起阿妈离去时的所有细节，偶尔想起来，也是之后那漫长的三个月里支离破碎的生活。不知道什么原因，我平白无故就弄丢了那一段记忆，或者内心深处还有另一个我，“他”不停地和我对着干，让我忘掉那段回忆。

原来以为，我的“人世间”是从这里开始的，现在回过头来看，这只是我在人间的序曲。苦难和悲伤才刚刚开始，我将见证和参与另外一个家庭的命运。

他们是我在人间沸腾的那一束暖光

一

一个人幸福的底色完全取决于他童年的长短。

从家里发生变故的那一刻起，我一瞬间就长大了，像大人一般会失眠、操心和不安，也会像大人一样忧伤、孤独和茫然。幸亏我还有一个亲人，一条叫黑虎的狗。它和我一起看过凌晨三点的月亮，一起去河对岸寻找阿妈他们离去的地方。

好在阿爸阿妈都是善良的人，他们对别人的善意和热情，很快就变成了别人对我的帮助和回报。

记得当年有个羊羔错跑进我们家羊群，阿妈像有了心病一样执意要找到它的主人，并且这只羊羔还在我们家享受着贵宾一样的待遇。等到阿妈找到失散的羊羔主人时，那只羔羊已经长成一只膘肥体壮的成羊。羊的主人说起来还是阿妈的远房亲戚，比阿妈年长很多，但是论起辈分来还得叫我阿妈姑姑。

羊羔主人说什么都不占这么大便宜，可是阿妈很生气地驳斥道："我长这么大都没在别人的牛奶锅里伸过手指头，也没有在别人的马群里扔过套马杆。"

那人一边含着泪叩谢着阿妈，一边伸着大拇指表示对阿妈人品的肯定。想不到，这个人在听说我家的变故后，隔三岔五会来帮我把家里打理一下。

这个人叫巴特尔，他给我送来很多烙饼和炒米，然后无声地翻着羊粪，储备着草料，收拾着院子。他还教我一些生活常识。我也是从他那里知道，空气里有土腥味就是要刮大风啦；我的黑虎警觉地竖起耳朵，一定是有人来了。

他也是一个沉默的人，有时候看样子还想和我说一会儿话，但是看着我的眼睛，他的嘴唇就开始抽动，眼睛里蓄满了泪水，只好故意转头望向远方，突兀地来一句："我姑姑，好人，长生天，你睡着了吗？"

我其实没有他想象得那么难受，人面对如何活着时，想念和无助都退到其次了。有时候，我反过来安慰他："巴特尔哥，没事，我能行，阿妈教过我！"

他也不说什么，摇着头走了。不过，巴特尔哥最多也就隔三天，便会不辞辛苦地翻过沙梁来看我，有时候也动员我去他家生活。但我实在放不下黑虎，也隐隐感觉我要是再离开，这个家就真的没有了。万一阿妈阿爸从梦里回来，连个去处都没有了。

巴特尔哥把我当大人一样，和我谈未来，说他正在申请政府的帮助。

突然有一天，他非常严肃地和我商量，让我做好心理准备，然后十分艰难地说出了我的身世。

巴特尔哥告诉我身世没几天，他真的领着一个陌生人来了我们家。

来人说，他是我亲生父亲的哥哥，就是现在我叫"大爸"的人。他将会在接下来的三十多年，成为我人生最密切的参与者和见证者。我性格里的豪迈和热烈，甚至我的三观都与他有着密切的关系。他是让我对这个世界充满激情的那一束光。

很快，我就和大爸回到了亲生父母这边，我和老家图克木就此诀别。

年轻的时候，我一度刻意回避它的存在，每次想起它来，就仿佛置身于茫茫的旷野，四处是逆流的人群，唯独我一个人在穿行，那身前背后的苍茫成为我内心深处无法消除的底色。

我和巴特尔哥也是从那一天分别的，直到三十二年后的某个深秋，我已人到中年，被一种莫名的孤独和想念裹挟着活着的时候，梦里就会无比想念丢在老家的那一对亲人，于是鼓足勇气回去看看。

真是近乡情怯啊，好不容易安抚住的悲伤和想念在靠近故乡中一点一点地清晰。那时候我已经开始写歌，有一段旋律就从内心深处不断蜂拥而起，摁进去又翻滚起来。我像一个站在路边打问故乡消息的人，从每一个过往的人的脸上，寻找故乡的蛛丝马迹。

那时候，老家已经移民，整个图克木也已经还给了腾格里大漠。我在路过的一个小镇上加油，才发现，这个小镇正在举办一年一度的那达慕。有那么一刻，我还想，要是我阿妈还活着，她一定像所有爱美的女子一样，穿着最明艳的蒙古袍，穿梭在人群中，向每一个认识的人善意地微笑……

就在那一恍惚间，我居然真的清晰地听见有人叫我的小名。这个只有在图克木才有人叫的小名，已经在我的心底埋藏了二十多年，我想，这一定是幻觉。

就在我准备转身离开的时候，我又清晰地听见有人叫我。隔着尘土飞扬的路，我仔细寻找声音的来处，在人群和尘土中，终于看见一个佝偻的长者。他一边招手，一边蹒跚着向我走来。

我万万没有想到，那位长者居然就是我那年一别再未见面的巴特尔哥。

他确认是我的时候，颤抖着掏出一块手帕，抹着眼泪，不知从何说起。我们俩就隔着尘土和嘈杂的人声，像一对失散已久的孩子，蹲在地上哭。

过了很久，他像当年一样，过来把我扶了起来。我们各自刻意地回避着过去的事情，他没话找话地说天气、说他的身体、说移民后的老家、说上一场下过的雨……

我也简单说了这些年的境遇。接下来，是冗长的沉默。我们各自蹲在地上，画着人人，无声地流泪。

再有话题的时候，是他的儿子过来找他。他又定定地望了我一会儿，估计发现我轮廓分明，脸色红润，再也没有八岁时的悲伤神情，才算是终于放心，又突兀地说了一句：“我姑姑，好人啊。”然后，他像孩子一样鞠了一躬，自言自语道：“这回我见了姑姑，也有个交代啦。”

我慌忙摆着手告诉他：“好日子才刚刚开始，我要带你到城里享福，还要带你去北京，去看升国旗……”

他一边转身一边挥着手，说着感谢的话。

想不到这一见就是永别。三天后，巴特尔哥摔了一跤，去世了。

我是第二年的清明节前才知道的。那时候，我大爸也正病重。我迎着图克木的方向磕了几个头。

二

大爸是草原上有名的搏克手和红娘。他这一生引以为豪的有两件事：一件是通过自己的一身力气被水利部门正式收编成干部；第二件事是经他介绍认识、终成眷属的新人有一百多对。

也正是因为他的名气，我们那片草原的牧民都认识他，他才很快知道了我的境遇。

大爸比我的父亲大六七岁，大爸后面还有一个妹妹，我大姑。我大姑比我父亲大四岁。虽然我父亲的妈妈（我奶奶）在他七岁那年就因病去世，但是因为有我大爸和大姑的守护，我父亲一直不缺爱。我长这么大，也没见过比我大爸与我父亲的兄弟感情更好的亲人了。

我父亲稍有一点委屈，一定会骑着马去给他哥诉说。尤其是，我父亲和我妈吵架没占上风时，他必会找他哥诉苦。我大爸像宠溺自己的儿子一样娇惯着我父亲，毫无原则地替我父亲承担所有的责任。他会专门跑来为我家干农活，我家遇到所有的困难，基本都离不开他的援助。

除了有大爸像家长一样疼爱我爸之外，据说，我大姑也是把父亲当孩子一样宠着。可惜我大姑是个苦命的人，远嫁给我大姑父后没过一天好日子。我大姑父真是骨子里的不靠谱，又嫖又赌，而且从来不把我大姑当人看待，当着我大姑的面，把家里仅有的一床棉被送给他的情妇。大姑也实在软弱，一开始还委屈地流泪，找我父亲诉说。我父亲也总是劝她忍忍。再后来，大姑就不说话了，直到我大姑最大的孩子——我大姐跑来告诉我父亲我大姑疯了！

疯了的大姑，连自己的孩子都不认识，但唯一记得她有个兄弟，让人捎话，让他兄弟把她带回一个叫西王寨的地方，那是她出生的地方。

我大姑疯了之后又活了很多年。我小时候见过我大姑，一个人低着头，嘴里念着我父亲的名字和她出生的地方。

二十多年前，我大姑去世了。我对她没有太多感情，但是第一次觉得，于我大姑而言，死亡是一件幸福的事情。尤其是我大姑家的女儿遭遇不幸后，我庆幸她疯了、死了，不用再为这人间的烦心事操心了。

我大姑家的我姐，她的命运和余华的小说《活着》里的情节一模一样。她十五岁时妈妈疯了，十七岁被大姑父卖给婆家。婆婆是个狠人，一言不合就打我姐。我那个姐夫不担事，对他妈言听计从。我姐终于盼到孩子大了，有人能给她做主了，结果一个儿子学医受了惊吓，疯了几年自杀了。唯一的女儿嫁出去没几年，也得了疾病去世了。谁赶上这种遭遇能挺过去啊，大家都以为我姐活不下去了，与其步她妈的后尘，还不如死了算了。谁知道，大姐没疯，每天哀哀地对每一个人说她想孩子了。时间久了，大家都习惯了。后来，大家终于以为时间可以磨平创伤，老天也不能可着一个人蹂躏啊。谁知道，今年春天有一次她和姐夫过马路，被一辆车当场撞死了。她终究还是没有等到属于她的春天。

我大爸虽然外表看着壮硕无比，但是他的内心像绸子一样柔软，他可以和一只蜂蜜说话，也可以和比他地位高的人从容地聊天。在他的世界里，从来就没有紧张和艰难的时候。我也曾经一度以为，我大爸应该没有什么悲伤的事情吧。

其实听我父亲谈过，我第一个大妈在大爸三十五岁的时候不幸去世了，留下五个小孩，当时我最大的哥才十五岁，最小的我四哥只有两岁，我三哥也才四岁。大爸面对这群嗷嗷待哺的孩子，又赶上大饥荒，我的三哥、四哥已经饿到水肿，大爸把棉蓬磨成面充饥，大一点的孩子还能勉强消化，三哥、四哥根本消化不了。没办法，大爸只好央求大妈的姊妹，能不能看在她姐的面子上，救救两个孩子。

后来，我大爸的两个小姨子终于同意，每家抱一个孩子回去，条件是永远不能相认，必须坚守这个秘密。为了孩子能活下去，大爸一口答应了下来，这成了他终身的遗憾，直到临终也再没有认自己的孩子。

送孩子这件事，一定是大爸心中迈不过去的痛，每次看二人台《走西口》他会哭，看电视剧《星星知我心》也会哭。他一定是想起了自己的遭遇。我从来没敢问。大概正是因为有这种经历，他对我格外地心疼和关照。

我大爸一直以我为荣，是唯一一个看过我比赛的亲人。我获奖的那天，大爸卑微地守候着，等学校的各种表彰活动和总结结束后，带我找了一家最好的饭馆，破天荒地还要了一小瓶酒，就像我小时候阿妈那样，充满仪式感地讲了一些大词，并无比庄严地举杯庆祝。

我成家后，大爸也搬到了离我不远的地方生活。他买一颗冻柿子也会揣在怀里，送来我单位，看着我吃。我没有钱买凉房，他索性自己捡砖头不分昼夜地给我垒了一个凉房。

大爸七十五岁的时候，还和我商量准备骑自行车去三峡，来纪念他曾经是水利工作者的经历。后来被我苦口婆心地劝退了。要是现在，我一定不劝他，还会陪着他去一趟三峡。我大爸在骨子里是一个有着大浪漫的人。

我大爸七十六岁那年去世了。临去世前一天，还和我回忆起从图克木走出来的一些往事，他还记得那天绚烂的晚霞和走过的最漫长的夜路。

他欣慰地望着我说："大爸没看错人，板定终于成人了！"

我大爸去世，受打击最大的是我父亲。这个被他哥宠到老的男人，一夜之间尝到了天塌下来的滋味，一瞬间就苍老到开始拄着拐杖行走的地步。

那一年，我父亲变得话少了，还常常迎着风发呆。我们都知道，在他的脑海里，那一刻正锣鼓喧天，他奔走在和他哥相逢的路上。

那些停留在时光里的暖色

一

我一回到亲生父母这个家，就理解了父亲为什么只抚养四个孩子，后边生的要坚决扔掉或者送人。

不得不承认一个现实，这个家像一只破败的口袋，已经到了贫穷的极限。四个孩子已经是这个家庭能存活下去的临界点，多一个都会打破所有的平衡。

我三姐的回来直接让这个家面临着崩盘的局面。我的出现，更在他们的预料之外。如果不是大爸在这个家庭里的地位，我父亲宁愿以“认错人了”的说法，让我和这个家庭都找到一条活路。对于一个懦弱而敏感的父亲来说，他不想眼睁睁看到一个生命在他面前饿死，他认为一出生就扔掉是最好的选择，最起码还能保护住他那的自尊和清高。

我大爸临时决定，会不定期接济一些东西过来，并动员他所有的关系，给我寻找活下来的途径。后来，他打听到，如果能被体校选成体育苗子，就可以解决我的吃住穿问题。

真是天无绝人之路，不得不承认，我们家族的基因里是有运动天赋的，我顺利地去了体校。

有时候天赋就像图书馆里一架一架的图书，如果没有搜索引擎，有的人一生都不知道自己的天赋在哪里埋藏着；即使是知道有运动天赋，但究竟往什么项目发展，也需要运气和发现的能力。我刚去体校学的是蒙古式摔跤，不得不承认，在平衡和协调性上，我几乎像个白痴，苦苦练习一年都不如一个刚入队的新人。

我能感觉出来，我已经被整个学校放弃了，我训练或者不训练，从来没有一个人过问。偶尔给新学员纠正动作的时候，才会把我叫到中间，给大家示范一下，起到引以为戒的作用。

我之所以还能在体校待得下去，原因也是我糟糕的家庭状况，我就像托付到体校的包裹一样，无声无息地活着。

就在我绝望到极点的时候，有两个人拯救了我，一个是我们学校的厨师，一个是我父亲。

那时候，我们正在备战一次大型比赛，我的专业能力当然与参加比赛无关。但因为要给集训队改善伙食，学校开始实施自助餐。我是唯一一个没有集训的学员，为了好管理，顺便也让我跟着大家一起吃饭。

毕竟多数队员还都是小孩子，不太懂得约束自己，也不知道自律，经常有多吃多占浪费粮食的事情发生。

我从小被阿妈宠到天上，八岁之前喝过的羊奶，放置时间基本不会超过一个小时。在我们家，让我喝到新鲜羊奶是压倒一切的大事。即便这样，我偶尔还要性子，要提各种无理的条件和要求才肯喝奶，他们都一一满足。甚至，我在屋顶上种了一株西瓜苗，他们都共同陪我演一场宁愿屋漏的童话。一度，我固执地以为，我肯定是把人间分配给我的爱用完了，才会让我经历之后的变故。

不过，那么纵容我的阿爸阿妈，决不允许我触碰两件事：一是不能有讨吃相。用阿妈的话说，男人是站着尿尿的，傲骨就是一个男人的根本。果然，有次我捡吃石油钻探工人吃剩的西瓜，阿妈就用羊鞭狠狠抽了我。那不是吓唬，是真打，身上的血印子瞬间就出了血。尽管事后阿妈摸着我的伤口流泪，但她还是不断叮嘱我，让我记住，不能有讨吃相。

二是不能浪费粮食。阿妈也不解释，只是简单地说，这是规矩。我知道，这是阿妈的底线，是我血的教训，触碰到了后果很严重。久而久之，我便养成了不浪费粮食、不流露讨吃相的习惯。

想不到，就是阿妈教给我的这些规范，在我几乎自卑到尘埃的时候，成了我身上的优点。如果不是那个厨师在广播里口头表扬了我，我都不知道这是我的优点。那天，厨师突然在广播里说，他观察了很久，这一批学员里，有一个学员有必要专门提出表扬。这名学员从来没有浪费过一粒粮食，这是多么优秀的家长才能教育出这么优秀的孩子，大家应该向他和他的父母学习……他自豪地点出了我的名字。

那是我进体校以来，总以为自己一无是处的时候，得到的最大表扬。对我而言，他就像一根火柴，擦亮了我内心深处的黑暗，让那蜷缩在灰色地带的另一个自己突然有了色彩和希望。

我清楚地记得，听到表扬的那一刻，我像被冤枉了很久的孩子，终于得以昭雪，泪水几乎是喷出来的。我带着自己小小的自尊，蹲在墙角，肆意地哭泣。有那么一刻，我的内心有个声音一直呼唤："阿妈，你听到了吗？我没给你丢人！"

也是因为这件事，我对运动有了新的期待。庆幸的是，我很快有了一次自选运动项目的机会。我毫不犹豫地选择了竞走。我隐约感觉，我的天赋像一个亲人一样，在暗处给我力量，让我毫不费力地找到了它。果然，之后正是竞走让我找回了失去的自信，也为我带来了无上的荣光。它推开了一扇门，让我看到另一个精彩的世界。

点燃我内心深处第二盏灯的，是我父亲。这个从记事起就让我没有好感的父亲，却在我遭遇被人陷害的时候挺身而出，像个超人一样，为我拼命。此前我对他所有的敌意和反感都在那一刻放下了。无法逃避，我身上流着他的血，我的身形，我走路的姿态，以及我骨子里对文艺的敏感和细腻都与他有关。

这是毋庸置疑的！

二

老实讲，这个世界上，那些小有才华的人注定会活得比其他人更辛苦。我父亲就是属于这样的人。

他明明生活在一个命运多舛的境遇里，却偏偏拥有清高而敏感、细腻而多情的品质。他一边要面对贫穷、责任、担当和艰难，一边又比别人多一份敏感和清高。他的孤独、怀才不遇和心气是我妈永远不能理解的东西，也是让他比普通人更多了一些清冷的根源。他能讲完整部的《杨家将》，且精彩程度不亚于说书的名家。他口中的杨六郎身穿白色盔甲，洒脱地穿梭在金戈铁马之中。那里一定有他的幻想和羡慕。

生活里的父亲，每次家里发生重大事情的时候，他总能非常适时地生病。在他的潜意识里，唯有病才是他的挡风墙：只要病倒，就不用面对那些他无法解决的烂事；只有病倒，才能享受一个男人被重视的威望。

按理说，一个懦弱的人应该最能理解和共情另一个懦弱的人，可真实的人性是：懦弱的人会对更懦弱的人下狠手，因为他知道懦弱的人痛点和软肋在哪，碾压同类让他更得心应手！这也让我对人性一直带着悲观的看法。

我父亲在外人眼里永远是谦和、宽容、大度、儒雅而不失风度，可一旦回到家，面对比他更软弱的我妈，他眼睛的余光里都是不满和不屑，他和我妈说话的口气里都是揶揄和鄙视，比如，他对我妈非常不满的时候，就会凭空给我妈加大辈分："谁谁家那个娘娘，又活不下去了！"接下来就用一些大词，把我妈贬低到尘埃里。他还不忘把自己所有的不幸都怨到我妈头上。

我父亲和我妈吵架，大家都习以为常。很多时候，我们家的气氛是这样：一边是我父亲和我妈水火不容地争吵，一边是我哥和他的朋友们热火朝天地打扑克、喝酒。

我刚回来的时候，非常厌恶我父亲的自私和懦弱以及他对我妈的态度。有一次，仅有的一次，好吃懒做的父亲正在挑剔我妈做的饭不好吃，我十分冷静地指着我父亲说："等我长大，我杀了你！"

在父亲建立起来的权威中，这大概是他受挫最重的一次，那是毫无准备的瞬间的土崩瓦解。他狼狈地看了看我，落寞地关门而去。

我妈或许已经习惯了被所有人指责，所以突然有人站在她这边的时候，她不是惊喜和自豪，反倒不知所措地责备道："你毕竟是儿子，怎么可以和你父亲这样说话？”

从那一刻起，我知道，我们的一生不是败给岁月，而是习惯。

我妈三岁时她父亲便去世，她母亲改嫁后把她留给本家婶娘。多余和累赘感已经根深蒂固地植入她的意识里。她已经习惯了缩在角落里，听候别人的支配和发落。

我姥姥改嫁后，接二连三生下了我的舅舅和姨姨们。我妈理所当然被我姥姥召唤回去，顺理成章地变成保姆。据我妈那些长辈回忆，我舅舅的鼻涕和口水能把我妈的头发粘在衣服上，她只好剪成男孩的发型。

我妈嫁给我父亲与她的意愿无关。她被大人指派到另一个家，被另一个更陌生的人指挥和呵斥。

我父亲的继母是我妈的亲姨，但这丝毫没有给我妈带来好运，反而时时被责难。只因为我妈做饭不小心把辫梢掉进锅里，她二话不说，操起一把剪刀就把我妈的头发剪掉了，之后，我妈再也没有留过长发。这或许是我妈青春年华留下的一种遗憾，她总固执地把一个女人的美丑与头发长短联系在一起。她评价一个女子长得好看，一定会说：“那女女长得太漂亮了，瞧那两条辫子多长！”

梦想是我妈的止疼药，也幸亏我妈有这个止疼药，要不然，这个浸泡在苦水里的女子，怎么能熬过那些卑微和无望啊。

非常幸运的是，我两位妈妈的心胸都比草原还宽广。

我的亲生妈妈无论遇到多少艰难和不幸，都能找到一个理由放过自己。我之所以乐观，与我妈的基因分不开。

我们家穷到揭不开锅的时候，我妈能把最后一碗面吃出体面和从容，还丝毫不影响当时的喜悦和享受。每次我和我妈去向邻居借面，她故作轻松的样子让人心疼。她在即将走进邻居家的大门前，会不停地收拾衣服。那是一个贫穷妈妈内心的体面。她抱着木斗，不停地在院墙外来回走，反复修改自己借面的理由，犹豫半天后，才终于鼓足勇气走进去。如果没有十足的把握，她就让我在外面等着。长大后我明白，她一定是怕我看到她被人拒绝后的窘迫。她老是这样解释：“你们娃娃脸嫩，我已经老了，要脸有什么用。”

有时候她借不到面，就故作轻松地、不停地解释：“你大娘也不容易了，一大家子，日子比咱们难，估计实在没有，不然你大娘善得……”

有一次，没借到面往回走的路上，我妈临时动意，要带我和三姐去打沙枣。那才是早春，哪有什么沙枣。一路上，我妈神秘地告诉我们，她昨晚做了一个好梦，有贵人相助呀。果然，我们在下一家邻居那里借到了面，也终于等到外出打工的我大哥接济回来的粮食。

在我的记忆里，除了我们几个孩子遭遇不幸会让我妈慌乱和悲伤之外，其他的艰难和不幸都休想让她悲苦和绝望。她对明天永远充满热望，她的未来永远沸腾。在她的世界里，自己永远是一只抱窝的老母鸡，时刻愿意为了儿女付出所有，甚至生命！

八年前，我妈在睡了一觉后，就再也没有醒过来。

这个一生都活在卑微里的女人，即使是面对死亡，也如此小心翼翼，生怕她在人间的疼会惊扰到别人。

我妈走了，也好，从此，再也不用借着梦想，为自己这破碎的人间经历止疼了。

那么多的遗憾才拼凑出这人世间的无常

因为父亲不喜欢母亲，连带对母亲生出来的子女都带着一些嫌弃。他以“父不夸子”为理由，鲜少对我们做的事情有过认可和赞许。他和别人聊天，总是聊他子女的种种不好。即使是他最喜欢的大姐和大哥，他也很节制地使用正面肯定的句子。

他尤其对我妈没心没肺的快乐充满敌意，仿佛我妈的每一份快乐，都是对他的忧伤的挑衅，也占用了他的快乐资源。每到这时，他就会厉声呵斥我们：“有什么乐活的了？寡笑没喜，眼里挤两点黑水（当地俗语，意思是笑多了会招来不好的事情）。”这变成他常常提醒我们的警示语录。

父亲有一种特别奇怪的思维模式，每当有好事情来临的时候，会先下意识预测一个不好的结果，然后，才像一个怕露富的财主，关起门来，很克制地流露出些许喜色。他喜欢我们全家都像他一样，绷着脸，企图让这人间因为他的低调而对他格外照顾一些。我妈对父亲的这种做法极其反感，对和父亲一样的男人，骨子里都是鄙视。她常常在背后告诫我们几个子女：“快活一天算一天，不要学你老子那样，整天板着一张脸，白披一张男人皮！”

大爸对他这个弟弟也是爱恨交织，一边对这个总是面露哀怨的兄弟恨铁不成钢，一边又为他开脱：“可怜我这个残病的兄弟，你们都应该对他好一点。”我父亲也深知尺度的拿捏，像个职业的碰瓷高手，只要我们家发生一件棘手的事情，他就很恰当地病倒了。

父亲这套苦肉计，已经把大姐和大哥拿捏得死死的。大哥七岁就开始独自放羊了，大姐十二岁就被派到队里挣工分。大概受我父亲的影响，我哥和我姐都变得谦和、低调、沉默而安静，即使在人群中，他们永远习惯做那个路边鼓掌的人。

大姐和大哥十几岁就成了家里的顶梁柱。我大姐像一头老牛一样，除了沉默地做着苦力，还为我大哥、二哥纳鞋底。即使穷成那样，两个哥哥依然飞速地生长，新鞋还没有做好，脚下的鞋已经烂到脱圈，这更逼着我大姐挑灯夜战。

繁重的劳动，加上营养不良，使不到二十岁的大姐，像一个发育不全的小孩。她顶着一头卷曲的黄发，穿着不合身的衣服，童工一样混迹在男劳力中。

老实说，贫穷是会被歧视的。本来人穷已经走不在人前，再加上样貌不够出众，我姐除了干活，越发沉默了。听我哥说，他们一觉醒来，看见我姐还在油灯下纳着鞋底，有几次，还默默地流泪。

大哥悄悄地把这个发现告诉了我妈。别看我妈平日活在我父亲的威严下，但一个再柔弱的女人，在保护自己的儿女时，会立刻变成超人。

我妈暗地里跟踪我姐，发现她原来是被村里几个年龄相仿的女子不怀好意地排挤。我妈发疯似地跳进人群，用最恶毒和肮脏的语言谩骂着，直到那几个挑唆的人出来认错为止。

也是这次骂街之后，我妈骂人的样子成了村里人不敢触碰的红线，他们在暗地里互相告诫，千万别惹谁谁家女人，她会让你吃不了兜着走的，还给我妈扣上一顶“糖（傻）老婆”的恶名。

大姐十九岁那年，父亲已经张罗着给寻找婆家。别看大姐平日里话少，是最听我父亲话的女儿，但在找对象这件事上，拒绝得无比坚决。后来才知道，大姐这个被春天遗忘的女孩，上天以另一种方式回报了她。

我姐恋爱了！

我姐夫，同村的一个小伙子，在集体劳动中，一眼就看上了那个默默跟在人群里干活的大姐。他觉得她善良、安静，那沉默的背影让他忍不住有一种想保护的冲动。

姐夫家兄弟姊妹很多，本家亲戚又都在一个村子，在村子里是有话语权的。很多同龄人听说他俩恋爱了，都过来开玩笑揶揄我姐夫，让他小心被外母娘骂个狗血淋头。

大姐真是嫁给了爱情，夫妻俩一辈子没红过脸，姐夫更是把大姐宠得像一个公主。成家后，大姐几乎没有做过饭。冬天很冷，姐夫总是早早起来，把家烧暖了，才让大姐起床；每天晚上，他都是先用自己的身体捂热被子才给大姐。

姐夫常说："月儿在娘家受的罪已经够多了，我不让她再受啦！"

古人有句话："夫妻不能过于恩爱，孩子不能过于聪明，不然老天嫉妒呀！"

这话真是在大姐这里应验了。姐夫六十岁那年突然消瘦，在当地医院打针输液也不见效，后来决定去北京看病，检查出来是肺癌晚期。

我去北京看他，他已经消瘦到脱形，但意识还很清晰。他大概知道自己时日不多，脸上带着对死亡的恐惧和无助，也试图从我的脸上找到一点点希望。不过他很快就清楚地知道，死亡正一点点逼近他。即使这样，他还一再叮嘱我，不要把这个消息告诉大姐。他说："你姐，接受不了。"

看着姐夫的状况，我们几个兄妹商量，还是让我姐来北京见见姐夫。

大姐从老家出发了。她根本不相信，她眼里无所不能的丈夫，怎么会与死亡联系起来。她开心地和同去的我三姐炫耀："你姐夫辛苦一辈子，还能坐一次飞机，也算开眼了。"

我三姐说，她们坐的是长途班车，大姐的眼睛一刻也没离开过窗外。这是她大半生出的最远的门，她要把那些新奇的发现都攒存下来，见面讲给姐夫听。夜里三点，我去车站接她们，大姐还很兴奋，说她从老家抱来一只鸡，要给姐夫补补身子。

休息了一晚上，我们还是决定告诉大姐实情。那时大姐整个人是蒙的，她无助地张着嘴，望向我们每一个人，希望是我们跟她开了一个愚人节的玩笑。后来才不得不接受了这个现实。

她几乎一刻也不离开地守在姐夫身边，直到医院要求陪床的家属离开，她才依依不舍地出去了。

那时候，我姐夫已经昏迷，偶尔醒过来，却开始出现幻觉，眼睁睁地看着我姐说："你告诉月儿，我不能陪她了，让她不要种地了，跟上儿子去镇上吧……"

我姐哭着说："我就是月儿，你怎么连我都不认识了。咱们回家，我带你回家！"

我姐夫又陷入了深深的昏迷，再怎么叫都不回应了。

大夫过来会诊后，给出一套治疗方案，就是进 ICU。并委婉地表示，进 ICU 要做好人财两空的准备。病人目前已经器官衰竭，尽快办理出院手续，兴许还能回到老家。

大姐这个平日里没有主见的女子，在孩子们坚持要送姐夫进 ICU 的时候，断然拒绝了。她要带姐夫回家。她说："我懂你姐夫！"但是真正到了办出院手续的时候，她又心存侥幸地问医生："一点办法都没有了吗？"

第二天，姐夫在回家的路上去世了。一天一夜，大姐抱着姐夫渐渐僵硬的尸体不放手，路上不停轻声唤着他的名字，生怕把姐夫的灵魂丢在陌生的他乡。

大姐夫去世已经整整七年了，大姐也貌似从悲伤的情绪中走了出来，只是，当她看到他生前用过的东西，见到他熟悉的人，吃到他喜欢的食物，遇到他喜欢的风景，大姐都会沉默很久，有时候会喃喃自语道："他真是个狠人，孤单单地躺在那里……"

没有他的人间，所有的岁岁年年都变成了碎碎念。在大姐的世界里，人间水瘦山寒，虽灯火通明，却冷清而沉寂……

那一抹生命里无法承受的白月光

我二姐成家那一年，三姐说，这一年是她在这个家里最幸福的时光。我父亲的病破天荒地好了，我妈也不用出去借粮食了。

大哥和二哥已经长成魁梧的壮汉，每年的那达慕大会上，他俩几乎承揽了所有的摔跤冠军。我大哥自作主张在村外的戈壁滩上盖了新房，开垦出很多荒地，还擅自种了几十亩小麦。

大哥的行为，在父亲眼里是公开挑衅他的权威，他把所有的怨气撒在我妈那里，认为我哥翅膀硬了不听话了，与我妈的教唆有关。我父亲动不动就让我三姐去请我大爸，然后召开家庭会，批判我哥置他这个父亲于何地。

父亲的批判得不偿失，导致众叛亲离，最后连大爸都站在了我大哥这边。父亲彻底变成了孤家寡人，这对他的打击很大，也加速了他去做两件事：一是给外人讲自己子女的不孝，二是生病。

父亲和大哥争夺家庭话语权的那几年，一直悄无声息的我二姐，仿佛一夜之间变成了强悍的少女。考上中学后，不仅在体育上所向披靡，无人能敌，而且在和那些组团欺负她的村霸和校霸的较量中，次次超水平发挥，没输过。

她迅速在同龄孩子中成了精神领袖。孩子王的地位，使她比别的孩子拥有很多看“闲书”的机会。我也是从二姐那里第一次看到了文字里的白月亮。

我三姐眼里最幸福的时光，只坚持了两年。大姐一出嫁，家里失去了一个主要劳动力；大哥成家后，也很快另立门户。我们家迅速回到了少吃没穿的过去。

家里剩下的壮劳力原本还有二哥，但是因为父亲见人就讲自己孩子的种种不是，到了要成家年龄的二哥，没有被任何一家的女孩看上。二哥带着怨气，公开和父亲对着干。二姐、三姐又正在上学，根本给家里顶不上力。我妈又一个人艰难地扛起整个家的重任。

我就是在这种时候回到这个家的。去了体校后，每年都有漫长的假期无处可去，我必须硬着头皮赖在家里。此时，谁都没有察觉，一场更大的变故正在悄然积蓄中。

很多年后，我在一本书里看到一个专家的分析：人与人越是离得近，越难在一起相处。

父亲、二哥、二姐，尽管他们谁都看不上谁，但是他们的脾性却极其相似。他们的心中都藏着一抹自己的白月光，都觉得自己生不逢时。而眼前的境遇，都是对他们高傲内心的藐视。心比天高，命比纸薄，对于眼前的困境他们又想不出其他解决办法。

二哥和二姐就像天敌，他们待在一起的时间不能超过三分钟，一言不合就干仗，我妈已经习惯了他们的打斗。有一年，钻石油的勘探队来我家避雨，目睹了这样的一个场景：二哥和二姐一个手握羊鞭立在炕上，一个操着把火剪站在地上，打得你死我活。前炕，我妈毫不受影响，打着均匀的鼾声。

勘探队的人慌忙推醒我妈，惊呼：“难道不是你亲生的？都要出人命了，你怎么能睡着！”

我妈平静地瞟了一眼对方，一脸习以为常的神情：“驴圈头踢不死驴，打死一个好一个，顿顿吃饭少一个。”说完继续睡觉。

父亲和二哥也到了水火不容的地步，在一个家里生活，两人之间也要第三人传话。尤其是我父亲越是向他人倾诉自己儿女的不是，我二哥就越对他恶语相向。大哥成家另立门户那年，我二哥索性也负气离家出走，去外地打工了。

二哥不在家后，二姐立马就可以睡到靠墙的位置了。常年病歪歪的父亲，照旧每天以死来要挟所有对他不够重视的人。比如，我妈突然忘了给他偏锅另灶做好吃的，他就会叫嚷着说，病痛折磨的、活得一点意思也没有；再比如，二哥偶尔回来小住，没有主动和他说话，他就以活得没意思来威胁。

我和三姐都是多余的人，从进门那一天起，就学会了像猫一样安静，像成年人一样察言观色。我们的快乐时光都是父亲不在家的时间。我妈虽不会用什么甜言蜜语赞美我们，但我们能从她的眼睛里感受到一个母亲毫无保留的爱。她眼睛的余光里都是对我们的怜惜和疼爱。有时候，她会壮着胆，偷偷打开父亲专门锁着的一个小柜子，那里有苹果和冰糖。她会小心翼翼地偷出一半块塞进我们嘴里，那是妈妈才能给予的幸福。

我比三姐要稍微好一点，至少有一半时间在体校上学，不用面对这个破碎而压抑的家。不过我的日子也不好过，除了担心妈和三姐，还得一个人面对训练生活中一无是处的窘迫。有段时间，我总会从噩梦中惊醒，梦中一个人孤孤单单置身于茫茫戈壁上，连我的黑虎都躲得远远的，那种无助和不安一直像恶鬼一样，跟了我很多年。后来，我努力让自己睡得安心。再后来，只有在梦里，我才能找到那种无边的安然和幸福。于是我养成一个习惯，越是遭遇重创，越能睡觉。

三姐特别盼望我放假，她平日里攒存下来的糖纸和好吃的，就等着和我分享。在家里，我们姐弟俩几乎形影不离。村里的人都叫我是三姐的“肉尾巴”。三姐的讲述，总能给我脑海中补齐我不在家时发生过的事情。比如，我妈和我父亲几月几日又打了一架，二哥带回来半瓶吃剩的罐头，大哥要有孩子啦，我大姐家的小孩会叫妈妈了。她还说：“几月几日眼跳的，你没事吧？下雨那天，你有棉衣服没？”

她还会讲二姐，说她和村里一户人家的姊妹六个人打了一架，她在全村的运动会上包揽了参加项目的所有冠军。我那时想，我要是二姐就好了，可以不用遭受别人的白眼和鄙视了……

二姐那时候已经迷恋上看文学书。在我妈眼里，那都是闲书。我妈分配二姐放羊，她就命令我们去，自己躲在向阳的地方看书。有时候我看见她抱着书一个人笑，一个人哭。那些文字就成了神秘而让我好奇的东西。

有时候，二姐还会带我和三姐去高处，听远方隐约传来的火车鸣响。每次听完，她都会怅惋很久，也会眼含热泪。她告诉我，那就是远方！我第一次知道，一个人可以为远方落泪。

她也会给我们讲书里的故事。

她让我知道，原来在我们之外，有一个绚烂的世界。

二姐甚至开始筹划要写一部自己的小说。她说，她要像三毛一样去远方。那时，她最喜欢的演员是斯琴高娃，她说，斯琴高娃跟我们一样，牧区的人也能有自己的远方和梦想。高兴的时候，她还会给我和三姐读她写的东西。

现在想来，是那些文字帮我打开了一扇大门，让我看到了星斗，为艰难行走在黑暗里的我点亮了一束暖光。我想，我之所以后来爱写，一定与二姐有直接的关系。

我和三姐差四岁。三姐一直安静得像个小猫，大概在她的意识里，还留着被送人又退回来的痕迹，她会自觉地迁就每一个人，自觉地宽容每一个人，自觉地躲在角落里，自觉地站在卑微的位置上。

相比三姐，二姐是那种滴上一滴凉水也要跳三跳的人。她常说，受够了我们一家人被别人欺负的日子。她的行事风格是，“人不犯我，我不犯人，人若犯我，礼让三分，人再犯我，斩草除根！”我受了邻居一家姊妹四个的欺负，她亲自上阵，用一把勺子硬是打跑了那一家人。后来，那些青壮年的男人，都会惧怕二姐三分，由此对我们也多了几分尊重。

二姐不只为我和三姐鸣不平。我妈要是在姥姥家遭受不公平待遇，她就会骑着自行车跑到几十里外的姥姥家，当面质问我那谁也不敢招惹的姥姥，弄得我姥姥哑口无言，气得浑身发抖，一个劲儿地说：“这么厉害的女人，谁家敢娶你啊！”

二姐写小说的事情，不知道怎么被村里人知道了，大家像参观怪物一样来我家看笑话。我妈听到了难听的话，哀哀地劝二姐：“不要写了，咱们家已经够丢人的了。”

我二姐很生气，问我妈谁说的。我妈吓死都不敢说了，她知道，以二姐的脾气，真敢去扯那人的嘴了。

有段时间，我和三姐出去，大人小孩都会抿着嘴问：“你二姐小说写得怎么样了？”那表情和语气如同终于找到一个能打击我二姐的把柄，好像我二姐做了一件见不得人的事情。我父亲听到村里的闲言碎语，回家断然把我二姐的稿纸和笔都没收了。

二姐也没哭，而是站在高处唱歌，那歌声，现在想来，就是无人能懂的孤独和茫然。

像二姐这样出身的人，爱上文学或许是加重了她在人间的艰难。

她太像父亲了，终究无法挣脱眼前的苟且，又不幸多了一份无处安放的孤独。

她的人生，太像一部长篇小说的开端，在悄无声息中埋下了曲折的伏笔。

冷清才是我在这人间最难熬的低谷

二姐的初恋对象是二哥领回家的一个工友。她的初恋只是情窦初开、一厢情愿。那个工友至今都不知道，曾有个躲在角落里的少女偷偷喜欢上了他。

与其说二姐喜欢上了那个工友，不如说，她是恰好喜欢上了远方和白月光，因为工友恰好刚刚从远方赶来。他不仅告诉我二姐大海的方向，还能和她聊三毛、聊斯琴高娃、聊身边的人们认为不切实际的风花雪月。

二姐的初恋仅仅是借着打问二哥近况的名义，给那人写了一封信。那封信是被三姐无意中发现的，内容除了探讨三毛与荷西之外，也节制地写了自己的忧伤和苦闷，写了自己对远方的向往和憧憬……

这段初恋无疾而终。二姐在等待回信的日子，越发怅惋和沉默。有时候我放假回家，她会借着问我学习近况的机会，给我描述未来的样子。她说学校是我可以离开大漠的唯一途径，她无比后悔自己当年未能坚持读书。

大姐另立门户后的小日子过得也很艰难，大姐夫虽然盘下村里的一个面粉加工厂，可那台老掉牙的机器，总是运转两天就得修理三天。大姐一家依然挣扎在贫困线上。大姐总是记挂着家里的情况，幸好离娘家不远，每天忙完自家的农活，赶在上灯之前，还领着姐夫又来娘家忙碌半天。

大哥是个沉默的人。嫂子干活麻利，又非常勤快，但是自己娘家那边也是一摊子事需要她帮助，照顾婆家这边实在是心有余而力不足。

父亲的病时好时坏，完全按照心情而定。我妈满足于眼前的生活，常给我说："比起你刚回来的时候，日子已经好到了无法想象，最起码不用借粮食度日了。”

二哥还在负气打工，偶尔回来也没什么好脸色。他把娶不到老婆的愤懑全部归结为父亲坏了他的名声。有时候回来小住几日，二哥也是把旁边的储物间收拾成自己的房间，和父亲成了最熟悉的陌生人。

二姐还在做着她的白月光梦，想起一出是一出。她想过要学裁缝，想过要学画画，还想让大爸引荐她去大爸的哥哥家当保姆。她还和我说，小说《黄山来的保姆》《十六号病房》的作者都是凭这样的经历才成为作家的。

三姐在无声无息中成了家中干活的主力军。

我还在体校上学。自从改了专业，我渐渐找到了自信。我隐约感觉到，我可以凭着自己的努力改变人生。不知不觉中，我从味蕾到三观，都在悄然发生着变化。牧区那个曾经跟一条狗生活在一起的孤儿，若隐若现地被我安顿在心底的某个角落，我选择刻意地遗忘和疏远他。我会说流利的汉语，也可以骂最肮脏的话以及和别人干仗。

日子貌似平静且向着美好的方向发展（除了过年的时候，我妈和我父亲因为二哥和二姐的事情一言不合，又干了一仗）。我妈对孩子的宽容激起了我父亲某个生气的点，他充满怨气地数落他这些不优秀的子女，全是因为我妈的基因和溺爱造成的。

自从大姐大哥成家后，我妈不再活在父亲的权威中。没占到上风的父亲，负气地骑着自行车去给他哥（我大爸）诉苦去了。也是从这一年开始，我父亲每年过年都在大爸家酒足饭饱后才回来。

那一年，我和三姐第一次听到《血染的风采》这首歌，我们躲在角落里小声地学唱。父亲听到后厉声呵斥，对我们开心地唱歌非常反感。大概他觉得，以我们家目前的状况，根本没有资格活得那么快乐，我们这样仿佛是对生活的不敬。

正月初十，我父亲出去调驯马驹，回来后就宣布了一件事：他给二姐看中一户人家。在他的口中，无论小伙还是大人，都比我们家优秀很多。

二姐听到这个消息，起初还以为是在讲别人的故事，凑过来搭话，一副与己无关的样子。想不到，那户人家第二天就请来媒人提亲。我二姐这才觉得事情有些不对。她看了那男人一眼，就不客气地回绝了，很不给父亲面子。等媒人和那个男人离开后，父亲铁青着脸，借题发挥把家里人都骂了一遍。

我以为这件事就这样结束了。但其实，父亲暗地里已经擅自答应了人家，连订婚和结婚的日子都定了。二姐的这段婚姻，从一开始就隐约让人觉得哪里不对劲。

二姐买订婚衣服回来，就哭着求父亲不要把她许给那人，她说，她和他一点感觉也没有。而且那人的吝啬超出她的想象，他们为一盒牙膏已经在镇上吵了一架……

我父亲态度非常坚决，训斥我二姐："感觉能当饭吃？你去外面问问，哪个人不是踏踏实实过日子，谁像你不务正业，写小说，那是我们这个家庭和你那点文化能做的事情吗？"

父亲甚至搬来大姐和嫂子说服二姐，让她看在父母的面子上答应这门亲事。

二姐终究还是没有硬过家里人，如期嫁了那人。

二姐出嫁的那天，我和三姐都在家。因先前跟二姐闹得不愉快，父亲压根没有筹办婚礼的打算。全家人吃了一顿饭，就等着对方娶亲的车过来。二姐从头天晚上一直哭到早上，我妈心疼得几次和父亲商量退了这门婚事吧。

我父亲沉默了一会儿，还是说："嫁出去吧！"

二姐出嫁的那天，极其寒冷，大风抽打着戈壁滩上的荒草。她艰难地爬上娶亲的马车，头也没回地消失在风里。

按照当地的风俗，女儿出嫁父母是不能送别的。我妈坐在窗前，努力地克制着自己，还是忍不住哭出了声音，一个劲儿地自言自语："这个傻女子，不该了！"

二姐从回门那天起，就以各种理由拖着不想回去。每次都是在父亲的催促下，被我和三姐骑着自行车送回去。隔不了几天，她又以其他理由跑回娘家。

二姐多次请求我妈转告父亲，她要离婚。我妈每次听到这样的话，就默默陪着二姐哭泣，哀哀地说："这就是命，认了吧！"

再后来，我二姐也不说什么了，时常找各种理由往家里跑。次数多了，我父亲就以打了他脸面为名义，呵斥她离开。他说他的衣服不是穿烂的，是因二姐这种丑事被邻居的闲言碎语戳烂的！

好多次，我远远地看见二姐从戈壁滩那边走来，在离我家不远的地方徘徊，直到太阳快落山时，才一个人孤孤单单地消失在地平线那边。我妈迫于父亲的权威，让我悄悄去送送二姐，她说："一个女女，怕了！"

我最后一次去送二姐时，她立在风中，望着远方，然后转身看着我，哭着说："你把妈妈照顾上，我走了。"

我当时太小了，以为她说的是回婆家，还一再安顿，二姐你要好好的！

结果，第二天中午时分，我二姐的婆家就领着好几个人气势汹汹地冲进我家，要求我家交人。

我们这才知道，我二姐失踪了。婆家人认为是我家把二姐藏起来了。

我父亲，这个在家里特别厉害的人，面对亲家气势汹汹的质问，却㞞得像一摊泥，当晚就病倒了。

我妈一开始听到消息，还以为我二姐肯定赌气躲在某个地方，等那家人走了，让我带着她去河边寻找，却毫无结果。直到第三天，有人捎过话来说，看到我二姐的自行车丢在河边。我妈听到这个消息，沉默了几个小时，当晚睡到半夜，突然哀嚎着跑进了黑暗中。我妈疯了。

从那以后，我妈每天披头散发走在每一条河岸上，高一声低一声呼唤着我二姐的名字。我和三姐被眼前的状况彻底吓蒙了，一边跑出去哀求我妈回家，一边又要面对我二姐婆家隔三岔五的骚扰。那群人，有时请来神官和法师在我家院子里跳神、做法事，我和三姐就像人质一样被喊到院子中央，任凭他们往我俩身上泼酒精和扔烧过的麻纸。

我父亲就在这时精准地病倒了，任凭谁叫都不说话，也不反驳。

直到那些人都走远，他才艰难地爬起来，有一声没一声地给我和三姐交代后事。那年，我只好休学，回来和三姐一起撑起这个家。大姐和大哥虽也时常过来，但是他们都有自己的家庭，总不能完全靠他们。我大爸有时也会过来，除了说教我父亲作为男人要担负责任外，也是无能为力。

屋漏偏逢连阴雨。三姐出去放马，不小心感染风寒，当晚就咳嗽不止，送到乡卫生院被诊断为急性肺炎。我每天早上做好饭，步行七八公里去给她送饭，再返回来放羊和收秋。

那是一段无助、绝望、恐惧和不安交织在一起的日子，它在我心中留下的印记远远比八岁那年的失去更持久和长远。我有时候想，苦难如果无法逃避，只希望它们在我少不更事的时候来，或者能让我有足够的能力面对的时候来。为什么我被生活暴击后，以为日子会慢慢回到正轨时，又一次被抛弃在无望的荒野。

那时，我整个人是木的，即使听见母亲哀哀的疯语，我也无动于衷。我甚至在想，我妈疯了也好，不用再尝人间这些无助和不安了。我有时候也恨我二姐，为什么她要一走了之，为什么丢下我们替她遭受艰难。我更恨父亲，我发誓，假如我还有未来，坚决不做父亲这样的男人，用死来做自己的挡风墙。

直到有一次，我不小心弄丢了羊群。起先，我还着急地寻找羊群，后来发现，行走让我忽然变得愉悦。我迎着落日，一直穿行在无边的旷野里，甚至听不见风声，看不见景象，只是忘我地行走，忘我地穿越，那种感觉现在想来，太像一次飞翔和逃遁了。

唉，这人世间太苦了。

后来是我大爸找到我的。他说他有心灵感应，本来去看父亲，却偏偏发现我家羊群回来了，我却不见了。大爸找到我的时候，没有责备我，只是深深地叹了一口气。那天的感觉，是我人生中无法描述、却永远铭记的。好在，三姐一个月后出院了。她才是我人生里的一束光，她用无声和温暖担起了这个破碎的家。我们姐弟俩就像一对被春天遗忘的寒号鸟，蜷缩在村落某个最安静的角落。

我二姐失踪这件事，很快被传到四面八方。在那个年代，女人在婚姻中失踪，特别像一场密谋过的私奔。我父亲病倒，肯定有一大部分原因是听到了别人的风言风语和羞辱。我和三姐就像是与青楼有了关系的人，我们走过的身后，总会有笑了一半的面孔和说了一半的话语。

不知道如何面对，我们俩天天就做两件事：干活和劝慰母亲。

大姐夫请了一个村里会掐算的人，让我把我妈哄回家。那人一本正经地对我妈说："你二女儿没死，在西南方向，但是有一个要求，你不能再哭，不然她就真的回不来了！"

仿佛是某种神秘力量被唤醒，我妈真的好了。

事实证明，母爱就是一生相伴的盈盈笑语，母爱就是漂泊天涯的缕缕思念，母爱就是儿女病榻前的关切焦灼，母爱就是儿女成长的殷殷期盼，母爱就是为了孩子，她宁愿相信有神秘的力量。

现在回想起来，那年那月那些往事，明明早就过去，但是对我而言，每当幸福来临的时候，或不幸降临的时候，那些比谷米还小的细节，就会瞬间复活：我三姐咳嗽的声音，我妈披着凌乱头发的样子，我沿着河槽行走时见到的晚霞，甚至大爸见我时那一声意味深长的叹息，都会变得那么清晰，挥之不去，让我快速陷入遥远的往事中……

那些貌似擦肩而过的身影
却有可能是他人的亮光

现在想来，我父亲那时肯定是抑郁了。可怜这个心气很高，却被现实打击得无路可逃的男人，只有抓住死亡这根稻草，才能体面地面对懦弱。

我二姐失踪后，我父亲就一病不起。盛夏时节，他穿上厚厚的棉裤，还觉得全身发冷。奇怪的是，我和三姐把他搬到乡卫生院，做了全身检查也找不到任何病因。

我大爸还在堤防所工作，只要休假，就会跑来帮助我们干活。他对自己这个兄弟不知道如何是好，趁着无人的时候训斥几句："看你那点骨头，枉披了一张男人皮，脑袋掉了，不过碗口大的疤！"

倘若他正在训斥的时候，我突然出现了，他就立马改变语气和态度，对着我们话锋一转说："你父亲也不容易，你们要好好体谅他的难处……"

这大概就是亲情吧，只有他可以损父亲骂父亲训父亲，可以把父亲说得一无是处，但是别人谁也不能。

我妈不再疯跑疯说，努力克制自己像个正常人一样操持家务，不停地干活。但是只要一有时间，她就会站在路边向每一个过路的陌生人打问，见没见过她的二闺女。如果听到有人说哪条河的上游漂下来一具女尸，她一边竭力否定，一边又忍不住跑过去看。每次回来，她就像赛跑或溺水很久的人，头发梢上都是汗水。有时她会一个人忍不住大哭一场。

我和三姐已经适应了这种生活，一边无声地干活，一边观察家人的心情变化。我三姐沉默得让人心疼，一整天也没有多少话。有时候我们一起出去干活，偶尔也会讲起二姐，揣测此刻二姐不知道漂泊在哪里，会不会被卖到深山老林里，然后又互相安慰，只要她还活着，就一定会回来。

每隔几天，等我们劳动了一天，疲倦地躺在炕上的时候，我父亲就开始给我和三姐交代后事，表明他死的决心。一开始，我和三姐会在不安和恐惧中爬在父亲身边低声哭泣，哀求父亲看在我们的面子上，要好好活着。我父亲也会不忍心地松了口，让我们放心，他等我们再大一点……

我妈的整个世界都是二姐，即使是父亲交代后事、要死要活的时候，我妈都非常木然，像看一场与她无关的大戏一样，冷眼旁观。次数多了，我妈也厌烦了父亲这种做法，当众鄙视我父亲："要死就死，不要折磨这两个娃娃了！死了谁，苦了谁，割了麦子种菜，啥事不误！"

还别说，父亲在我妈这种嘲讽和鄙视下，除了非常愤怒地骂我妈之外，竟然能起来活动活动了。直到有一天早上，父亲毫无缘由地要离家出走。我三姐哭着去向大姐大哥求救，让我拽着父亲，我的力气哪能抗衡一个成年男人，我父亲很坚决地走了。

大哥估计也是被我父亲这段时间要死要活弄烦了，听完事情的原委，反而安慰我们："不要怕，他就是出去散散心，不出一周就回来了。"

出乎意料，父亲多半年的时间毫无消息。这中间，大哥后悔当初过于大意，没有挽留父亲，还出去找过几次。但父亲就像我二姐一样，从人间蒸发了。

父亲不在的日子，我们家倒突然变得更像一个家的模样了。我妈这个凭着梦想止疼的女人，在当家做主之后，表现得无比轻松和自在。听说要举办那达慕，我妈大手一挥："不干活了，我们一起去看戏！"再比如今天刮大风，我妈也会大手一挥："放假，我们炒瓜子，炖肉，睡觉！"

这些举动在外人眼里，包括在我大爸那里，都是不会过日子的傻女人的做法，可是那段时间，我突然感觉这人间原来如此明艳！在我三姐的提醒下，我也有了要回去读书的想法。三姐说："家里有我和妈妈，你有运动这个天赋，就去看更大的世界，说不定还能打听到父亲和二姐的消息。”

我决定过了年就重返学校。

二哥打工的厂子解散了，他也在深秋的某一天回来了。他已经做好了打算，好好种地，找个老婆，像大哥一样过自己的日子。没有了和父亲的对抗，他反而更像一个家长，包揽了家里的很多重活儿。我妈虽然每逢佳节或者看到邻居家亲人重逢，还会躲在角落里哭泣，但是明显感觉日子有了盼头。全家互相避讳着谈论二姐和父亲的所有往事，他们像是我家的秘密，每个人都小心翼翼地绕过去，假装一帆风顺地活着！

就在我们把悲伤交给了习惯的时候，我父亲突然回来了。他穿着整齐干净，人也胖了很多，是我记忆里他第一次没有病态的样子。

全家都沉浸在久别重逢的气氛里。我妈大手一挥：“放假！”没有病的我父亲，脸上呈现出从未有过的慈祥和阳光。他抿着嘴，从提包里掏出糖果和点心。我妈很着急地问他，这些天去哪了，经历了什么事情。

我父亲慢条斯理地喝着茶，还用手摸着我的头。这是我从来不曾有过的待遇。之后，他才不好意思地说，他去了包头，在我大爸家的我姐那里调养身体，主要是打听我二姐的下落。他甚至还找神官测算过，居然和给我妈看病的神官说的一模一样，说我二姐在西南方向，还活着！我父亲的离家出走瞬间就变得合情合理了。

这个消息对我们家来说，仿佛是在无边的黑暗中擦亮了一根火柴，那种绝境中的希望让这个家突然有了温暖。那是全家人度过的最幸福的一个除夕。甚至，我和三姐还爬到屋顶看了星辰。听老人说，这一晚的星空有多亮，来年的幸运就有多多。

平日里，不太和我们亲近的二哥，也变得亲切起来。他带着一个退伍回来的朋友来家喝酒，还和我们打扑克。我们听他朋友讲部队上的新鲜事，还有他和新婚妻子的爱情。

那是我第一次听人理直气壮地把爱情讲到桌面上，心里有一丝丝说不上来的憧憬。

二哥的这个朋友，也是他的发小。他是他妈二婚时带回来的孩子，小时候就知道自己跟家族所有人都不一样，他的英俊和谈吐也与这里的所有人不一样。我二哥他们同龄人思谋着养多少羊，种多少树，开多少地，娶一个什么样的老婆，而他很小就立志要去当兵，离开这个地方。听说他的验兵过程很曲折，三番五次因为身份审核不通过，第二年才终于如愿以偿。

等他再回来的时候，领回来一个和山口百惠很像的女子。她心甘情愿地和他在这个地图上也找不到的小村子里生活。他和新婚的妻子公开拉着手一起去放羊、一起去担水，这在村子里简直就是天大的新闻，那风头渐渐压过了我二姐离家出走引起的声响。人们茶余饭后的话题，也终于不再是我们家那些旧事。

话说过来，在这个大漠围绕的小村庄，不谈别人家的事情，还能做什么呢？八卦是打发无聊日子最有效的办法，不仅能比较出自己的优越，还能暂时忘掉每个家庭的贫穷。

整个村子里的人，只要有三两个人聚在一起，就会马上谈起我二哥的发小。他们笑话他说普通话，笑话他们小两口拉着手太肉麻，笑话他们像电影里的男女一样把爱情谈到桌面上，更以笑话的名义宣泄他们心中的嫉妒和不甘心：他一个私生子，凭什么娶回一个如此美丽的女子？！

被全村人笑话和嫉妒的二哥发小，迅速变成了我们家的精神同盟。他经常来找二哥聊天，二哥是村里第一个去城市里打过工的人，他们在精神上是同频的。除了可以谈国家大事，他俩还能谈人生和命运，谈高仓健和刘晓庆。最主要的是，他向二哥理直气壮地讲自己的爱情，公开而充满深情地劝慰我妈："你家二闺女是个值得敬佩的人，敢于反抗没有爱情的婚姻。"

他和新婚妻子的爱情，我觉得是文字里才有的唯美和浪漫。他和她是部队和地方联谊的时候认识的，两人一见钟情。那个躲在人群里的女子，从他们见面的那一刻就偷偷看他。

他因为出身不好，在部队比较自卑，却在那一刻仿佛被一轮暖阳照在身上一般，通体发光，全身充满了力量。他深知错过了这次机会，他们就永远失散在人群里了。活动快结束的时候，他借口倒茶，走到那个女子面前，把事先准备好的纸条扔在了她面前。和他预料的一样，那个女子涨红着脸，快速而默契地捡起了纸条。这时，部队的集合令响了。

那时候没有手机，他在情急之中，想起每周部队给他们老兵半天时间上街采购生活用品，纸条上写的就是采购的时间和地点。到了那天，他早早就到了，带着“万一女子和他想的一样”的想法去碰碰运气。如果没见到她，就算自作多情吧。想不到，远远地，他就看到那个像山口百惠的女子，在临街的白杨树下徘徊。

接下来，他们水到渠成地成了恋人。他说，那是他人生最幸福的时光。不知不觉，复员的日子到了。一想到离开部队，他就要回到这个大漠深处的小村子，心爱的人要跟着他在这里生活一辈子，他总觉得对不起她。他和她提过分手，他也故意气她，想让她主动离开，但是她始终不离不弃。甚至，他故意借着探亲的名义不辞而别。

他回家的那一个月，夜夜梦见她悄悄出现在他的床前，深情地凝望着他，又无可奈何地转身走了。后来，他梦到，她因为思念自己病倒在床，连她输液的地方都那么清晰而真实。他心里实在担心，决定提前返回部队。他按照梦境中的场景，直奔她所在城市的医院。世界上真是有这么奇妙的事情，他刚进医院大门，她好像真有心灵感应，来不及拔掉输液管，就赤脚跑了出来。

讲到这里，他眼含热泪。他把目光望向远处，深情地说，为了她，他过了年就去黄河对岸找一份工作，他要带她离开这里，要让她过上幸福的生活！他好像在对我们讲，又好像对自己发誓！

在我人生中，第一次有人把爱情讲得那么干净且充满深情。就连我这样的小孩子，也听得那么专注且充满遐想。他的故事和书里三毛的经历如此接近，以为离我很远的文字，像一丝闪亮的烛光，在我的内心深处构建出一个梦幻的世界。

正月初五，二哥的发小一个人骑着车准备过黄河谈事，路过我家的时候停了下来。偏巧我二哥不在，他喝着我妈熬的奶茶，平日里从不客套的人，却在那天早晨给我们每个人敬了酒，还说着意味深长的祝福，好像是道别。我妈说："即使在黄河那边找到工作，也要经常带着妻子回来小住啊。"

第三天，有人捎来消息，说他掉进黄河里，再也没有上来。

他的新婚妻子听到消息，当场就昏死过去。听我妈说，可怜那女子，已经怀孕两个多月。娘家来人，劝她把孩子打掉。她不说话，一个人靠在窗前，拿着丈夫的照片，抚摸着、沉默着。良久，她好像突然变了一个人，主动问家人要吃要喝，那种比吃药还艰难的吃法，只为了腹中的孩子。

过了丈夫的百天祭日后，她才在家人的劝说中回了娘家。她昙花一现的爱情，可能对于这个村子来说，早就被遗忘掉了。但是，那一晚，他曾给我妈的精神安慰，无疑成为一个少年此生难忘的情景和永久的感激。

我时常会想起他，还记得他说话的样子，记得他眼神里的憧憬，记得这烟火人间里，他在柴米油盐的熏染之外，在被岁月淹没的老故事中，看到了万千精彩。他让我的人生变得诗意起来，让我为那些不知名的黄昏和正在落下的夕阳，为远处袅袅升起的炊烟而怦然心动……

很多年后，我早就被生活俘虏，变得庸俗而世故，为了几两碎银。

有一次我回老家，我妈一脸神秘地问我："你猜，我见谁了？"我妈就说她见到谁谁的女儿了，长得一样样的，回来给她爸上坟…… 我猛然就想起，那个早就从人间删除的名字，那个我二哥的发小，那个我少年时的除夕。

那时，我妈还有力气关注家人之外的事情。我还是有妈妈的人，我妈会为我的归来或者离开做最隆重的准备。

五年后，世界上最疼我的那个人走了，从此我在人世间再无老家可回！

所有的重逢都是蓄谋已久的别离

二姐依然没有任何消息，我妈除了逢年过节还会怅惋、独坐和流泪，其他时间，她尽量克制自己的感情流露。

二姐就像卡在我们家每个人喉咙里的一根鱼刺，大家都谨小慎微地规避和忽略。我妈当初明明非常反感我二姐看闲书，现在却对每一个看闲书的人充满了亲切。有时候她让我大声读“春天来了，小燕子从南方飞回来了”，她就会闭着眼睛，脸上呈现出某种说不上来的喜色。这或许就是传说中的爱屋及乌吧。

二哥正走在相亲和相亲还未成功的路上。给二哥成家，成了我们家的头等大事。三姐依然像牛一样地劳作和沉默，仿佛家里所有的不幸都与她有关似的。她的早熟和隐忍剥夺了一个少女该有的憧憬，即使是过年买一件新衣服，都竭尽所能地让给别人，实在被我妈劝说得不行，也顶多来一句：“我哪也不去，谁看了，穿新衣服也浪费了。”

我在那年的开春又返回了学校。经历了家里的变故，我对重新上学的机会无比珍惜，这也是我唯一的出路。我有时候想，如果二姐不是生在这样的家庭，二哥的发小不是生活在这样的小村，或许他们不用这般挣扎；三姐也不用这般早熟，用她柔弱的肩膀扛起那么沉重的生活。

我上学要先骑马翻过一片大漠，再找一个渡口跨过黄河，然后才能坐上火车到达学校。

那次，三姐主动提出要送我到车站。我们姐弟俩黎明就出发了，一路沉默，到了车站。买完车票后，我手中的钱已经所剩无几。三姐不知道什么时候攒存了一些毛票，从衣服的最里层摸索出来，不由分说塞进我的衣兜，迅速转身走了。

我现在都记得三姐那瘦瘦的、顶着一头卷曲的黄发消失在人流中的身影。那天的夕阳散落了一街，在人流中，我三姐那单薄的背影就像一片掉在旋涡里的树叶，顷刻间就被淹没得无影无踪。

我去了学校，主动申请从蒙古摔跤队转到竞走队。或许是那一次寻找羊群给了我启发，或许因为给病倒的三姐送饭时激发了本有的天赋，我在竞走队迅速就找到了感觉。

在别人那里，竞走是一项枯燥而单调的项目，单就每天重复行走就是一种煎熬。我却从中找到了打发漫长训练时间的方法。那些想念的亲人，每天从训练开始，就从遥远的天边踏云而来，在我的内心深处上演着重逢的大戏。渐渐地，竞走就变成一种忘我的穿行，忘记疲劳，忘记停止，忘记眼前的俗事，忘记训练，穿行在风里，那是一种幸福而超然的感觉，我很享受！

我的教练对我，还没有从“笨拙的、摔跤队最差劲的队员”的印象中转换过来，我就在选拔赛中脱颖而出。教练和队友们觉得，或许是计时器出错了。人们习惯了一个学霸的优秀，却很难接受一个学渣的超越。尽管我的成绩摆在那里，但他们反复商量后，还是决定不要冒这个险，勉强把我当成替补队员参加接下来的一场比赛。

我在竞走上的确是有天赋的。二哥、二姐他们身上早就显现出了运动天赋，上天也让我快速找到了自己的优势。在那场所有人都不看好我的比赛中，我知道我可以。我拿到了冠军，却没有像其他运动员一样激动落泪，说感激的话。只是我不知道，我的这种表现为之后的训练带来了很大的麻烦。

我被传成一个自大、目中无人的人。很快，我在队里成了孤家寡人。那种没有具体敌人的敌意才最煎熬，明明一团和气，却总觉得有一股无形力量将你孤立起来，那是一段比训练更难熬的经历。

为了合群，我不停放低自己的姿态，但越是这样，越没有自我。在他们眼里，我成绩好是对他们的挑衅，我努力是显摆，我沉默是心机，我开心是炫耀。

那是一段灰暗而无助的日子，除了刻苦训练，我别无他法。我时常会想起家，想起三姐送我时的情景。竞走已经成了我打开新世界的唯一途径。同时，借助比赛，我看到了一个更绚烂的世界，这个世界可以让我忘却苦难，忘却无助，忘却贫穷，忘却想念……

一个队友临退役前告诉我："这就是嫉妒，大多数人骨子里都有，就是那种他们家猪娃子死了不要紧，最难受的是邻居家的猪娃子没死！想改变这种状况，要不更优秀，要不彻底同流合污……"

队友的话，无疑是我黑暗生活里的一道亮光，除了努力我别无选择。搞体育除了天赋，刻苦是唯一的出路。我觉得老天爷也应该对我有所眷顾，不能逮住我一个人无休止地考验啊。

其实，新的厄运才刚刚开始。不久，我就出现了大腿脱臼的状况。刚开始还没当回事，求助队医，队医说静养几天就好了。后来，居然变成了习惯性脱臼，教练忧心忡忡地望着我。我从队医的口中得知，再这样下去，我的运动生涯就要结束了，只能强行退役！

听到这样的消息，我一个人找了个小酒馆喝得酩酊大醉。那晚的星空格外璀璨。我们学校后面有大片的麦田，我站在田埂上，第一次发现，我阿妈阿爸离去我没有流泪，我二姐失踪、我妈疯了，我也没有流泪，但这一刻，我觉得委屈，仰天嘶喊："妈，你看看我！"

可是哭归哭，清醒之后，才知道无路可逃。之后再有脱臼的时候，我断然不敢让队里知道，一个人咬着牙挺了过来。我以为做得天衣无缝，直到我被选调到专业队，从学校毕业转学的时候，来送我的队医和教练抱着我大哭。教练说："你值得拥有更好的未来。"他一边抹泪一边告诉我："我们都看见了，看见你在角落里自己把自己的腿摁进去的所有过程！"

我被选调去专业队的那天，收到我三姐给我写的信，信中说二哥找下对象了，她也准备订婚了！

我连夜回到家，才知道终于有一户人家的女儿，因为身体有点毛病，愿意嫁给我二哥。我父亲和我妈都沉浸在皆大欢喜的气氛里，可是说到彩礼，还是犯难了。我大爸已经贴补进去几个月的工资；为筹办齐成家的东西，我姐和我哥也都尽力了；我比赛得的奖金也全部拿了出来。但这些加起来还是杯水车薪。这时候，我们附近的一户人家请我大爸撮合，想让他家四兄弟和我三姐成家，想不到三姐居然答应了。

三姐的青春岁月就这么潦草地结束了。三姐夫一共九个姊妹，他后面还有三个相差不多的兄弟。好在，三姐夫是个勤快和善良的人。我三姐在娘家没过过一天好日子，原以为上天终于开眼，遇到了我三姐夫，可以让她享受一下人间的暖意。可实际上，我三姐的辛苦才刚刚开始，一嫁进门就要面对一双病倒在炕上不能自理的公婆，还有三个要成家的小叔子。有时候我想，三姐来这人间就是为了给那么多人还债的。人间的苦痛，从她一出生起，就被摁进了身体里。她只用沉默做着微弱的抵挡。

三姐出嫁是我去送的。一路上，我们姐弟俩基本没有说话。她的脸上没有悲伤，也没有喜悦，就像在娘家要做饭、除草、割麦、秋收、冬储一样，平淡而沉默地完成了她少女时代最隆重的出嫁。只是她从来不化妆的脸上，带着夸张的妆容，看上去让人那么心疼。她还是个孩子，却不得已用成人的妆容遮挡那张稚嫩而木然的脸。

三姐出嫁后的第三天，我也准备外出求学。就在这时，家里收到了一封从陌生地方寄来的信，是我二姐的！我二姐还活着，这是我们家天大的喜事。二哥成家已经让父母够欣喜得了，又得到我二姐的消息，那是我们家最明艳的一段时光。

二姐是在冬日某一个午后回来的。我在回家的路上，听邻居说了这个消息后，几乎是冲回家的。二姐端坐在炕上，穿着厚厚的棉毛袜子，脸上还泛着泪光，显然一家人刚刚哭过。见我推门进来，大家忍不住又是抱头痛哭。三姐哭得最厉害，我想，她的哭声里，一定有这些年来的委屈、怨恨，还有对自己的心疼。

现在想起那天的情景，一些具体的场景都模糊了。可那天的家里，弥漫着黄油饼的味道、眼泪的味道，以及各种复杂而美好的味道。

这破碎的人间，我终于听到了车水马龙。那推门进来的冷风，和向门外翻卷的白雾，多像停留在背后的时光，在记忆里的某个地方，将自己此生从未见过的山与海冲撞进怀里。

那些遗失在风中的悲伤和欢乐

一家人终于借着二姐回来的喜事，把各自这三年来的委屈、怨恨、担心和想念，以及一些与重逢无关的悲伤宣泄了一通，这才静了下来，互相诉说着彼此缺失的经历。

我父亲突然想起，我二姐还没有办理离婚手续。他试图说服我二姐回婆家说说好话，说不定还能过成一家。

我二姐这三年，也算见过世面，说早就咨询过了，民间自主办的结婚仪式根本没有法律效应。既然不算结婚，也不存在办离婚手续的问题。一别两宽，各自生活就好。

接着她开始讲这三年来的经历……

三年前的二姐，在那家人眼里，就是马尾巴上的媳妇，根本不是过日子的女人。那次因为家里有两块钱找不到了，二姐夫和她吵了一架。想到娘家回不去了，婆家又如盯贼一样盯着她，走投无路间，她最初想到去死。她骑着自行车，沿着河槽漫无目的地行驶着，想到自己以后的日子将在防和被防之间度过，这和书中的白月光实在相差太远，她准备一死了之。就在她准备跳河的时候，一个路过的牧羊大爷好心劝她："娃娃，可不能寻短见啊，命可不是你一个人的啊，你死了眼睛一闭就完事了，想想生你的人怎么活下去啊！"

那人接着说，他的三闺女就是一时想不开跳下去的，一家人都被毁了。他老伴儿先疯后死，他背井离乡来这里揽工放羊，好死不如歹活着……

人的死亡念头常常就是一刹那的冲动。想起家里的妈妈，二姐开始冷静下来。感觉大爷没有什么恶意，她就一股脑儿把自己的遭遇讲给大爷听。

大爷也流泪了，他说，自己的三闺女当年跳河的时候，如果遇见一个人拉一把，那该多好。大爷给了我二姐三块钱，让她找一条出路，还说："你要有一天活出个人样来，记得大爷的好，就算是我们爷俩有缘，你就当成我闺女来看看我……"

二姐拿着大爷给的三块钱，实在是无路可去，突然想起跟我们一起放羊时，让我们听火车鸣笛的事情。那是她为之流泪的远方。她就寻着火车鸣响的声音到了车站。正好那时候来了一列火车，她在人潮中被挤上了火车。

列车员很快发现了二姐，起先是让她补票，后来在询问的过程中发现她有点形迹可疑：一个孤孤单单的女子，面色忧愁，说话颠三倒四，说不出自己要去哪里，干什么去。列车长很快知道了二姐的情况，于是把二姐叫到了乘务室。她有意隐瞒了已经成家的细节，胡乱编造说不满意包办婚姻，才想起出逃这个下策。

列车长是个善良的大姐，犹豫了半天，最后决定带她回家，找借口说她母亲刚刚从教育岗位上退休下来，不小心摔折了腿，正缺一个保姆，问二姐愿不愿意去。

二姐说，她就像电影《黄山来的小保姆》一样，去了列车长的娘家。巧的是，我二姐所在的城市，恰恰是我比赛去过的地方。我二姐照片里的鼓楼、体育馆的看台我都眼熟，照片显示的时间居然跟我比赛的时间在同一天。

我有时候想，说不定，那些看我们比赛的人群中，恰好有我二姐推着主人散心路过。只是她和我都不会想到，千里之外的某个时刻，最亲的人正在与自己擦肩而过。我万万想不到，失踪的二姐会被那座城市收留。二姐也不敢想象，当年那个笨拙的练蒙古式摔跤的弟弟，会摇身一变成了竞走选手。

这貌似无序无常的人间，却像极了一部早就编写好的小说，将浑然不觉的你我摆弄成几枚棋子。这也是我多年后，无须谋篇布局，就能记录下我在人间的这些水瘦山寒经历的动力!

二姐说，她刚当保姆时，还沾沾自喜，心想总算有个落脚的地方了。她想着，等过上一段时间，婆家消了气就可以回去了，再回到娘家，守着自己的白月光生活。可是有一天，在雇主的逼问下，她不得不承认了自己逃婚的真相。

好在老人毕竟当过老师，是一个有知识的长者。她先分析了二姐法律上需要承担的责任，又对她年纪轻轻遭遇如此不幸的婚姻表示同情，就同意她继续在家里当保姆。三年来的朝夕相处，雇主也彻底接纳了她，并认她做了自己的干女儿。二姐也渐渐习惯了城市的生活，那是她无数次做梦都期待的生活。她第一次照相，第一次享受了什么是周末，第一次可以光明正大地当着雇主的面看书、看电视，这些都是她少女时代无数次梦里的情景。她有时候也想，弟弟或者妹妹能过上这样的生活该多好啊。

随着时间推移，她更担心语拙而为她操心的妈妈，是不是也像当初那个好心的大爷一样，哭瞎了眼睛，或者已经疯掉了？特别是后来，看到雇主一家每到周末就相聚在一起，她就经常梦见妈妈在荒无人烟的大漠，孤零零地行走，无论她怎么呼唤都不曾回头看她一眼。很多次她会从梦中哭醒。次数多了，雇主看在眼里，一个劲儿地劝她：“你没生过孩子，不懂一个妈妈的心，那是生不如死的煎熬啊。”雇主劝她回去看看，这才有了开头的一幕。

二姐回来是天大的喜事，我妈妈仿佛也年轻了几岁。有时候出去放羊，我妈还会哼几段小曲，那是一个终身生活在牧区的女人唯一的表达自己喜悦的方式。

二姐回来的当天，整个村子都炸锅了。这些生活在偏僻而辽远的小村的人，日子过得太过单调和萧瑟，岂能放过这到手的、可以让他们没有成本地兴奋和获得优越感的八卦趣事。

二姐的离家出走，变成了人们口中所谓的一家人串通好的苦肉计。一个妙龄女子逃婚，本来已被看成天大的丑闻，再加上三年后毫发无损地归来，在人们的想象和捏造中，二姐成了名副其实不做好事的风尘女子。

这也应验了我父亲三年来的担心。这个遇事懦弱到极点的男人，在去了一次村里后，脸色变得非常难看，当晚又病倒了。无论谁问他都不愿意解释，只苦苦哀求我二姐：“你看看，还能不能和婆家商量一下，看人家收留你不。不然你一个女儿家，这一生怎么度过啊，毕竟我们做父母的终究会老的……”

我去村里找同龄朋友玩，每见到一个人都会被问：“听说你二姐做保姆了？”等不及我回答，他们又不怀好意地笑着说：“回去问问你二姐，是不是像电影里演的，丫鬟伺候少爷洗脚了？”说完心满意足地笑起来。

我一个玩伴的哥哥是村子里出门最多的人，算是见过世面的人吧，我去他们家的时候，正听见他开心地讲外面的见闻。看见我进来，他突然转移了话题，问我：“你二姐是不是在某某城市当保姆？”得到我的肯定回答后，他很兴奋：“那地方，我刚回来，可开放啦，你看那街上穿拖鞋的女人，睡一晚才几块钱！”

他说完，在场的人突然爆炸般地笑了起来。

我第一次尝到了一种比苦难更难挨的羞辱。我那时候还是一个小孩子，还没有从“没人要的孩子、疯娘、一个穷到可耻的家庭”的阴影中走出来，又受到二姐不幸遭遇的牵连，心情再次跌入低谷。那是一种无法言说的境遇，我像野狗一样被隔在远远的角落，匍匐在无边的黑暗里。

我二姐很快就决定再次外出打工，这是她唯一的出路。

那一次的离开，注定二姐此生是漂泊的一生。她彻彻底底成了一个既回不到故乡，也去不了远方的人。

此后她又有过两段婚姻，每段婚姻里都生了一个小孩，但是婚姻都没有走到底。此后的半生，她都过着居无定所的生活。她奋斗过，试图通过努力过上自己曾经幻想的体面生活，先后当过裁缝、理发师、厨子，还学过中医。我们有时候也跟她开玩笑，都是白大褂系列。她也自嘲，冷静下来后，又无比羡慕地说：“有文化真好，没有文化在城市里只能做这些底层的工作。”

我妈去世的前一年，二姐查出癌症晚期。

我妈这一辈子，最放心不下的就是二姐。她说：“妈现在还死不起，要活着，你二姐回来还有个家。不然她提个包包回来，能去哪了。”

得知我二姐生病后，我妈没有我想象中那么难过。她叫我回去，悄悄地问我：“你二姐的病，能治好不？”得知看这个病会花很多钱，而这些钱远远不是我们几个姊妹能筹措够的，我妈自言自语道：“也好，你二姐也受够苦难了，来生转在一个好人家让享几天福吧。”

我知道，这是一个无能为力的母亲慰藉自己的说法，这是一辈子用梦想止疼的妈妈仅存的一点幻想。

倒是二姐，自从确诊后反而变得异常坦然。我们几个兄妹劝说她去做手术，她说，一个女人没有子宫活着还有什么意思。她以坚定和超出常人的冷静，反过来劝慰我们活一天算一天。比起二十岁那年，她认为死亡已经给了她太多的宽容。

我们以为她说的是气话，其实，我二姐是真不怕死。很奇怪，当一个人彻底不怕死的时候，死亡却怕了。五年后，我二姐再复查，各项指标奇迹般地全部正常。大概医学也无法解释吧。

我妈却没有熬过第二年的冬天。那阵子，她突然提出来要到我们每个子女家小住几日。在我们家时，她为我的房贷忧虑，偷偷买了彩票，幻想着能突然中彩，帮我还清贷款。我妈临回去的早上，突然对我说：“估计这是最后一次来你们家了，你是家里最小的，也是为这个家操心最多的，妈妈记得……”

我打断了她的话，觉得好日子才刚刚开始，我要带她去我训练的地方，去我比赛的地方，去北京，去天安门。我妈笑着说：“人老了，迟早要走的！”

想不到，这些话，成了她在人间留给我的最后告别。

我妈回去的第二周某个早晨，在睡梦中走了。她一生生育七个儿女，离开的时候只有我三姐夫在跟前。我二姐本来也在家，但头天晚上我妈非让她去我哥家串门……

冥冥中，我觉得我妈对自己的离去是早有准备的。这些年，她遭受的罪和她在人间做过的善事，兑换成她悄无声息的离开，这或许是上天对她唯一的一次眷顾。

有那么一段时间，我心里很难受，借着酒劲总是忍不住流泪。我不是遗憾，只是想念，我妈不在的人间，我该如何奔赴那有人隆重等你回来的老家……

有时候一转身，就是一辈子

二姐回来的那段时间，家里还发生了一件事情。刚刚成家的二哥，迫不及待地提出要分家，条件是要和大哥分得一样。这要求，就如同在同一片森林里必须找到两片完全相同的叶子一样，太让人为难。

当初，大哥要分家分地的时候，二哥就暗示过父亲："你可是有两个儿子，要留一些余地！"

我父亲听了这话特别生气，面对跟他一言不合就干仗的二哥，赌气把家里最好的地块给了大哥。我父亲还对二哥说，二哥要能娶到老婆，他头迎地走三年。无论是这句话，还是这件事，都让二哥对我父亲充满了怨恨。

我父亲可能希望用最狠的话，激起我二哥的斗志和动力，从而更上进和努力。另外，当年给大哥多分一些地，除了赌气，我父亲还觉得自己体弱多病，二哥又常年不在家，就把地多分给了跟前的大哥。

从二哥的角度来看，这是父亲一碗水没有端平。从小到大，二哥就没有得到跟大哥一样的待遇，这是他多年一直不能释怀的。

有时候真是奇怪，讨厌谁，偏会在不知不觉中活成谁的样子。我二哥至今都没意识到，兄弟姊妹六个人中，他最像父亲。

长大后，我深深知道，激将法在中国的教育里，尤其是家庭教育中是一种非常伤人的方法，它会变成一个人自卑和自我否定的根源。而我父亲恰恰最善于运用这套方法，生生把亲情弄得面目全非。我们家的孩子，无论在外面受到表扬还是侮辱，从来不会和父亲去说。我妈不在家，我们会刻意逃避跟父亲在一起的沉默和尴尬，只有一句："爸，我妈呢？"

很多年后，我回老家，进门看见父亲一个人坐着，习惯性地喊了句：

"爸，我妈呢？"说完转身出去找我妈。我父亲一定很失望，也很伤心，突然暴怒地骂："家里栓狼了，我不是人？"

这很伤我父亲的心。我做了父亲后，更能理解他的心情。后来每次回去，我都会尽力找话题和父亲聊天，才发现，父亲其实是个心气很高、心思缜密的男子。如果遇到一个好的时代，他也许会成为一个像徐志摩一样的才子。他讲出来的《杨家将》是那么生动。尤其是他对一棵草的敏感，对一朵花的赞美，对人世间冷暖的感知……晚年后，他那种与自己身份不对等的孤独，使他有了与周边环境格格不入的高贵气质。这可能是我父亲一生的悲哀，也是一个男人在这世间最无能为力的挫败。

二哥分家，我们家召开了一次到场人数最全的家庭会议，两个出嫁的姐姐都被叫了回来，说话最有权威的大爸也专门请假赶回来。我父亲提出，他如今年事已高又体弱多病，三个儿子也已经有两个娶过媳妇，他也算是尽到了一个父亲的责任。以后，他的生活将由几个儿女轮流照顾。

我妈第一个跳起来反对。儿女羽翼渐丰后，我妈已经敢公开和父亲叫板："你要死你死去，我还没活够，把我的那份留下，我这些儿女平常回来，还有一个立站的地方……"

我父亲当然也不甘示弱。在他的意识中，我妈就是他身体上的一根肋骨，必须无条件无理由地服从他。尤其是他认为我二哥对他的不敬，都是我妈没跟他站在一起的缘故。

他们吵架，就和喝水、吃饭一样平常。只要不打起来，其他人正常聊天、干活。有时候找不到东西放在哪里，我姐还会打岔问我妈，我妈应答如常，转过身继续和我父亲吵架，我们毫不觉得违和。

这次，父亲提出的要求，连一直疼爱他的大爸都觉得不可思议。一个刚到五十岁的男人，怎么会有这样的想法？就连他这个国家干部，都没到法定退休年龄。大爸对父亲说："你看看你这些娃娃，哪个日子过到了衣食无忧的地步？"

大爸又指着我："这个板定还没长大成人，你就当甩手掌柜？你没这本事，当初就不要蛤蟆老鼠生下一堆。为人父母，不是给了生命就算恩赐了，你把那骨气拿起点来，枉披了一张男人皮。”

父亲在我大爸面前从来不敢辩解，只是低着头，一脸不服，接着就是那种大病要来的样子。他这一招很管用，我大爸明显软了下来。

看我父亲这样，大爸对我们几个子女语重心长地说：“你父亲是指望不上了，你们自己要争点气。”

尤其是看到我蜷缩在角落里，大爸眼神里满是心疼：“板定，你小，不要管这些事情，去了学校好好学习，这是你唯一的出路，这个家你指望不上。”临了，又停顿了一下，很肯定地说：“不行还有大爸，工资够咱们爷俩生活！”

这次家庭会议，最后在我大爸的主持下达成了如下协议：除了留一些口粮地，其余的全部分给我二哥。

那年春天来得更晚，过了三月，还下了一场大雪。

二姐终于等来原雇主的回信，雇主愿意继续雇佣我二姐。这是我二姐能够返城的唯一理由。我也得到学校的通知，被专业队选调变成了正式队员，按要求，我可以把户口转到学校。

大姐夫和我去开了户籍证明，出了派出所，又拿过那张纸看了看，嘱我好好保管，然后意味深长地说：“从今天起，你就不是这里的人了！”

想不到，很多年后，随着至亲不断离去，我和那个度过人生最黯淡时光的小村子真的再无瓜葛了。可这里的每一株草，每一寸土地，每一缕风，每一个地名都像长在我身体隐秘处的胎记，除了我自己，无人知道它存在我身体里的感觉。

我有时候会在梦里见到它，依然是颠沛流离的童年，宏大的场景渐渐模糊，那些零碎而错乱的小事却越发清晰。

唯一跟我从图克木回来的那条狗叫黑虎。它失踪的那天早上，光照在门框上的颜色，马打喷嚏的声音，我父亲喝冲鸡蛋吸溜的声音，我妈罩着蓝色头巾推门进来的样子，还有二哥和二姐因为谁去抱柴火而争执的声音，我三姐要去上学找不到手套不停翻我的背影……历历在目。

这时候，大哥回来了，平静地告诉我："你的狗我问到了，被一个叫德勒格尔巴特尔的人弄死了！"

我的眼泪是弹出来的，我蹲在地上大哭。可是除了我，所有人都觉得，这和他们路上偶遇一个熟人一样平淡无奇。那时候光依然照在门框上，马打着喷嚏，我父亲吸溜着喝着鸡蛋，我妈罩着蓝色头巾忙着做饭，二哥和二姐继续因为谁去抱柴火而争执，要去上学的我三姐因为找不到手套着急得快要哭出声来……

我还记得二姐失踪之后，我和三姐去找疯了的我妈，那晚的月亮大得吓人，仿佛随时可能砸下来把我们压成肉饼。我三姐不知从哪里听到的说法，夜晚出门不能叫彼此的名字，不然被鬼听见就会领走。可是我分明听见远处，我妈高一声低一声呼唤着我二姐的名字。三姐估计也听到了妈妈的呼唤，后悔地唾着口水说："呸呸呸，大人不算！"

我还记得二姐坐在防洪大坝上，忧伤地唱着一首老歌："都说那海水又苦又咸……"隐约中，有一枚白月光正在她心间生根发芽，那白月光不停地在她内心深处滋长，变成了无根而起的忧伤，不知来源的念想，甚至变成了文字、音乐里那一抹挥之不去的不安和怅惋……

我根本不知道，有可能某一次转身，就是一辈子的告别！

那些与青春有关的往事

召开完那次大型家庭会议后，我和二姐也开始准备离家。

从得知我们出发的时间起，我妈就没睡过一个踏实觉，一会儿给我们炒点儿瓜子，一会儿又煮点儿鸡蛋。天还不亮，我妈仿佛又想起了什么，开始烙几张油饼，她说卖的那些东西都不如家里的好吃。本来已经准备好的行李，她猛然想起我的某件衣服扣子好像要掉了，重新翻出来穿针引线。用我父亲的话说就是:“你们还没走，你妈这个瞎人真要累死了！”

我们出发的头一天晚上，我妈趁我父亲不在，把我拉到一边，慌张地给我塞了五块钱，一边使眼色，一边低声叮嘱：“半大小子，吃死老子，饿得不行，买点吃的！”

我奇怪她哪来的钱，我妈不解释，只是用力地塞进我的衣兜，转身忙去了。很多年后，我才知道，钱是我妈问邻居借的，年底要用半片猪肉抵偿。

我们出发的时候，我妈借口外面太冷，就不出来送我们了。走出老远，我二姐突然哽咽了，示意我回头看。我远远望见，我妈站在风里，努力地望着我们离去的方向。

唉，妈妈永远是儿女回来时，第一个推开柴门的人；儿女离开后，最后一个站在原地的人。

我和二姐有一段路程同行，二姐极尽所能地照顾我。那时候还是绿皮火车，我们也只买到两张站票。为了打发漫长的旅途时间，二姐和我讲三毛，讲文学，讲她的童年，讲这个家庭里所有亲人。我们约好要互相写信，告知彼此的状况。

给二姐写信，大概就是我与文学最初的遇见。很多年后，二姐才说，我写给她的信，成了她在异乡漂泊的日子里最明亮的等待。直到现在，她无论漂泊在哪个城市，都会把那些信件带在身边。

再读自己当年写的信，发现那里有个故作深沉的少年，正一点点地复活，那口吻，完全像个家长似的在劝慰二姐。我每封信的思路基本一样，一开始是汇报学校发生的事情和见闻，包括吃了几个馒头，和谁干了一架。接着汇报从老家打听到的消息，并对二姐上一封信里说到的苦闷、遇到的选择答疑解惑。尤其是二姐第二段婚姻存续期间，我完全像个家长似的，让她学会隐忍，要孝顺公婆。有时候实在想不出说服的理由，居然还引用过马克思和列宁的话。也是在这漫长的写信过程中，文学的种子正一点点在我内心开始发芽。

还记得，有次我心血来潮写了一篇作文。那天，我第一次发现文字原来有如此神秘的魅力，它可以引领你看山海星辰，安放想念，为孤独壮胆。可惜，我那篇作文的水平，远远超出老师平日对我写作能力的评估。除了一口断定我抄袭外，他还让我滚出教室。我从此便开启了列席听课的历史。

那种挫败，只有我自己知道。那个小小的少年，没有回家的退路，没有疗伤的角落，唯一的办法就是原谅自己，放过自己。

我可以在老师前一分钟还在拿我做反面教材举例，下一分钟就激情饱满地跟同学大合唱；我可以做到前一秒因为回答不上要命的数学题被老师拽到讲台上羞辱，后一秒就在训练场变成生龙活虎的运动员。

我安慰自己的办法，就是不停地告诉自己："我又不是有病，凭什么拿别人的过错来惩罚自己！"

我要狠狠地爱自己。那是一个少年在孑然独行的日子里，自己给自己点亮的火把。

我的这些表现，在很多年之后，变成了别人眼里的豁达、大度、承受力强等优点，这是我当初不曾预料的收获。

不过，我当年也真够不省心的。为了节省回家的路费，我早早申请了放假留校的指标。我的藏族同学喜滋滋地放假回家，让我帮他把行李送到车站。我放下洗了一半的床单，穿着拖鞋就去送他了。路上，他把老家描述得特别神秘，还不停地游说，让我和他一起回去。我这随风摇摆的心，哪能抵挡得了，当场就决定来一场说走就走的旅行。

那时候通讯基本靠吼，新闻基本靠传。我莫名其妙地失踪了，可害苦了值班老师。他原本准备利用假期去度蜜月，这下被我搅黄了。他用了一个多月的时间才打听清楚，我是跟着藏族的同学回家玩去了。

我浑然不觉，玩得那叫一个开心。开学了，我和藏族同学如期返校。下了班车，发现碰到的同学都带着一种神秘的微笑看我，那表情，就像二姐失踪后刚回来时村里人的样子。他们越这样笑，我心里越没底，加快了回校的步伐。我想象的极限，也不过是我那洗了一半的床单肯定被别人偷走了。

值班老师咬牙攒存了四十天的怒火，在见到我的瞬间立刻爆发。他二话没说，同其他几个老师上来就对我一顿拳打脚踢。我被打蒙了，流着几滴死气泪，像一只不足月的落胎羊羔，灰溜溜地回了宿舍，洗我那已经干成羊肚子的床单。

很多人事后问我："气不？"

我想起我妈说的话——割了麦子种菜，啥事不误！不然呢，还能怎么办，我又打不过他！

很多年后，我和指导老师成了好朋友，他一直说我是他见过的心胸比草原还宽广的人。

在专业队训练那几年，是我从一个忧郁少年蜕变成一个阳刚青年最美好的时间。那些一地鸡毛的岁月，都被那个小小少年咬着牙挺了过去，然后发现，这人间好像没那么不堪，那些闪亮的日子正在悄然走来。

我在这里谈过一场愿意去死的初恋，我在这里遇见一群愿意为我赴汤蹈火的兄弟，我在这里为自己披上了可以血战疆场的铠甲，我在这里让一个自卑的少年站在了高光之中……

那个少年正穿行在婆娑的人间

再卑微的人，青春来的时候，都是势不可挡的。

我的青春，除了永远用不完的旺盛精力，还有总也填不饱的肚子。那种饥饿，就像狼群住在肚子里似的。有段时间，我看待一切东西只分两种：能吃和不能吃。

上数学课，连老师写出来的根号，在我眼里，都像极了刚出炉的麻糖。我听不懂课的时候，就盯着数学老师的脸目不转睛地研究，究竟是椒盐味的好吃，还是孜然味的好吃。数学老师对我这个数学晚期癌患者无比讨厌，总在我毫无准备的时候突然提问，在我回答不上来时，合情合理地让我站在讲台边上听课。到后来，除了语文老师，其他老师都纷纷效仿，我几乎就是站在离老师最近的地方，度过了我的大部分学生生涯。

起初，他们当众训我、冤枉我的时候，我还会极力争辩和证明。后来发现，一个学渣的标配就是必须要有一个强大的内心和宽广的胸怀，那是活下来不得已的办法。

很多年后，一些见证了我种种曲折经历的人对我说要感谢苦难，是苦难成就了我。这是我最反感的说法。如果人生可以重新选择，我宁愿做一个含着金钥匙的纨绔子弟，谁爱苦难谁去！

我有个队友是藏族人，叫尼玛次仁。我俩都来自牧区，有共同的生活习惯，也有相同的贫穷和对数学的讨厌。我们迅速成了同盟、战友和死党。

因为贫穷，我们选择了留校。没有学生的校园非常萧瑟，总有那么几天，我和次仁会莫名地悲伤。我们互相鼓励，大声唱歌，驱散孤独和黑暗。我们一顿能吃七八个馒头，然后小心翼翼地坐在铺盖上，享受那种吃撑了的幸福感觉。

那时阳光从窗户上斜斜地散落进来，我们两个人顶着满头的金光，沐浴在一种无法描述的满足之中。对总是饥饿的人来说，吃饱吃撑的满足就是幸福。

有一回，我们俩突然发现，学生放假时，大师傅们在厨房里储备食材。尤其是那弥漫在空气里的肉香味儿，简直能要了人命。次仁偷偷绕着厨房悄声地走着，我发现后便大声问："次仁，你干甚了？"

次仁慌张地跑过来，堵住了我的嘴，一个劲儿地骂道："给老子嚎甚了？"

我才意识到，次仁正在谋划一个大行动。在谋划这种事情上，我永远干不过他。我通常像个麻雷，动不动就炸了；那小子却沉着稳重，只要他谋划的事情，都能完美收官，毫无痕迹。所以，我们一向分工明确，他是事件的策划者和指挥者，我是执行者，我们俩配合得天衣无缝。

在他的策划中，我们曾按图索骥，傻傻地坐着班车，去城外一个叫"果园"的地方摘果子。结果发现，那是一个荒无人烟之地，如果不是碰到一个瓜农，我们俩有可能就饿死在旷野。那次，我偷瓜被抓，次仁用三寸不烂之舌打动了瓜农，瓜农放了我一马。否则，我会被遣送回学校，开除学籍，也就不会有之后的那些事。

次仁这个满嘴青稞味儿的家伙，说起那些柔软的话倒很有一套。他一本正经地对瓜农说："你眼前抓的这个小子，是未来的冠军，是你的贵人，你宽恕他一次，他会用其他方式回报你的。"那个瓜农居然信了。或许，善良的瓜农只是借着这个谎言给我们一个台阶。他不仅放了我们，还让我们把那个西瓜吃掉，另外还送了我们两张白皮饼子。

回去的路上，我们俩一边总结不足，一边互相挖苦彼此的狼狈。那天的夕阳洒满了山谷和河槽，一对少年行走在小路上，为了那被宽容的幸运，笑得那么灿烂。

偷学校的猪蹄子就没这么幸运了。根据次仁的部署，我从厨房的窗户进去拿猪蹄子，他在外面接应。结果，我好不容易摸索着把猪蹄子从窗户递给次仁，就被一双有力的大手抓住了。

厨师是个膀大腰圆的中年男人，大概是多年没发挥过的口才，终于找到了用武之地，他超水平地大骂我俩，还把我们拉到操场上，极尽所能地羞辱。连我这个号称脸厚心宽的人都无地自容，但凡给我一条小缝，我哧溜一下就钻进去了。这是我最感耻辱的一次，当时我那猪油和尘土混合的脸上，流下了伤心的眼泪。

令人匪夷所思的是，尼玛次仁这个煽风点火的始作俑者，却十分超脱，脸上平静如水，目光竟然望着远方，好像此刻他的灵魂早就飞到了青海湖畔。大概这个厨师骂得自己都觉得无趣了，骂骂咧咧地让我们滚回去反省。

回去的路上，我觉得特别丢人，那是一个少年最卑微的自尊。可是尼玛次仁这小子也不劝我，木然地走出人群，悄悄拽了拽我的衣襟。到了没人的地方，他才按捺不住欣喜，示意我看他的棉衣里面。那只我偷出来的猪蹄子，在他的棉衣里面像一头红光满面的小鹿，泛着迷人的光泽。

次仁反问我："骂你你就疼了？"于是，我瞬间就原谅了自己。

那天的画面是这样的：日暮时分，两个少年坐在井边，一边喝着凉水，一边吃着猪蹄子，脸上是灿烂的笑容和污渍斑斑的泪痕。

人真是奇怪，一起享福不一定能有多么深厚的情感，而一起经历苦难却可以结下深厚的情感。多年后，我们俩见面还是先互相用难听话骂对方一阵儿，才能进入正题，但这从不影响我们在彼此生命里的重量。每次见面，我们都会拿出这段历史互相挤对，那两个落魄的少年，又鲜活地出现在眼前。

有些情感是无法替代的。我们至今见面都不用铺垫，直接把某年某月的糗事拿出来说笑，也不用解释，存在他那里的曾经，瞬间就地复活。我们在彼此面前也休想清高，铁定会穿帮。我们在彼此的面前也休想掩饰，几句话就知道对方正在酝酿一个什么样的响屁。

他见过我所谓的失恋。我进了专业队的第二年，仿佛在一夜之间，就从忧郁的少年变成了阳光青年，尤其是在年底的联谊会上，我们几个表演了临时排练的健美操后，这一身线条流畅的肌肉，使我们一夜之间就成了学校的风云人物。我的初恋就在这种懵懂中拉开了序幕。其实也算不上初恋，顶多是我一厢情愿。

我一个高年级的学姐开玩笑说喜欢我，我就信以为真了。在这之前，从没有任何一个异性表示过喜欢我。我那时候就像一只忘记返程的候鸟，焦急地穿梭在如何活下来的路上，哪有心思去喜欢谁。

这回可是学姐主动追求的我啊。那个已经青春萌动的青年，以为这就是神圣的爱情。可学姐惊鸿一瞥后，就烟花般消失了。

于是我大张旗鼓地失恋了。次仁起先还帮我请假，替我打饭，耐心地开导我，陪着我疗伤。没过三天，他就带着教练的指示出现在我面前：要么给爷继续失恋，卷铺盖滚回你的牧区放羊喝西北风去；要么现在立刻给爷滚到操场上继续训练。

我权衡再三，还是决定把失恋放一放算了，毕竟活着比什么都重要。我人生的第一次恋爱就这么潦草收场了。很多年后，我才从尼玛那里知道，那一段醍醐灌顶的话，根本不是教练说的，是他编造的！这也成了他挤对我的把柄。

尼玛在2008年出家了，那是他在妈妈去世后第三年决定的。他捎话给我，说在出家之前，最想见见我。那天，他立在风中等着我。这么多年来，第一次，我们见面没有互相挤对。说不上是什么心情，我努力克制着自己，还是没忍住哭出声来。我哀哀地劝他："能不能不出家，你知道不，你走了，就把我们共同的少年时光带走了，我想你的时候，说给谁听？"

他的脸上没有悲苦。他给我解释，对他来说，出家不是看破红尘，而是回家，去另一个人世间……

我始终也不懂。只是在年过四十后的某天，突然就没那么想他了，说起他的故事，也像是讲起一件有趣而喜悦的往事。

不悲苦，这是我对他最真实的祝福。

写这篇文章的时候，我仍然觉得他离我不远，就在某一个山海，正在为这人间念着自己的经卷……

如果善良，请别轻许诺言

如果说，换专业让我找到了自己的天赋，那么，某天一觉醒来的突然开窍，则让我尝到了运动的魅力。那是一种极其神秘而超然的感觉，如同一片羽毛落在了手掌，亲眼看见了一朵花悄然绽放，不费吹灰之力唱到了自己想要的高音，眼睫毛上的晨露轻盈地弹到了鼻尖……

也是从那一刻开始，我与运动不再是征服和战胜的关系，倒好像是螺丝找到了螺母，水滴落入了溪流，是一种无法描述也无法分享的感觉。我好几次想给次仁讲这种感觉，但是我的语言又无法胜任这种表述，只好摁进了肚里。

那是一段无法忘记的岁月，我以为人生就该如此。可越是这样，内心深处某种莫名的不安和隐忧就越发强烈。

二姐依然会写信给我，我也会将家里的情况转述给二姐，我是家里和二姐之间消息中转的地方。

我从父亲的来信里得知，父亲用寄回家里的奖金又买了五只羊，预计年底我们家就有七十只羊了，单羊绒就是一笔不少的收入。他们打算搬回牧区，好好养几年羊，攒点钱，将来给我娶媳妇用。我父亲也会叮嘱我，一个人在外，要学会忍让和包容。

我父亲也会讲起家里其他人的情况，比如我三姐的婆婆公公瘫了，三姐的负担很重。大姐搬出了村子，盖了新房，婆婆公公也跟着大姐一家搬了出来。在我印象里，大姐的公婆从她成家起，就对她没什么好感，居然会选择跟大姐生活。我父亲的解释是“因为你姐最好说话”。

我从字里行间都能感觉出来，这是我父亲破天荒地对他的儿女表示赞扬。说到大哥和二哥的情况，他都是一笔带过，倒是对我哥的儿子，用尽了溢美之词，让我觉得不可思议，原来他是会夸人的。信末，他又和以前一样让我写信多劝劝二姐。他始终觉得，二姐是最不让他省心的一个孩子。

那时候，我二姐刚刚新组建了家庭，对方离异，带着一个小孩。我起初还劝她别冲动，冷静冷静，可二姐说她终于找到真爱了。等收到下一封信，她让我转告家人，她已经成家，并信誓旦旦地说，那人对她很好。可惜，之后不久，二姐的婚姻又进入了一地鸡毛的状况。

给二姐写信，几乎成了我青春时期最主要的经历。我除了转告她父亲那些语重心长的话语，还不停地搜寻各种名言警句，苦口婆心地劝慰二姐要学会忍让。多年后，从二姐那里再读当年我写的信件，才发现，那口气像极了我父亲。

就在我为二姐操心的时候，我自己的人生正在面临着一场艰难的抉择。

那段时间，是我运动生涯的巅峰时刻，再加上体验到那种“开窍”的美妙感觉，几乎是我职业运动生涯中最平顺的黄金阶段。

但是不知道为什么，越是这样平顺，我的内心深处越有一种说不上来的不安和伤感。有时候我也会和次仁聊起我内心深处的隐忧，次仁武断地认定是童年阴影在作怪。他说，童年不幸的人，幸福都会减半的。

现在想来，次仁出家是对的，他对精神世界的领悟力远远超越了同龄的我。

那时，我顺利地被选拔出来，参加一次重大的比赛。次仁煞有介事地说，我有冠军相，甚至我们俩都提前想好了获奖感言。但是那段时间，我做了一次又一次的噩梦，梦中我要么找不到号码牌，要么无故错过了比赛的时间。接着，我就在崇山峻岭中飞跃，好像还清晰地飞过了我的老家，看见了年轻的阿爸阿妈正在庭院里忙碌。只是无论我怎么努力，都喊不出一点声音。

有时候，为了缓解高强度的训练带来的压力，我和次仁还会偷偷翻墙出去，到录像馆看一个通宵录像。那时候我们还有英雄情结，还有一闭眼的白日梦，还有白月光和朱砂痣，还有憧憬和希望。

《阿郎的故事》就是在那时候看到的。那是我第一次在那么嘈杂的环境里，竟然感动到落泪。尤其当阿郎大叫着“没有波仔，我就什么都没有了”，他将波仔赶出门，又躲起来大哭。当阿郎为了生活，其实是为了躲避一个人的落寞，重新踏上了赛车的道路时，他与我心中的英雄形象一模一样。我甚至自作多情地把自己当成了阿郎，直到影片里冒起一片让人撕心裂肺的火光，出现罗大佑的声音。我当时感觉自己仿佛是一片羽毛，刚刚落地又被大风吹上了云霄。

现在想来，这部电影，这场火光，似乎为了特意拯救之后的自己而来。

那是一段无望而茫然的日子。看完电影后不久，我参加了那场比赛，以运动生涯最差的成绩结束，不仅没有完成队里的任务，还浪费了指标，让整个团体跟着受了处罚。摆在我面前的只有两条路，要么回原籍，要么足够幸运，保送求学。对我这种家庭来说，回去的路，在我把户口转出来的时候，就堵死了。上学是唯一的出路。

很多年后，我看到那句“时代的一粒沙，落在每个人头上，就是一座山”后，瞬间理解了，生如蝼蚁的我们，在时代面前，任何一点风吹草动都能左右我们的命运。

我面临着人生的一次选择。这些年来，除了体育我一无是处。我以为见证过我青春的那座城市，与我毫无关联，自始至终是从我身边奔赴而过的地方。我于城市而言，也不过就是一粒沙，随风而去，恰好经过了它而已。而我却固执地误将它当作自己的最后一根稻草，死死抓住不放。我就像溺水的人，任何一个人的承诺，都被我视若拯救我的神灵。

我的一个教练只是随口说了一句让我回去等消息，我就把它当作圣旨一样。

那是一段灰暗的等待。我每天去一个小镇上等消息，那消息是我可以回到城市的理由。

等待漫长而绝望，它掏空了一个少年所有的未来。

那时候唯一还有暖意的事情，就是一遍又一遍地看《阿郎的故事》。

每一次的火光和流泪，给那个没有赞美、没有希望、没有梦想、没有文化却有不甘的少年一个出口。也借着那场电影，我熬过了凌晨三点的月亮，熬过没有尽头的绝望。

终于在某一个清晨，我鼓足勇气，返回那座城市，像秋菊一样要一个说法。

现在回想起来，那段时间对我伤害最深的，就是那句轻许的诺言，它差点让我对整个人世间都失望了。

那些在青春的波峰和波谷之间发生过的事

从接到退役消息的那一刻起，我意识到，十年的时间，我彻彻底底把自己活成一个没有故乡的人。在这座奋斗了六年的城市，我连一个安放户口的地方都没有。父母那边，从二哥分家时起，就已经宣布我地无一垄、房无一间。至于遥远的图克木，从至亲的人离去开始，连屋后的老柳树都知道，我已经变成了陌生的游子。

那句“回去等消息”的承诺一度是我最后的希望，从初夏一直等到入冬，才明白那是一句安抚我的谎言。

整个图克木草原下了那年最大的一场雪之后，我决定重回学校。我要像秋菊一样问他们一个答案：哪里才是我落脚的地方？

那时，次仁已经回到青海老家。他的日子也不好过，他们家十一个孩子，我十四岁那年去他家的时候，他妈妈已经老得像他的奶奶。他和我一样，去体校完全是为了有口饭吃，有个落脚的地方。

我原打算等大雪消融，班车通了，再返回学校问一下情况。可是眼前的大雪将整个草原都摁成了静音，那种被世界遗忘的安静，让人窒息。

我那时才明白，当年阿妈为什么特别不喜欢冬天。她说她怕冬天，怕没有任何消息的冬天。我现在理解了，再见不到人，我都怀疑自己还能不能说话。我逼着自己对着风雪唱歌，大声嘶喊。累了的时候，就和空气说话，想象着我的亲人就站在门外，他们像活着的时候那样，微笑地看着我。我向他们诉说我的委屈和苦闷，向他们汇报我的努力和不甘……

就在这时，我仿佛听见门外有人踏雪而来，我惊觉，大声喊：“谁？”可是门外除了风卷残雪的声音，再毫无动静。

我知道，大雪封路，谁没事跑这么远来啊！我又壮胆般故意大声唱歌。奇怪，这次我更清晰地听见了风里若隐若现的声音。真的，是人的声音，好像喊我的名字，好像有人在。

我穿好衣服，探头探脑地拉开门。门外的风雪像刚从战场上撤退下来的千军万马从我眼前划过。然后，我看见一个人影，准确地说，是一个穿着棉袍的人影，正向我这边张望。

我隔着风雪大声喊："谁？"

那人本来准备离开，忽然听见了我的声音，转回头对我喊："老乌吗？"

那一刻，我的眼泪瞬间涌了出来：他是尼玛次仁！

见是我，他很兴奋，摘下棉帽，急匆匆地跑过来，上来就杵了我一拳，骂骂咧咧地喊："死个泡，老子以为你'闭关修炼'去了！"

他还是那么玩世不恭。我看着他眼睛眉毛上挂满了白霜，把自己激动的心情压下来，装作平静地和他互怼起来。

我们像在学校时候那样，先是互相骂了一通。之后，我才问起他怎么找到我的！

尼玛次仁还像上学的时候一样，轻描淡写地讲了讲他顺路看我的起因。原来，他陪妈妈去我们就读的城市看病，偶然遇到我的教练，问起我的情况，就想来看看我。以前，他跟我回老家开证明时来过一次。草原上，下了雪根本分不出东西南北，这也是冬天无人互相走串的原因。次仁几经打听才终于找到了我。

在草原，没有比踏着大雪来看你更深情的了。那晚，我们俩一边喝酒一边讲着仿佛昨天才发生的往事，都有一些伤感，又都努力克制表现得风轻云淡。次仁的到来，简直就是冬日的暖阳。我突然觉得自己没那么悲苦，对未来也充满了莫名的憧憬。当然也更坚定了我返校问个说法的决心。

的确，次仁的日子也不好过。退役回去后，先在民办学校教了一段时间体育课。因是临时工，工资很低，又跟着家人挖了半年的虫草。他已经打算好了，等他妈妈身体好点之后，他想去念佛学院。他说他喜欢那种安静而平和的生活。他还给我讲一些佛学，看我心不在焉，就不再说什么了。

人在绝境中，内心深处是不安和躁动的。我始终憋着一口气，还差点因为一个人的敷衍，而否定了所有的柔软和善良。

我是带着戾气和愤怒返回学校的。我那时真的是个语拙的人，尽管心中如明镜似的清楚，但别人几句话就把我说得理屈词穷。

那是一段没有自尊也看不到未来的日子，周围都是敌意和贬损。我太希望有人能帮我说一句话，我真不想沦为过河的桥、卸磨的驴。

估计是队里了解到，有一个学长似乎能说服我。有一天，当那个熟悉的人影出现在门口的时候，我就像见到亲人一般差点哭出声来。我心想，终于见到我的亲友团了。但令我意想不到，学长是专程过来说服我的。至今提起他来，我的心里依然充满了怒气。

很多年后，他在异地和我相遇，向我表示他的歉意，我依然没有原谅他。我能做的就是放过自己，在困境中劝你大度的人，其实比事情本身更具有破坏性和伤害性。他带着任务的身影，至今是我内心深处的一道伤疤，想起一回就难受一回。这事也告诫我，无论什么境遇，都不要借着别人的不幸来成全自己的慈悲，这是不道德的！之后，我尤其对那种劝人大度的人特别反感。见到这种人，我就果断疏远，因为这种没有成本的善良，恰恰滋养了恶。

这至今是我做人的底线！

在我的努力下，终于实现了留在那座城市的初衷。但是，留下来才知道，要让一座城市接纳你，除了自身的努力，还有很多硬性的条件。没有属于自己的房子，没有融入主流的圈子，无论你怎么努力，注定也是边缘人。在这座城市的汪洋中，你如一片落叶，瞬间就被淹没在生活的各种旋涡里。

总的来说，我和那座城市终究没有缘分。我开过饭馆、卖过蔬菜、打过短工，也当过学徒，但除了运动，什么都不是我的强项。

那是一段颠沛流离的日子，我天天做着发财的美梦。听说一个叫格尔木的地方有个玻璃丝厂，我就跟着朋友扒火车去了，高温车间，瞬间让我仓皇逃走；也听说在新疆捡红枣收益不错，就一个人去了，除了认识了一家朴实而淳朴的哈萨克族人家，基本算狼狈归来。甚至有一段时间还特别想当一个大厨，萌生过要去蓝翔技校学厨艺的想法。

有一段时间，心也野了，老觉得自己是一块大黄金，哪都放不下。这时，我接到了学校迟来的补偿：给了我一个去蒙古国交流学习的机会。

我带着怨气义无反顾地走了。我甚至把这些年来的不顺和曲折都归罪于体育，觉得是体育给我打开了一扇窗，又关上了所有的门。与其没有见世面的能力，不如一开始就不要让我看到世面。我甚至想过，假如生活有选择的权利，我宁愿就待在牧区，与羊群和马为伴，简单而纯粹地度过一生。

可是现在，我的眼里、心里已经灌满了外面世界的精彩，突然又让我返回原处，这几乎就是将我心中的白月光瞬间掐灭。见到光明后再跌入无边的黑暗，那是终身的不幸。

所以后来，我渐渐理解了我二姐。明明让她看到了爱情的样子，又转身抽走了她拥有爱情的权利。这一生，她注定颠沛流离。

体育无疑就是我的白月光，它在我的心里擦亮了一个世界，却在我奔赴而去的时候，把回去的路全部堵上了。那是一个少年的爱憎分明，他负气地将关于体育的所有历史全部清零，连半块生锈的奖牌都扔进了黄河。

我想，就将那段经历从我的人生中掐掉，从此就可以凤凰涅槃。事实上，体育教给我的品质，在往后余生里，渐渐变成我最闪亮的奖章！

人生原来真的没有白走的路，每一步都算数！

在人间烟火里跋涉

我决定接受队里安排出国的时候，专门回了一趟老家。那时候负气地以为，这一走，就是永远。

最先，我专门去看了大爸，大爸那时候还在上班，在离黄河不远的一个小镇子上居住。大爸已经娶回了大妈，据说大妈的前夫在放羊的途中突然去世，留下两个半大小子。

大妈改嫁给大爸的时候，只有一个条件，要带着她的两个儿子一起过来生活。那时候大爸家的孩子，除了我二哥，其他的都已经成家立业。大爸也同意了大妈的要求。可惜大妈带回来的大儿子，只住了半年就说什么都要回自己的老家单独生活。孩子大了，自尊心强，除了觉得自己寄人篱下之外，更主要的是对陌生环境的不习惯。一个牧区长大的人，怎么能适应小镇里的喧闹。就像我在城市里度过了关键的几年，回到牧区就像被世界遗忘了一般。

大妈在和大爸成家之前都没有离开过大漠。印象里的大妈整日沉默着干活，她总是劝说自己的孩子要听话，她对大爸家的我二哥格外地照顾，努力在证明她是一个可以一碗水端平的好继母。所以有时候，明明不是自己孩子的错误，她为了表明自己的立场，故意在人多的时候，平白无故教训自己的孩子。不明就里的人们，很快就传成了我大爸一家两种标准对待孩子这种闲话。

显然，我大爸已经听到这种传言，就回去教训我大妈："坦坦荡荡的，不成家两家人，成了家一家人，不要鬼鬼祟祟的。"

我大妈的那个大儿子，每隔一段时间就会来要生活费。大爸的工资远远不够一家人的生活费用，他不得已还在工作之余接一些外面的活儿。

比如，发挥他的特长，重操旧业，防洪的时候，跳进刺骨的河水里用身体堵住洪水，这样一次就可以挣到三倍的工钱。大家都知道，别看挣点快钱，那刺骨的河水要是伤到骨髓，会留后遗症。但我大爸每次都笑呵呵地说："身体好着呢，等于冬泳。"其实我知道，那是生活所迫，不得已的谋生手段。

但就是这样，大爸家的开支总是吃紧。而大妈依旧那么忙碌，那么沉默，永远就穿那一身衣服，永远在做出一碗水端平的姿态。无论大爸给大妈买多少衣服，大妈从来也不穿，大爸给家里拿回多少冬储的食品，到了约定的时间准时没有了。

小时候，这成了我心中的一个悬案，直到长大后才知道，大妈都把它们置换成钱，悄悄寄回大儿子那里，理由是攒着给大儿子娶媳妇。果然大儿子娶过媳妇后，生活费也不来要了，人也很少过来。就连一直跟着大爸生活的二小子，自从有了工作后也销声匿迹了，仿佛这个家从来不曾有过他们，也仿佛这个家曾经深深地伤害过他们。

大妈偶尔也向我妈抱怨她那两个儿子都指望不上。儿子对她也是不管不理，就连两个儿媳妇都认为，她就是一个为了嫁汉而把自己的儿子抛弃的坏女人。

大妈为这事一定很伤心，如果没有特殊紧急的事情，从来也不回儿子那里，倒是对大爸更关心了。大爸和大妈的感情也很好，经常进进出出跟着干活，即使只有两个人也有说不完的话。在大妈眼里，大爸就是男神一样的存在，大爸说的所有话，大妈都当成真理一样对待。

大爸不知道从哪里得到的知识，认为一个人一天走一万步有利于健康，大妈奉若圣旨，不管刮风下雨都要走一万步，以至于关节开始刺痛。

那时候我正好回去，大爸一定觉得他这个侄儿子见过世面，又是专业走路的，就和我求证科学的依据。在我反复解释中，大爸总算放弃。

大爸知道我的决定后，沉默了很久，反复问我还有没有其他办法，后来得知我去意已决，就不再说什么，只是一个劲儿地安顿我："不要喝酒，不要冲动，要学会和人相处，要学会隐忍。这件事就不要给你妈说了，免得担心，反正她不知道你究竟做什么工作。”

我回家那段时间，我妈很开心，每天变着法子给我弄好吃的。闲暇的时候，我妈就把我不在家的时候家里发生的事情讲给我听。

我从我妈口中才得知，我三姐生她女儿的时候是难产，差一点出了大事。我妈当场就吓得尿了裤子，除了跪在院子里不停磕头，再也想不出办法。幸好我三姐命大，等到接生婆赶来，连拉带拽地总算把孩子生了下来。几年后，我三姐还想要一个孩子，我妈听说了，以死相逼，说什么都不让我三姐生了。

我妈说：“你三姐在娘家没过过一天好日子，回到婆家，又帮着娶了两个弟媳妇，又给一对老人养老送终，没享过一天福。她这一辈子就是来还愿的，不知道什么时候能好活上几天，你见过世面，你有出息了，记得拉扯你三姐一把。”

我三姐虽然辛苦，但在婆家很有威信，妯娌几个非常团结，聚在一起有说不完的话。那个时候我才知道三姐不是一个沉默的人，她的心中也有自己的白月光，尤其和我一起去云南开民宿之后，她的言谈举止都有了很大变化，那是我们姐弟俩在一起最长的一段时间。

以前买衣服只在乎面料和价格的三姐，突然学着从网上开始选择款式和搭配；以前只喜欢听草原歌曲的三姐，不知什么时候手机铃声换成了一首许巍的歌；她以前的朋友圈只会转发她兄弟我的文章，现在也忍不住拍一朵花或者一片云了，并且，搜肠刮肚地写上一句“美丽的云美丽的花”之类的句子；还比如以前习惯端着大碗喝砖茶，现在突然变得婉约起来，从网上买了几只最廉价的小茶杯，只有雀儿头那么大，学着来我民宿的那些客人的样子，小口小口地抿着喝。有时候三姐还会怅然地望着窗外，自言自语：“时间真快啊，立春马上要来了！”我知道，我三姐心中也有一片自己的白月光，只是她为了生活将其生生地摁在了心中。

我回家小住，等待通知的日子，我姐和我姐夫劳动回来也会来家小坐一会。听说我喜欢吃柿子，我姐夫也没说什么，转身出去了。过了很长时间我才知道，我姐夫专门回村子里和别人要了几颗柿子给我送了过来。

我姐因为繁重的劳动，脸色很不好看，那种生活的艰辛在我姐的眉宇间留下了与年龄不相符的皱纹。她有时候坐在角落里，听大家聊天，听着听着靠着墙就睡着了。我姐一直话少，也很少讲家长里短，她是一群人中间那个永远认真倾听的人。如果不是有万分的委屈，她会把所有的不幸都一口咽了。

我妈等我姐走了之后才七漏八漏说了一些，说我姐在婆婆公公那里受了很多委屈，无论怎么努力都得不到公公婆婆的认可，好在我姐夫是个温暖的人，对我姐很好，我姐夫用加倍的体贴弥补了我姐的委屈。

我姐真是嫁给了爱情，任何时候说起我姐夫来，眼里会有一种说不上来的喜色和少女才有的憧憬。有时候从我姐身上不由得相信，这世界之外，肯定还有一双眼睛看着我们，他把我们在人间遭受的苦难，用另外一种方式给予补偿，让我们觉得这世界我们值得来过。

我妈说，我在家的那几天，也是她最开心的日子。我骑着自行车陪她参加了那达慕，看了戏，还买了一件她喜欢的淡蓝色的长裙，我们还在会场吃了羊肉，我还参加了博克比赛，还意外地拿了一块毛毯。我妈开心坏了，见人就说：“这是我三儿子，刚从城里回来。”我妈心里一定觉得能在城里生活就是无上荣光。

可惜我妈的开心在收到我二姐的一封电报后戛然而止。

我二姐的电报是我二姐的婆家发来的，内容只有几个字：叶儿离婚，已搬离住处。显然这是婆家给家里人一个交代，也算是推脱责任。

我妈的眼泪是喷出来的，她努力地克制着不让自己哭出声来。不停地说：“你二姐最不省心，也不知道现在有个落脚的地方没，我哪也不去了，你二姐万一没地方去，还能回来住。”

事实上，我妈之后很少出门，每年不管我二姐回来不回来，都会种我二姐爱吃的小瓜子、西瓜，把豆角晾干，存起来，等着有机会给我二姐寄过去。

我妈去世之前，我曾经邀请她去北京玩，让她看看天安门。但是我妈都拒绝了，她唯一的理由是：“不能走，你二姐万一回来，我不在，她没个落脚的地方。”

我父亲听到这个消息，除了愤怒，还有深深的恨铁不成钢。他把对二姐的怨恨都撒在离他最近的我母亲身上，认为时至今日，我二姐的遭遇都是我妈纵容溺爱的结果。当初逃婚回来，要是强硬一点继续在第一个婆家过日子，也不会有之后的事情。

我父亲的理由是：“第一碗饭好吃！”他坚持自己的观点：二婚本身没有多少选择的余地，好的都让人家挑走了，剩下的都是有问题的！这不，果然出问题了。

接着他反过来问我，最近一次和我二姐写信没发现迹象吗？

我这才想起，我二姐的信里，虽然没具体说什么，但是字里行间流露出来的迷茫和压抑让人特别难受，我也写信问她，都被她敷衍过去了。

不得不相信，性格成就命运。我二姐骨子里的不屈服和对现实生活的无能为力始终是她此生注定漂泊的根源。

大概这就是人世间吧，尝尽世态炎凉，也被人生无常打得落花流水。

那遥远的一抹白月光

我二姐的心中永远住着一个十八岁的少女。

她的前半生固执地在做三件事：一是相信爱情；二是奋不顾身地寻求真爱，即便如飞蛾扑火般粉身碎骨；三是缝补伤口，好了伤疤忘了疼，又开始一场飞蛾扑火的死循环！

我二姐的第二段婚姻因为一条白裙子而破裂，让人觉得匪夷所思。

住在铁路边的我二姐本来很满足这种城里有家的日子，我的前二姐夫人也老实本分，按部就班地上班，领到了工资如数交给家里等着下米的二姐。

刚结婚那会，我二姐写的信里都是满满的幸福，在她的描述中，绿皮火车经过她的门前都美得像一幅画。她开始努力像城里人一样学说普通话，像读书人一样去图书馆看书，看斯琴高娃主演的电影，和一朵花合影……有时候她就站在喧嚣的街上，看着人潮汹涌都觉得是一种富有和幸福。

那时候，她会不停地给我写信，除了描述她所拥有的幸福，就是流露出亲人不能和她分享喜悦的遗憾。

她说，她今天吃了火龙果，要是妈妈在该有多好，下次回家一定给妈妈带几个回去；她说，小姑子今天扔了很多新新的好鞋，要是离家近把它们全捡回去，三姐、大姐都能穿；她说，她从别人那里听到斯琴高娃刚刚来过她们生活的城市，差一点就遇见少女时代的偶像啦。她也和我在信中交流三毛，说她买了一本三毛的新书，已经给我寄到学校了。

她也会谈起我的前二姐夫，除了描述她眼里神秘的上班生活，还会抱怨前二姐夫的清高和寡语。

她在结婚之后，才知道我前二姐夫的婚史非常丰富，他们全家人闭口不提我前姐夫的从前，仿佛这是一个雷区，随时有引爆的可能。

那是我妈一生出得最远的门，是我前二姐夫坐火车来接的我妈。即使是她的女婿，在我妈眼里也是非常陌生的脸孔，她几乎是立在那里不吃不喝熬了三天才到达二姐的家。见到二姐的那一刻，我妈已经虚脱。我二姐一边挺着肚子，一边忍不住埋怨我妈没出息，跟着自己的女婿又不是老虎，至于战战兢兢到了晕倒的地步？

我妈也不反驳，其实从离开家乡的那一刻起，她就感觉自己像被扔到沙漠里的一尾鱼，她听不懂任何人说话，任何人也听不懂她说话，我二姐就是她唯一的救命稻草，睁开眼的第一句话居然是“哪里有厕所”。

我二姐在我妈去的第二天就有了生产的反应，一家人急急忙忙把我二姐送到医院。我二姐肚子疼成那样，也记得从来没出过远门的妈妈，不停叮嘱前二姐夫一定照顾好我妈。即使这样，我妈还是在我二姐剖腹产的时候丢了。

我妈在我二姐被推进产房的那一刻，想起我三姐难产的经历，想起有人说吃一块老家的奶酪就会逢凶化吉。和我二姐夫沟通无果的情况下，我妈擅自跑回家取奶酪，结果就迷路了，在医院和我二姐的家之间整整走了一晚上。

我二姐生产、我妈走丢这两件事在我二姐夫的家人眼里，纯粹是乡巴佬进城丢人现眼的大事。

我妈见我二姐母子平安，像个做了错事的孩子，无比自责地立在那里。在我妈心里，她是跋山涉水来伺候我二姐坐月子的，现在不仅没有帮上忙，还给亲家添了麻烦。我前二姐夫对这个事情很烦，当着我二姐的面，把我妈训了一通，我妈低着头流着眼泪一个劲儿地赔不是。二姐因为这事和二姐夫干了一架。

二姐夫很不悦，他觉得娶到这种乡下人真是倒了八辈子血霉。我妈一个劲儿地劝说自己的女儿，还去给亲家道歉。我妈说的是牧区话，他们双方因为语言的隔阂，只能相互比划着表达自己的想法。

我妈还是看出了亲家的不满。他们捏着鼻子，把我妈从牧区背来的羊肉扔到了垃圾桶。还推着我妈，让她快点回二姐的月房。见了我还说，我妈身上有一股牛粪味儿。他们觉得这很好笑，给我描述的时候，还捂着嘴笑个不停。

我妈勉强伺候了二姐两周，就再也待不下去了。二姐也看出，我妈要是再不离开，真要病一场了，就写信让我接她回老家。

我妈见到我，竟然委屈得像个孩子，当众哭了起来。这让我二姐夫很没面子，觉得我妈的举动晦气而丢人，正要当着我的面呵斥我妈，转头看见我满脸不高兴，才换了一张笑脸。

我那时候十五六岁，身体健硕，脾气也很刚烈。二姐夫即便对我们家人充满了鄙视和不屑，却不敢说一句不好。

我和我妈天不亮就要赶到车站。二姐挣扎着起来，给我和我妈的背包里塞了很多她和姐夫穿过的衣服，并让我二姐夫去早市买了几个油糖饼子。临出门，又从衣柜里找出一件新买的白色连衣裙，说她有了孩子，身体发福，穿不成这条裙子了，让我妈带给我三姐。

二姐夫当时的脸色非常难看！

我妈用眼睛的余光瞟了一眼二姐夫，说："牧区生活，蚊子咬得也穿不成裙子，你放着自己穿吧！"

二姐觉得，我妈大老远来伺候她，不仅没得到很好的照顾，没吃上珍贵的火龙果，还白白窘迫地煎熬了那么多天。或许在她看来，我妈空着手回去是一件很丢面子的事情，会让村里人认为这个逃婚又嫁到城里的女子，原来依然过得不好。

没想到，我们离开后，这条裙子在我二姐家引发了一场"战争"。二姐夫家人觉得，二姐娘家的这些穷亲戚，不知偷偷拿走了他们家多少东西。二姐也第一次发现，在姐夫的眼里，她就是个吃闲饭的家庭妇女。

二姐在孩子断奶后，就出去找工作了。她卖过早点、开过理发馆、当过裁缝店的学徒……以她的学历，她的工作注定与她少女时代向往的城市人生活越来越远。她心中神圣的爱情，那一抹从少女时代就怀揣着的白月光，也离她越来越遥远。

她发现，无论怎么努力，“从牧区来的女子”这个身份始终都去不掉。她的顾客中，有人开口就是：“一个牧区来的丫头片子，有什么了不起啊。”她没有权利谈尊重，也没有权利和一朵花悠闲地照相。她下班回家，姐夫一家人理直气壮地等着她回来做饭、收拾屋子。

偏偏她心中那一抹白月光不曾熄灭。她给我写的信里，依然会描述绿皮火车经过她家的浪漫，描述某天晚回家的路上，看见那一轮只有家乡才有的明月。她还向我描述三毛的文字，憧憬着遥不可及的远方。

我那时候在竞走上如鱼得水，给她的回信像极了我父亲的口气，让她清醒，让她接受现实，让她学会忍受，让她为了孩子牺牲自己的所有……

二姐一定很伤心，我本是她唯一可以拿出来晾晒自己白月光的人，现在却同样给她写貌似成熟的说教。之后，她也给我写信，只问问家里的情况和父母的身体，很少谈论她自己的生活。我写信问及，她就用“还是老样子”一笔带过。

很长时间，我和家人都觉得二姐像所有牧区的女子一样，为了生活宁愿颠沛流离。万万没想到，二姐在孩子三岁的某一天，悄然和丈夫办了离婚手续，理由比文学书里的说辞更文学：这不是她想要的生活！

父亲接到二姐婆家的电报后，当场破口大骂，觉得二姐一定是脑子有问题了，还把原因归结为第一次婚姻的失败。在父亲的眼里，婚姻就像是一条防洪大坝，只要有过一次失败，就会有无数次失败。他的说法是：好人谁离婚呢？

我妈对二姐的离婚好像没那么大的反应。自从伺候月子回来，我妈总是对二姐的生活充满了担忧。她似乎已经预感到二姐之后的不幸。她总会多种一些菜，说万一我二姐回来还可以吃。我们家盖房的时候，她连我的住处都没有考虑，却胆怯地和父亲商量，给二姐留一个床位，万一她回来也有个落脚的地方。也是从那时候起，我妈再也没有出过远门。有时去附近三姐家串门，也要在天黑之前赶回家，理由五花八门：“你老子没人给做饭”“家里的羊没人管”“菜园子该浇水啦”“换了地方睡不着觉”……后来我们都知道，我妈真实的理由只有一个——万一二姐回来，有她在，家里还好住一点！

我二姐夫成了我前二姐夫之后，我见过一次。有次打比赛，我路过前二姐夫所在的城市，想去看看外甥，就联系到他。他又成家了，说起二姐来，反复表达一个意思：二姐是个不切合实际的人，一个臭乡下的，还和他要共同语言。

二姐离开那座城市一定很难受，她舍不得三岁的儿子。最后一次去幼儿园见儿子，孩子惊恐地躲在老师的背后，哀哀地对她说：“妈妈，你快走吧，要是让奶奶知道你来看我，会骂的……”

她告诉儿子：“妈妈要离开这儿了，你记住妈妈的样子，妈妈有了落脚的地方就来接你。”

我二姐根本不知道，她将在自己的白月光中过上漂泊的生活，再没有靠岸的地方。

村上春树说：“你要做一个不动声色的大人了。不准情绪化，不准偷偷想念，不准回头看。去过自己另外的生活。你要听话，不是所有的鱼都会生活在同一片海里。”

以前看到这段话，我觉得这是最有温度、最轻易实现的愿景。等我成人后才明白，在这人世间，一旦长大，就像离开岸的浮萍，根本无法掌控自己的人生。

很多年后，我和二姐看过一部电影，里面有句台词：“难过么？终其一生，你都无法掌握自己的命运。年少时意气风发的你啊！怎么就活得像个傀儡呢？”

电影院那么嘈杂，我二姐突然埋着头，抽泣起来。那身影像极了一片在秋风中坠落的树叶，在大屏幕的荧光照射下，渐渐变成了一个斑驳的光点。

那一段与青春无关的往事

那次之所以决定出国，是因为我以为只要去了远方，眼前的所有困境和不顺都会烟消云散，生活将会重新开始。

当宿管阿姨捎话让我去取行李的时候，我几乎是不假思索地回复：扔了吧。我要把体育以及那一段不堪的青春岁月从我的人生履历中掐掉。从今以后，我将是一个崭新的自己，甚至，我已经做好了永远留在他乡的准备。

那时的我太年轻，以为自己的离去将会让全世界感到悲伤和内疚。我沉浸在自己想象的剧情里，大有壮士一去不复返的悲壮。越是想念我的人，我越是故意不见，潜意识里，想让他们永远没有忏悔和求得原谅的机会。

可越是这样，我越忍不住悲伤，忍不住想念，尤其是快出发的那几天，总会梦见老家，梦见小时候的自己，梦见那一次离别，梦见那一对渐渐模糊的人儿。梦境里，他们总是背对着我，不停地穿行在人潮汹涌的地方，无论我怎么喊他们，他们从不曾回头看我一眼。每次醒来都有无边的绝望笼罩着我。

后来我决定回八岁前的大漠老家看一眼，算是和曾经的自己告别吧！越是这样，我越莫名地难受，仿佛好不容易修复的伤疤，重新被我撕开。我试图忘掉八岁以前的经历，就像现在想忘掉体育的经历一样。但是回去的路上才知道，那些比谷米还小的往事我都记得那么清晰：我记得阿妈蓝色长袍被风卷起的纹理，记得木碗的花纹，记得黑虎左耳朵边上那个胎记，记得阿妈临去世前那放心不下的眼神，甚至记得她的眼泪掉在枕边的声音……

想想这些年的经历，突然有那么一刻我竟然释然了，甚至还有些说不上来的庆幸：庆幸他们不用看到我此刻的模样，不用担心我在人间会遭遇不幸，不用像我的亲生妈妈那样，为了儿女，卑微地、小心翼翼地讨好每一个人。

阿妈啊，你知道吗？在这人间，最不幸的事情不是疼了就哭的那晚，而是忍住没哭的那晚。

这样想着，我临时改变了主意，站在高高的沙丘上，向着家乡的方向磕了三个头。

那时老家已经移民，整个腾格里沙漠都变成了无人区。铺天盖地的夕阳染红了整个沙漠，那种空旷和寂寥瞬间就掏空了我的心，那苍茫的底色，不知不觉中已经改变了一个十九岁男人的世界。

后来我把那种感觉写成了一首歌，那段旋律仿佛是从某个地方摁进了我的内心，再也不曾忘记：

最近有人去图克木草原吗
能否帮我带上一句话
在那茫茫的戈壁滩上
有一位孤独的人会带你去他家

毡房里的炉火点燃了吗
忧伤的牧歌唱起了吗
疾风中的老马还记得我吗
有没有人问起我关于远方和家
……

也是从那一刻开始，我仿佛真正长大了，开始去理解阿妈，放下执念。我知道在另一个地方，我那卑微而笨拙的阿妈正在用她的方式爱着我。她在我的面前永远装出天塌下来有大个顶着的乐观，永远用梦想止疼，描摹希望。她貌似没心没肺、宽宏大量，不过是用自己的方式给孩子们壮胆。这世界没有那么不堪和破碎，她像一个赴汤蹈火的孤胆英雄，义无反顾地顶在了风口。

我不能自私！是爱唤醒了我。那个准备远走高飞的少年，在那一刻突然改变了主意，为了至亲也要好好地活着。

事实上，我负气离开，踏上异国土地不久，就后悔了，那种无处安放的乡愁和听不到乡音的恐惧，几乎成了我留学经历里最难以抵挡的痛苦。

那时我发现，无论我如何努力，故乡早就成为长在我身体上的胎记，此生无法割舍。你的味蕾、你的审美、你对世界的看法、世界对你的审视，都与成长的地方有着无法分割的关系，这大概就是故乡存在的理由！

我在异国待了三个多月后，自动放弃了学籍，一刻也不等地回来了。即使遇到了朦胧的爱情，也休想挽留我回家的脚步。我清楚后果是什么，这一走，意味着体育跟我再无瓜葛。我那十几年的委屈和自认为的不公，也算一笔勾销了。今后无论我生活得如何，都怨不得体育放弃了我，因为是我自愿放弃了体育。我真正成了体育的逃兵，从此闭口不提。

归国回家的第二天，我就变成了真正的浪人，像我二姐一样，藏起了心中的白月光，为了活着，开始在烟火人间颠沛流离！

生活扇你耳光的时候，连过渡都没有。我迅速成了熟人教育孩子的反面例子，不好好学习，我的现在就是那些孩子们的未来。有一天，我去邻居家串门，刚到院墙外，就听见女主人正在教训她儿子：“不好好学习，就像谁谁家的三儿子讨吃咯！”

在她拔高声调的描述中，我原来是个一事无成、酸文假醋的盲流。连我偶尔翻翻三毛的书、言语中无意带出的句子，都是失败的证明。

我妈也一定听到了邻里的流言蜚语，她不再喜欢串门，也尽量不见熟人。只有我们娘俩的时候，她会小心翼翼地把藏起的闲书偷偷递给我，小声耳语道：“看哇，没事。”事实上，到了这种境况我也没有看书的兴致，只莫名地内疚，因为我的一瓶不满、半瓶晃荡的处境，让我善良的妈妈蒙羞了。更多的时候，我早早地躺下，在黑暗中醒着。

有一天我听到一个远房亲戚教育他的孙女，指着我说："不要像你舅，成了精也是一个蛇鼠子。"那是一个十九岁的青年听到的这人间最冰凉的话语。那一刻，十二三岁时那个自卑的我好像突然从天而降，我又一次被自卑紧紧地捆绑起来。这种自卑更像一把利刃，在你看不到的地方，正在一刀一刀地雕刻出种种不是和残缺。

大爸也知道了我回来的窘境，从百里之外骑着自行车回来看我。本以为大爸也会像父亲一样对我充满失望和埋怨，然而，他什么也没说，只是故意嚷着要吃我妈做的焖面。那顿焖面我们吃得虚假而热络。直到傍晚的时候，我大爸说："没事，谁规定了念书就一定要念成，咱们这副好身板，干什么都不差劲！"

起初，我想去他负责的工地打短工，就在我们准备出发的时候，家里来了几个收羊皮的贩子。他们要进牧区，不懂蒙语，想雇一个能翻译还能帮忙驮皮子的小工。大爸觉得这比打短工稍微体面一点，就鼓励我跟着他们，一起学学怎么做生意。

贩羊皮的经历让我非常难忘，我终于又回到了熟悉的大漠深处，也终于不用面对熟人揣测的目光。空闲时，我明目张胆地看书也没人表示出质疑和诧异。贩皮子的几个大哥哪有闲心管我，他们更喜欢和牧区的小媳妇大闺女打情骂俏。他们有时候也开玩笑地说："挣钱才是王道，书里有钱了？"

他们中间有个老大哥，原来是当兵的，据说在包钢当过工人。只有他永远站在我这边，让我不要听他们胡说。只有我和他的时候，他会盯着我看，总会感慨，说我像极了他年轻时候的样子。

他家住包头，每次从城里返回来的时候，总会专程去新华书店给我买几本书带来。他一直肯定地说我是个人才，还夸张地给身边的几个合作者炫耀："你们看着，小乌如果成不了一番事业，你们抠我眼睛来！"

大漠深处没电，太阳落山后，整个大漠就像摁下了静音键。其他的人有时候还点上油灯打一会儿扑克或者喝点小酒，他喜欢领着我去看夕阳，去看星星。他像文学书里的人物，意味深长地和我讲他的孤独，讲他内心深处的隐秘。他是在我即将深埋内心那抹白月光的时候，再次将我点亮的人。他说，人活着除了吃饱穿暖之外，还需要精神世界的滋养，那才是人间该有的样子。

有一天，我们去一户牧民家收羊皮。我第一次看到，一个成年男人，居然可以为一个萍水相逢的女子的不幸遭遇难过落泪。这也影响了我之后对人的评估，我固执地以为，眼软的男人心也坏不到哪里。

那家的女主人很沉默。我们跟她谈好要在她家买一只羊，现炖了吃，还要喝酒。整个交流下来，她的话没超过五句，基本是听我说完后，她点头或者摇头。

她三十多岁的样子，一个人杀羊，一个人做饭，一个人照顾瘫痪在床的婆婆，一个人收拾羊圈、接羔、分割草料……我们在等饭的空余，几个人散漫地喝酒。

天色渐暗，炉火的光芒和晚霞的颜色映着女人的脸庞。沉默的女人突然站起来，突兀地倒了满满一杯酒，说："敬你们一杯。"

众人愕然，女人抬手一饮而尽，又忙着干活去了。过了一会儿，女人又回来，还是不知道该如何表达，又倒了一杯酒一饮而尽。

众人再次愕然。大约是酒的作用，女人走路开始略微摇晃，却自告奋勇要为大家唱一首歌。

女人的歌声算不上很好听，但是，那是我听过的最美好的歌声。她不是唱给我们的，她是借着酒劲唱给外面的风，唱给遥远的人……

歌罢，我看见身边的大哥泪眼婆娑，他小声地说："难啊……"

我们从女人的只言片语中得知她丈夫刚刚去世，孩子尚小，还有一个瘫痪的婆婆需要照顾。在孤独的大漠，无论有多少心思，也很难讲给谁听。很多年后，我明白她表达的是一种孤独。

那次之后，我觉得我的世界突然不那么孤单了，好像在人海里找到了同类。

很多年后，我在《朗读者》上听到一段董卿的朗读，瞬间就想起了十九岁那年遇见的那些有温度的人。董卿说：“人生有一首诗，当我们拥有它的时候，往往并没有读懂它；而当我们能够读懂它的时候，它却早已远去，这首诗的名字就叫青春。青春是那么美好，在这段不可复制的旅途当中，我们拥有独一无二的记忆，不管它是迷茫的、孤独的、不安的，还是欢腾的、炽热的、理想的，它都是最闪亮的日子。”

永远无法忘记的人

在父亲的眼里，我妈是情商智商都无法与他匹配的女人。我妈在父亲的称呼里始终只有三个字：“糖个泡。”

我妈已经习惯了我父亲对她的贬低和薄凉，她除了用梦想止疼、用大度原谅，再无他法。

我妈的心胸真的比草原还要宽广，她遭遇过那么多不幸，如果没有宽广的胸怀去抵挡，她该怎样活下去！

我妈的祖上本来是大户人家，不知道什么原因，从姥爷那辈开始，突然就家道中落，以变卖家产为生。雪上加霜的是，家中男丁长到十七八岁后，就变得木讷、呆滞；家中的女子无论是相貌还是才情倒是一顶一的优秀。

关于这种现象有很多说法，我妈说：“一是祖坟风水不好，二是近亲结婚的原因。”

我姥爷据说已经是他那一代男丁中比较优秀的了，能说会算，还很勤劳。但比起外面的同龄男子，还是有一些差距。貌美如花的我姥姥看不上我姥爷，只是迫于家里的压力嫁入这个摇摇欲坠的大户人家。

我妈四岁那年，我姥爷伤风感冒，一病不起，没有几日就过世了。

我妈的记忆依稀停留在姥姥改嫁后，她被当作这个家族唯一的血脉，留在叔叔家里的那个时候。

她的婶娘是个慈善的女人，命运和我姥姥极其相似，在如花的年纪嫁给了痴傻的丈夫，也曾抗争过，在生了几个孩子后，接受了命运的安排。她成了我妈的监护人。

我姥爷一共弟兄三个，他和三弟都不错，只是不爱说话。他的二弟长到十七八岁之后智商逐日下降，除了我妈，鲜少和人交流。

他的眼里，我妈就是全世界。

我妈七八岁的时候，被我改嫁的姥姥带到新的家庭，负责照看年幼的弟弟妹妹们。我妈到了哪里，我二姥爷就会跟到哪里，进不了家，就随便找个草堆住了。见到我妈，他会像孩子一样灿烂地笑着，也不说话，就那么看着我妈傻笑。

我妈知道新家不欢迎她二叔，她会从家里偷一些吃的送给他，劝他早点回去，说躺在草堆里不好。

二姥爷只听我妈的话，就乖乖地回去了。但最多也就三天工夫，有时半夜想起我妈，他就会星夜赶过去，直到看见我妈的身影才算了事。

这让我改嫁的姥姥非常不舒服。她原本终于划清了和前夫家的关系，可二姥爷这样来来回回地跑，像根鱼刺卡在她的喉咙。他一出现，大人小孩都取笑他，有些不懂事的孩子还会扔石头打他。他也不生气，讪讪地笑着，顶多是喘着粗气、龇着牙表示愤怒。他就做两件事：一是捡很多木棍背在身上，二是看见我妈就灿烂地笑。

我姥姥阻止不了二姥爷的到来，只好命令我妈出去打发他走。

我妈偏偏对她这个二叔充满了怜爱，经常因为他和别人干仗，还会跟他讲自己的心思和委屈。只有在这个时候他仿佛清醒了，变回长辈，试图用他那沾满污垢的手背擦去我妈的泪水，还会焦躁地跺脚。

我妈出嫁后，二姥爷便理所当然跟来了。这大概也是父亲叫我妈“糖个泡”的缘起。

我刚从图克木回来的时候，我这个二姥爷正被一群孩子围起来扔石子和木棍。黑塔一样的二姥爷孩子般委屈地骂着：“断种狗的，谁家的孩子？看狼吃你们的！”

有人看到了我，立刻拽着我说：“快看，你二姥爷！”并把我推搡到二姥爷的身边。

先前还喘着粗气愤怒的二姥爷，一见到我突然面露喜色，上下打量着，还试图用沾满灰尘的手抚摸我。我厌烦地跑开了。

他也不生气，一路笑着，跟在我的身后，向我家走来。

我惊慌地跑回家，差点和我妈撞个满怀。我妈待听清楚原委后，也不解释，更不生气，急急地转身而去，很快就把一个衣衫褴褛的老人领回家里。

我妈也不说话，开始烧水，并翻箱倒柜地把我父亲的几件衣服拿出来放在炕上。她拉着二姥爷在水盆边清洗起来。二姥爷在我妈面前温顺得像个孩子，任凭我妈自作主张地给剪头发、洗脸，把我父亲的衣服给他换上。

我惊恐地立在边上，不知所措。窗外，很多孩子爬在窗子上使劲往里看着，互相交头接耳："糖大个的女儿给洗脸啦！"

他们觉得给糖大个洗脸这件事非常搞笑，或者成为糖大个的女儿这件事非常搞笑。院子里围拢看热闹的人越来越多，笑声一浪高过一浪。

直到我二姐放学回来，愤怒地拿着羊鞭冲了出去，孩子们才不情愿地散去。

我惊诧地望着二姐，二姐也发现了我的惊慌，说："别怕，这些个浥根本不能对他们好，他们家没有老人？瞎个浥！"

经过这般收拾后，我发现二姥爷原来也是眉目清秀，唇红齿白，竟然没有半分傻相。

我妈说，二姥爷年轻时还读过书，也不知道什么原因，突然就傻了。

收拾干净的二姥爷，最多在家吃顿饭，就焦躁不安地要离开。我妈也不挽留，径直送到门口，我二姥爷就背着那捆不知从哪捡来的干柴走了。我妈立在门口怅惋一会儿，又故作轻松地开始忙活家务事，不再提二姥爷。

有次我妈和我父亲起了冲突，二姥爷突然出现在门口，像护犊的老牛，咿咿呀呀地抱住我妈，恶狠狠地对着我父亲喊着不成句子的话："不要，花儿，打他！"

我才知道我妈原来有个美丽的名字：花儿。

我父亲也一定觉得很意外，愣了一下，呵斥我妈："快，把你这个傻老子弄走！”

二姥爷之后又来过几次，我妈一如既往地拉回家给洗头、换洗衣服，做吃的给他，然后任由他突然离开。那年冬天，我二姥爷再也没有来。第二年开春，大人说他失踪了。

我妈知道后出奇地平静，她的反应甚至没有我们家丢了一只羊强烈。以后的冬天，我妈忽然有了一个新习惯，特别关注天气预报。她总是会半夜醒来，从窗帘缝里望着外面，喃喃自语道：“零下二十度啊，多么寒冷的天气啊。”

这个习惯直到她去世都不曾改变。每次见我，第一句话总会说：“几月几日刮大风那天，你们那刮了吗；几月几日那么冷的天气，你穿棉衣了吗？”

一个数九寒天，我妈半夜突然坐起来，望着窗外说：“今晚路上的人，怎熬过去呀？”

我十七八岁的时候，第一次带我妈跨过黄河，去最近的城市给我妈看病。那是她第一次见那么多的人，脸上是从未有过的忐忑和激动，像个孩子一样拽着我的衣角，四处张望着行色匆匆的路人。

在医院，大夫给她号脉的时候，问她叫什么名字，多大了，哪里的人？我妈居然报出了她的大名，又着急地说明她是哪里人。那么小的地方，我都不知道咋解释，就在这时，我那语拙的妈妈突然说：“我是糖大个的侄女么……”

在场的人全部愕然。

我二哥到了成家的年龄，找对象成了难事，要么是我二哥看上的女孩，人家看不上他；要么是人家看上他，我二哥又对不上眼。到后来，我妈只要问到年龄相仿的女孩，就会卑微地请求亲戚们帮忙给介绍一下。但是女孩家只要打听到我们家和糖大个有血缘关系，就果断地拒绝了。

我妈听到这些传闻后非常自责，“糖大个”三个字在我们家突然成了忌语。但附近的老户还是心知肚明的。有一回，一个未婚怀孕的女子愿意嫁给我二哥，眼看要谈婚论嫁，那家人忽然反悔了，说是打听到我妈是糖大个的侄女。

那件事对我妈的打击非常大，她掩面而泣，卑微地给介绍人说："只要女孩同意，她不认我这个婆婆也行。"

幸好二哥遇到了二嫂。二嫂家对我妈知根知底，说根本没有关系。要不然，我妈心里的这个枷锁，不知道要背负多久。

二嫂进门后，我妈对她疼爱有加，即使后来我妈身体不好，也会像牛马一样任劳任怨地帮忙干活。

大概每个人对死亡都有预感。我妈去世的前两周，主动到几个子女家轮流小住了几日。

来我这里小住的时候，她依然听天气预报，依然关注我和二姐曾待过的城市，依然会在无意中说："宁夏又刮风了，稻子怕风不？青岛又下雪啦，海风肯定很冷……"

我有时候笑她："妈，我们就在你的身边，不用操那么远的心啦！"

她也会哑然失笑："时间真快啊，你们都长大了！"

有一次，我无意中看到一档寻人节目。那时，我妈也坐在边上，她目不转睛地看着，几次欲言又止，突然问我："你说，你二姥爷看不看电视？"

我愕然。我们都沉默了。我才发现，我妈从不曾忘掉二姥爷。他已经失踪有三十年了，即使活着也一百多岁了，可是我妈的挂念就像长在她身体的某个位置，从没有放下过。

我给她解释，我二姥爷估计早就冻死了。也好，死亡对于他来说是一种解脱。他或许早就转世了。

我妈第一次小心翼翼地望着我，哽咽起来。

我妈来家的那几天，正好到了还房贷的日期。她的儿子还有欠款，她又实在无能为力，这个用梦想止疼的女子，试图通过中彩票替我解决问题。她悄悄让女儿带着，去买了彩票。稚嫩的女儿兴奋地告诉我："爸爸，告诉你一个好消息，我奶去摸彩票了，等我们中奖了，你的贷款就有着落了。"

这是我妈留给我最后的梦想。

我妈回去后，在一个平常的早晨，毫无征兆地在睡梦中走了！

我妈走了。我起先还没觉得什么，照样为了生活奔波劳碌，照样喝酒、唱歌、流泪……

可是没有妈妈的人间，我才知道想念比悲伤更疼，就像一首歌唱得那样："你知不知道，思念一个人的滋味，就像喝了一杯冰冷的水，然后用很长很长的时间，一颗一颗流成热泪。你知不知道寂寞的滋味，寂寞是因为思念谁，你知不知道痛苦的滋味，痛苦是因为想忘记谁……"

我现在早就接受了妈妈不在人间的事实，有时候甚至莫名地感谢死亡，妈妈在人间没有好活过一天，她用善良和宽容原谅一切不幸和艰难，终于感动了死亡，让她在睡梦中无声无息地离开。

然而每一次刮风或者下雨（雪）的时候，我总是忍不住想，那一缕风中，是不是有我妈捎过来的零碎的消息？

妈，除了想你，我在人间挺好的！

因为贵人，这人世间才变得如此美妙和不可思议

没有比失而复得更让人惊喜的事情了，没有比遇见贵人更幸运的事情了。

收购羊皮是一个季节性很强的生意，天气暖和的时候，拉走最后一批羊皮，也就意味着我们将各奔东西。

临分开的前一晚上，大家组织了一场告别宴，每个人都说着深情的祝福，就连生意上的误会和算计都变成了诚恳的自我检讨。

包头的大哥那晚喝了很多酒，语无伦次中，反复说起他当兵复员的那场告别宴。他说人生自古伤离别啊，他妈的早知道分开这么难受，当初就不应该遇见……一群人听他说得文绉绉，就开始起哄，笑着调侃道："白长得这么高大威猛了，怎么像个娘们似的。"

他摇摇晃晃地站起来，摆着手打断大家的调笑："你们还是活得太嫩了，不懂，人生自古伤离别啊，有些分别还有遇见的机会，而有些分别就是永远。像我当兵复员的那次，天南海北的战友，再也没有遇见的机会啦。"

大家嘻嘻哈哈打断了大哥的发言，一群人中，除了大哥，我们剩余的人读过的书，加起来也没有二斤。知识能打开情感的大门，而粗糙的人很难抵达情感细密的地方。

那年的皮毛生意好得超出想象，每个人都赚得盆满钵满，就连我这个小工，也赚到了我们一家人全年的开支。当然这事也得益于大哥在分配上对我的偏向，他说："给兄弟多点没意见吧？这些天多亏他的翻译和协调，不然牧民的毡房是轻易能进去的吗？"

有些人是不太情愿的，但是大哥已经当着众人的面说了，他们也不

好反驳。中途我去外面上厕所，顺风里我听见他们嘀咕：“数他显能了，小乌那小子看似老实，也还会来事了。”

我听到这些话，还有点委屈，毕竟初入社会，第一次知道什么是当面一套背后一套。大哥再说的时候，我拉了一下大哥的衣角，他就有点生气，虽然是对着我说，但明显是让大家听的：“你们这些人啊，山后的日子比天长，这小子我没看错，你们有用得着的时候呀！”

大家就不再说什么了，开始划拳喝酒，场面上瞬间就热闹成一片汪洋。这场酒局也直接从告别酒喝成了庆功宴。

喝多了的大哥，挥着手让我坐在他身边，一遍一遍地给我描述他当兵复员的那次告别，说到深情处，甚至有些哽咽。他努力地克制，又极度想表达。很多年后我才明白，那是一种孤独，他是借着酒把自己内心深处的孤独和苍凉表达出来。

真正见到那些战友，也不一定有那么深情，他怀念的是那个挥手道别的自己。

那场酒持续了整整一晚上，快到天明的时候，大哥斜躺在墙角眯了一会儿。我忙着和房东沟通，帮助清扫桌子上的残汤剩饭。

房东嫂子是一个勤快而热情的人，性格也直爽，她用蒙语和我小声地说：“那个大哥是好人，你多跟着学学。”

当得知我们也会各奔东西后，她明显有点怅惋，还为我遥不可知的未来担忧。她还为我们走了后就剩下她们一家冷冷清清而难受。嫂子负气地说“你们再不要来了,我们一家人也挺好的,死在这沙里谁知道了！”

那场道别漫长而深情，大哥酒醒后变得冷静而理智，他不停地解释：“喝多了，酒劲太大了，不好意思啊。”

之后就开始沉默地收拾东西，直到离开都没怎么说话。

我回家十几天后，我父亲的脸色越来越难看了，他一定觉得我成了他的负担。两个哥哥成家，已经掏空了家里，再给我成家几乎就是要他的命。我在家里毫不上进，成了村子里半瓶醋的典型代表。他们会在教育自己的子女时拿我举例：“不好好学习，还懒，耗在家里啃老！”

我父亲是个好面子的人，听到一次就会难受一次，他除了跟我妈发无名火之外，只要在下雨天或者刮风天看见我拿起二姐留下的闲书翻阅，他就卖力地干活，故意弄出夸张的声响。

我妈怕我难受，总是趁着没人的时候安慰我："不要管他们，我这个老个桩还没死，有我吃的就有你吃的！"

我妈越是这样，我心里就越内疚。我已经到了养活我妈的年纪，理应让我妈享受更好的生活才对，现在却成了家里的负担。越是难受，越不知道接下来该何去何从。很多时候，我和我妈四目相对，却不知道从何说起。

那是我青春记忆里最茫然和无望的日子。我像被困在一个幽长而黑暗的角落，耗尽了所有力气对抗也没有结果。

就在这时，一个和我一起贩过羊皮的人，专门骑着车来告诉我一个令人震惊的消息：我包头那个大哥脑出血，死了！

我无数次想过，万一我走投无路，还可以找他寻求出路啊。他是我青春茫然的时候，给我点亮夜空的白月光啊！他离别时深情地讲述他和战友的分别，他语重心长地叮咛我，他沉默不语地收拾残局，他临别时那意味深长的眼神……难道这些都是冥冥之中注定的吗？

我不接受！他是我的贵人啊！尤其在我身处那般绝境的时候，他依然给我光亮和希望，现在却一下就失去了。大哥的无数个身影从远方奔赴而来，摁进我的脑海里，变成了最后一次深情的告白。他一定知道自己要离开，为什么我要拉他的衣角，不如让他酣畅淋漓地表达，听他深情地说再见啊！

听到这个消息时，家里还有几个邻居来家串门，他们依然在八卦着左邻右舍的鸡零狗碎。

我完全被这个猝不及防的消息打倒了，眼泪是喷出来的，我甚至像孩子一样呜咽起来。

我的悲伤一定吓到了他们，他们面面相觑，完全不能理解，我怎么会为一个合伙做了几天生意的人这样悲伤。甚至有个女人觉得非常好笑，捂着嘴劝我："是不是个男人，至于不？"

很多年后我知道，这世界上根本没有感同身受。人在卑微的时候，连悲伤的权利也没有，一个人的感情外露就是另一些人的笑话源泉。

我向对方打听到了大哥出殡的日子，专程赶了过去。远远地，我就看到大哥的黑白照片。那神情太像我们无数次在大漠里看夕阳的表情，仿佛站在高处凝望着苍穹。

我在陌生的人群中，跟着大家磕头，烧纸，默默地流泪，然后悄悄地离开……我那时候也还是个孩子，还不知道人情世故，除了对大哥的离开感到悲伤，还隐约觉得，大哥的去世也关闭了我的希望之门。

有那么一段时间，我平白无故地把大哥去世的责任揽在自己身上，总觉得自己给身边的人带来了不幸，从阿妈阿爸到大哥，谁和我认识时间久了，就给谁带来不幸。我不停地自责，我是不是命太硬了，总给别人带来厄运啊！

我看不起自己！

很多年后的今天，如果上天给我一次遇见往昔自己的机会，我一定去抱抱那时候的自己。我用一己之力把自己打倒在地上，并眼睁睁地看着他孤零零地消失在风里。

送别了包头大哥，我决定回到童年的老家，甚至我已经想好了，回去把老房子收拾出来，我要像阿爸一样，养一群羊，喂一条狗，无声无息地活下去。

想不到我这一次出发，好日子才刚刚拉开帷幕，那些好运和贵人开始成群结队地到来，让我深信善有善报，永不过期。

我在体校退役前，我的一个队友，他在另一个学校读书的表弟过马路时不幸发生了车祸，因失血过多，需要输血。我们宿舍八个人，个个都是身强力壮的小伙子。队友一声号召，大家都赶到了医院。结果，只有我的血型配对成功。原本我想的是输一次血就算帮到队友，但因为对方需求太多，血型又稀有，迫不得已，我又给他的亲戚输了第二次血。即使这样，我都没看清楚队友的表弟长什么样子。之后正好赶上我退役，这件事被我忘得一干二净。

意想不到的是，就在我回到图克木镇上的时候，我遇见了一个人。他上下打量着我，突然问道："你是体工队的乌力吉大哥吗？"

我疑惑地点点头，望着眼前这个陌生的人。他脸庞黝黑，目光有神，汉语说得像牛奶一样顺滑。

我在脑海里又搜寻了一番，的确，我和眼前这个人毫无关联。

他看我点头，惊喜地进一步追问："大哥和体工队的巴雅尔认识哇？"接着，他惊喜地拍着自己的胸脯说："哥，我！是你给我输的血。我叫那音太。那年，车祸，熊猫血……"

不管我同意不同意，他拽着我对远处一对老夫妇说："麦姆，乌力吉哥，这回好了，终于回来了！"

他把回来了说得那么深情，仿佛我是远行的游子，终于回家了。我心里突然变得很安然。对，我回来了，我梦里的图克木，你的孩子回来了！想到这里，我忍不住落泪。大概他们也看出来了，那音太竟然像我的长辈一样，拍拍我的背，无比笃定地说："对，回来了，咱们不走了，哪也不去，世界上还有比咱们这里更好的地方吗？"

遇见那音太，我的生活突然开始变得顺畅而轻松起来。我把草场交给那音太帮我打理。在他们一家的帮助下，我准备发挥自己的特长，在镇上开一个饭店。

那音太比我小两岁，牧区的营生却做得比我得心应手得多，剪羊毛、清理羊圈、驯马，样样都会！我的拿手菜是猪骨头勾鸡。新建的图克木地理位置非常好，是南来北往的牧民必经之路。为牧民炖肉是一个不错的生意，况且还有那音太一家的支持，这是最好的选择。我贩羊皮挣的钱也够开一个饭店的。

那音太对我开饭店非常支持，闲暇的时候，帮我粉刷墙面，清扫装修垃圾。我们给饭店起了一个自认为高明的名字：乌力吉猪骨头勾鸡馆！

就在我们准备开业的前几天，我收到一封信，是我准备参加普考的补习班的老师写来的。

他说他打问到一个消息，师范学校面向社会招特长生了，他觉得我一定能考上。他还怕我不回去，反复强调："包分配的，到时候当个老师，也是非常好的选择！"

我对那个老师印象很深，讲课时铿锵有力、风趣幽默，下课后就判若两人，不苟言笑、严肃认真的样子让人敬而远之。

说实在的，收到他的信我很意外。补习期间，我和他一共没说过三句话。我文化课底子很差，年龄又大，深深的自卑和不安笼罩着我，补习时我总是悄悄听完课就远远地躲在角落里沉默。

那么多学生，他能记住我真是让我意想不到。很多年后，我向老师求证："为什么会记得我？"老师说："你记不记得换班主任的风波？"

我想起来了，补习不长时间，同年级代同一门课的一个老师搞恶意竞争，去上级部门诋毁我这个老师，假借学生的名义，要求换掉这个老师。我不记得当时出于什么原因，我实名给校长写了一封信。内容忘了，但好像写得情真意切，校长征求过我的意见后，不仅给老师当面道歉，还在全校会上把这封信当作范文读给大家。

想不到这封信让老师记住了我，并且把这个改变我一生命运的好消息告诉了我。

从这封信开始，我的人生正在悄然走向另一个方向，我的世界里仿佛打开了另一扇窗。文学给予我的绚烂和曼妙，也才刚刚开始。

岁月带给我苦难，也赠予我清醒和冷静，那些无意中做过的善事，变成我内心深处的底气和靠山。以后无论遇到什么厄运，我都不再自怨自艾，也不再无端地打击自己，而是坚信贵人正在赶来的路上。

亲情才是这世间值得深爱的理由

参加师范的考试顺利得出乎意料，尤其是专业测试的结果。这是一种久违的自信。我一度负气，把体育当成自己命运多舛的根源，就像长在脸上的一个黑痣似的，我总小心翼翼地遮掩着自己那段曾经是体育人的历史。但它却在我的人生之路山穷水尽的时候，像一股神秘的力量，顺顺利利地帮我推开了另一扇门。

很快我就等到了入学通知。在 20 世纪 90 年代初，这一纸通知，相当于向全社会宣告，我一脚已经跨进了吃皇粮的行列。

这大概也是我父亲最开心的一次了，他破天荒地当着我大爸的面夸了我：这个娃娃行了！

但是，当知道读这个书要提前交七千元的学费时，我父亲马上就心情不好起来。尤其是得知，我贩羊皮挣的几千元也已经投进了饭店的装修中后，更是气不打一处来。

我妈永远是父亲的出气筒，他又开始凭空加大几辈地叫我妈是谁谁家那个妈妈，怪怨他命运不济生下我们这群傻子，才导致他有操不完的心。

我妈不顾父亲的反对，自作主张地决定为我庆贺一番，杀了一只鸡，做了一顿鸡肉蘸糕，并让我大爸、我出嫁的两个姐姐、我大哥、我二哥都回来吃饭。

开饭之前，我妈还喝了点酒，当着众人的面，忽然哭了起来，宣布她骄傲的三儿子考上师范了，她没白疼这个儿子，这是她活了这么大岁数最开心的事情了。说到这里，我妈双手掩面，仿佛多少年的冤情，终于在这一刻得到昭雪。

我妈的哭泣让在座的所有人都不知所措。一大家子人，先前还说着好不容易聚在一起，互相聊着各自生活里的遭遇。现在，突然就被我妈毫无铺垫的哭泣弄得面面相觑，不知如何去安慰她。

大家都沉默着，任凭我妈恣意地哭诉。后来我懂得了，我妈一生卑微而沉默，终于可以借着儿子的中榜，擦亮内心深处的黑暗，向世界宣告：她是可以生出聪明孩子的！

之后，我每次出书、出碟、被人表扬的时候，总是遗憾要是我妈还活着该有多好，心里也总有个声音在说：“妈妈，你看到了吗？”

更让人意想不到的是，我妈用毫无商量余地的话宣布：“你们在座的所有兄弟姊妹，每家必须要筹钱分担学费，亲姊热妹，一奶同胞，此刻不帮，还等什么时候！”

谁也没有想到，这个平日里话少、愚拙的女人，却有着如此智慧的谋划。

一时间众人都不知道说什么好。我大爸首先表示承担一千元，并要求我父亲立起点骨头，无论如何都要凑够学费。

大哥一直就是话少而敦厚，家里我嫂子主事。二哥虽然平时咋咋呼呼，但是明眼人都知道，二哥的头也是我二嫂来摇。

两个嫂子都很通情达理，一看我大爸已经定了调调，也不好说什么，满口答应下来。尽管事后他们都以各种充分的理由讲了自己的困难，但是我妈很欣慰。我妈一直说：“不管能不能筹来学费，人家话都有了，也像个亲姊热妹该有的态度，将来有了出息，一定记得你哥哥嫂子们的好。”三姐主动要求卖了自家的羊给我筹措学费，但我妈知道，她正赶上三个小叔子接二连三地成家，公婆又全瘫痪在床，已经非常难了。我妈就一口回绝了。

最后还是大姐夫主动承担了给我筹措学费的事。这个看上去朴实而内向的男人，自从娶了大姐以后，也等于接手了我们家所有的困难。大姐对娘家的挂念和担心，在他那里就变成了义不容辞、挺身而出的举动。

这就是爱情的样子吧，为了心爱的人，他可以付出一切。直到他们儿孙满堂的时候，我依然能从大姐夫的眼里看出对大姐的柔情和疼惜。

从这个角度来说，大姐这个平凡而普通的女子才是这人世间幸运的人。

整整一个麦收时节，大姐和姐夫就做两件事：借粮食、去粮站。

我妈真是个大智若愚的人，在大是大非面前，永远看得很清。她总是巧妙地传递着兄弟姊妹之间的温情。她一直说一句话："你们是一根娘肠上出来的，记得要互相帮助。"

乡村的民风淳朴而感人，尽管他们平日里会热衷于八卦一些鸡零狗碎的事，但是左邻右舍有人遇到困难，大家都想尽办法给予帮助。

我一个邻居大娘，含着泪送来一篮子鸡蛋，拉着我的手说："娃娃有出息了，好事好事，大娘也没能力，攒了几颗鸡蛋。"

我妈早就热泪盈眶，一个劲儿地对我说："记得你大娘的好啊。"

前几年，我陪父亲去乡卫生院看病，大娘也在那里住院。我跟父亲、三姐专门上去看望了大娘。她已经意识模糊，连自己的儿子都不认识了，目光呆滞地望着天花板。他儿子大声凑在她耳边喊："你看谁来了，你认识他不？"

大娘缓缓地转过头来望着我，眼神茫然而空洞。我俯下身子告诉她我的小名，她的眼神依旧茫然而空洞，在我脸上打量了片刻，又盯着天花板，思绪仿佛又飘到了遥远的地方。

大娘的儿媳妇和我三姐小声说："三天不吃不喝了，就等她大儿子回来。"

我们都知道，她大儿子是大娘的骄傲，算是村子里很早出去念书的人。

明明知道大娘已经没有花钱的能力了，我还是给了大娘一些钱。

她儿媳妇非常感激，免不了又牢骚了几句："同样是读书人，她的大儿子三四年没回来了，指望不上，你看你们家老三。"

不知道哪句话突然唤醒了大娘，她突然很清晰地叫着我的小名说："起起，学校放假了，见我大儿子没？"

我们都很惊喜，附在她耳畔又叫："大娘……"

大娘慢慢地闭上眼睛，流出豆大的泪水，深深地叹了口气。

当晚，我父亲打电话说：“那个你大娘，没了。”

开学前，我终于凑够了学费，开始了三年的读书生活。

那些年，穷始终像恶狗一样追着我。穷过的人才知道，它是所有自卑的源头，也是所有不安全感的开始。

交完学费，我的钱已经所剩无几。偏偏那时候肚里像住了饿狼，一顿等不上一顿。一次吃五个馒头，都等不到下一顿开饭时间。

我以特长生的身份进来，还必须要参加常规的训练。学校还有个体检复核的环节。有天早上，教练指着后排我们几个大个子男生，让我们探篮环。我以为又是体检，便用尽全力去摸篮环，结果被篮球队录取。

我当场以身体状态不好拒绝了。大家匪夷所思，觉得哪有被选中还主动放弃的道理。他们不知道，因为贫穷，我尽量减少一切消耗热量多的运动，我要小心翼翼地掩藏好穷的事实。我已经做好了把体育经历掐掉的准备，我要当一个戴着眼镜的儒雅文艺青年！

我把自己的经历伪装成“虽然出生在牧区，但从八岁开始就在城里生活”，给同学们留下家境很好的印象，还因此差点被取消了申请贫困奖学金的资格。

庆幸的是，我遇到了一个特别善良的老师，在听我如实讲了家境后，他不仅没有歧视我，还善意地没有在班里公布贫困奖学金名单。那是我青春岁月里最温暖的隐藏。

然而这些奖学金，对一个精力和补给不成正比的青年来说，只是杯水车薪。迫不得已，我只能在节约和创收上下功夫。三年我只买了两套牛仔服，完全是因为耐穿。毕业很多年后和同学们聊起来，他们说印象里我很有钱，很洋气，永远穿着帅帅的牛仔服。我深深地懂得，每个人一生要巧妙掩藏多少秘密才能顺利到老啊！

我还在帮同学写情书的过程中发现了我的写作天赋，便开始给各种报纸投稿。很多年后，我无意中在档案馆看到那个时代的一张报纸，居然在报缝上找到我当时写的一篇小文章，内容是“哪里飞来一只白天鹅”，大概那就是一个文学青年最初的样子吧。

上师范不久，我就给二姐写了一封信。

很快我就收到二姐的回信。她离婚后，一直也没有找到一份稳定的工作，准备远离那座伤心的城市。

想到我妈如果知道二姐又要流浪他乡，那是一种什么样的担心啊。于是我们姐弟俩商量好一定要隐瞒这件事。安顿好二姐几乎成了我那年最重要的事情。我一个最铁的哥们儿甚至以为，我在外地有一段恋情。

二姐在感情世界里总是如飞蛾扑火，粉身碎骨。一旦遇到自以为的真爱，她就会毫无保留地付出；一旦受到伤害，又将其全部否定。让人最担心的是，她的内心始终还藏着少女时代的那个白月光。她决定离开一座城市去投奔另一座城市的理由，仅仅是那里离大海最近。

她给我写的信里，大篇幅都是关于大海的描述，仿佛那一刻的大海是她一个人的。

她越是这样，我越感觉不安。从十岁开始，我就替父母操心二姐的生活，在师范上学的那几年，她成为我无法和别人交流的隐忧。

二姐刚到那座城市后，给我寄来了一张照片。她孤零零地立在海边，海风吹起她的头发，她眼神里的忧伤和茫然，让我看到一个柔弱的女子像一片浮萍，任由风和海浪带到远方。

我妈为我考上师范很开心了一阵子。大概是母女连心吧，我妈在信里哀哀地求我多和二姐联系，说她梦里都是二姐无家可归的样子。

我只好撒谎说，二姐还在原来的城市，已经找到一份稳定的工作，也有人介绍对象，让她勿念。

我又给二姐写了信，按照她前一封信的地址寄出去后，却毫无音信。

二姐失联了，那是我师范生涯里一段特殊的记忆。一面怕家人知道，一面又莫名地恐慌，不由自主预想出无数种不幸，真是应了那句话：越是亲近的人越不操好心。即使在梦里，也都是不幸的结局。

那年临放假的前一天，终于收到了我二姐的一封信。她说，她遇到真爱了，准备结婚！

我的一颗心才终于放下。那天的阳光格外温暖，我现在都记得满大街正在播放《涛声依旧》。以至于现在一听这首歌，觉得所有的音符都带着久别重逢的感觉。

我妈说得对,我们是一根娘肠上掉下来的,挂念和担心是与生俱来的。

那个假期，我二嫂旧病复发，很严重。我二哥平时咋咋呼呼的一个人，当时哭成一摊烂泥。他原本和大哥因为鸡毛蒜皮的事刚刚闹过矛盾，但得知二嫂生病需要输血，大哥二话没说去了医院。

这些都是我妈后来跟我说的。

我挑拣了一些关于二姐的好的事情讲给我妈听。那年过年，我妈很开心，除夕夜里，她专门站在屋顶看星空，回来后神秘而开心地说：“满天星斗，好兆头，来年都好呀！”

我妈说得那么认真，那么用心，以至于很多年后的今天，我依然觉得，那是我记忆里最像过年的一次过年。

很多年后，我才知道，二姐失联的那段时间，正是我妈突然大出血生病住院的时候。但她只字未提。直到我妈去世，我们谁也没有提及此事。

只是之后，无论遇到什么厄运，我已经学会了像我妈一样，让自己努力站在高处，借着满天星斗，告诉自己：我们都好好的！

想起我妈，此刻我的眼前，慢慢出现她笑意盈盈的样子。

人生没有弯路

假如青春有颜色的话，我的青春一定是红烧肉色的。

师范的三年，最深刻的记忆就是饥饿。

那时候我的肚子里就像住着一窝狼，一顿饭等不上一顿饭，即使爱情也不能拯救我对饭菜的向往。

我暗恋的一个女孩生病了，我终于有了表现的机会。我把仅剩的几张饭票兑换成钱，买了八个苹果去看女孩。路上，实在没经得住诱惑，就吃了一个。后来想，七个，这个数字不吉利，又吃了一个。反正就在这些莫名其妙的理由中，我的手里不知不觉只剩下四个苹果，它们孤零零地躺在偌大的塑料袋里，怎么看都显得夸张和寒酸。最后，经过激烈的思想斗争，我索性坐在医院门口，一边自责一边负气地把最后四个苹果都干掉了。于是一场还没有开始的爱情结束了。

即使这样，师范的三年依然是我青春岁月最闪亮的日子。我无数次幻想过，我要像三毛一样浪迹天涯。

现在想来，那些梦想都是披着外衣的欲望。当结束了那种居无定所的漂泊之后，人的欲望迅速变成了对未来的不知足，苦恼和忧伤也随之而来。青春最美好的时光，被所谓的远虑透支得所剩无几。

入学没几天，我就开始为毕业分配忧心忡忡，并自作聪明地掐掉了自己的两段经历：一是态度坚决地划清了与体育的关系，二是悄无声息地隐瞒了自己的民族。

师范三年，也让我与文学离得那么近。文学是如此的美妙，它像一根火柴，擦亮了我内心深处的隐秘和黑暗。那些分分离离、缠缠绵绵的情事，将那个空虚的青年，引渡到青春的彼岸。不知不觉中，我终于将那些经历的苦难和不安悄然地放下。至此，一个“大不了就回牧区放羊”的少年，再也回不到过去了。

貌似用理想撑起来的欲望，已经让我膨胀到了心比天高的地步。上师范的第二个假期，我接到了刚在青岛结婚的二姐的邀请。她在信里向我描述了一个面朝大海的世界。放假的当天，我就直奔青岛而去。

那次我那么近距离地看到了大海。二姐的新家就在离海很近的地方，站在她家阳台上，就能听见海浪的声音。海给了我一种奇妙的感觉，让我隐约觉得童年里的大漠一定与海洋有着千丝万缕的连接，逝去的阿妈阿爸是不是最后都回到了大海？

这些话我是不敢跟二姐说的。我对二姐的记忆是从八岁开始的，不仅二姐，我们全家人都不约而同地把我八岁之前的事情一笔带过。他们小心翼翼地规避着八年的距离。后来知道，这是我妈给全家人下的命令。母亲凭着一己之力，尽力缩短我和家人之间的距离。

他们不知道，就在我和家人并肩扛过那些低谷和苦难岁月的时候，亲情就已经长在彼此的身体里了。在我的内心深处，我们是不可分割的一家人，谁遇到艰难，其他人都会担心和挂念，是掐在腿上会疼的一种情感。

二姐正沉浸在遇到真爱的幸福中，话里都是满满的爱。那是一个恋爱中的女人才有的心思。

真是性格决定命运，这也许就是二姐此后一生不幸的根源。每一次遇到真爱，她都是不留余力地投入。一旦受到伤害，或者没有得到预期的回报，她就会制造一场鱼死网破的战争。她有多少投入就会有多大的反弹，当初的全力以赴变成日后的反目成仇。这是二姐婚姻中难以逃过的劫。

我当时太年轻，只由衷地替我妈感到欣慰，这回二姐终于不用漂泊了。但是看到他们彼此用力过猛的恩爱，隐约又觉得哪里不对，莫名地感到不安和担心。

我回到家里，只捡父母爱听的说，轻描淡写地讲了二姐的情况，我妈悬着的心才稍微有些放下。她说："只要你二姐有个着落，一家人就放心了。"

我妈从来没有奢望我们过上荣华富贵的生活，只求我们都平平安安。我能考上师范，这已经超出她的预想，成为她在亲戚面前骄傲的资本。她会和别人聊读书，目的当然是为了说我上了师范这件事。

我和三姐悄悄聊起二姐。三姐说："二姐一辈子没心，过分热烈都不正常。"

不到一年的时间，二姐的第三段婚姻就隐约冒出一些不好的苗头：她开始在信里抱怨二姐夫种种不好的生活习惯，开始讲述她异乡孤人的艰难，顺带着还会讲她和婆家人之间相处的矛盾。

我给二姐回信的内容又回到了之前的模式，带着家长的口吻，不停地规劝，让她学会隐忍和接受。

二姐固执而要强，又开始做创业的梦。我说："二姐，你前三十年也没闯出个名堂来，要接受自己是个小人物，就在家里相夫教子。天塌下来有男人顶着。"

二姐很生气，觉得我这个她精神上的坚强后盾，自从念了师范之后，就变成了她的反对者，她写信骂我："念书念到狗肚子里了。"

那是我和二姐第一次激烈地争吵。我甚至用我妈的口气，负气地说："不听人劝，你在同一条河里还要再跳几次，才能彻底明白！"

没有几天，我就接到二姐夫打到学校的电话，这个男人完全把我当成二姐的家长，历数了二姐的种种不是，让我给评理。那段时间，我一听到有我的电话，心里就"咔嚓"一声，很是担心。可如果一段时间没有我的电话，又觉得惴惴不安。这些担忧和不安还不能如实告诉我妈。每次放假回家，看到我妈脸上呈现出那种儿女终于有了着落的满足感，我就于心不忍，无法把二姐的婚姻生活状况如实告诉她。着实，隐瞒一段秘密比制造一段秘密更难！

现在回过头看二姐的几段婚姻，最大的悲哀就是她把爱情和婚姻混淆了。她以为只要有爱，婚姻就可以野蛮生长，自得圆满。事实上，再美好的婚姻，如果不懂得理性、智慧地经营，都将走向灭亡。那些美满婚姻的背后，都是有一对双向奔赴、共同努力的人在修补的。

师范三年，马上就到了毕业分配季。

师范是中国最早的职业教育学校，它从招生之初就明确了未来将要培养的人才，所以它开设的课程，都具有实操性！通过三年规范的培训和教育，我们成了可以直接进入实战的熟练工和匠人，少走很多弯路。

我很庆幸有这段经历，它让我学会了自律和尊重自己所从事的职业。

这期间，我已经尝到了文字带来的荣耀，不仅让我有了表达自己的渠道，最主要的是，让我重新找到了自信。这种自信可以打败贫穷带来的卑微 。我虽然不知道未来是什么样子，但是仍然觉得我的眼前有一束光照亮了前行的路。

就在这时，大爸来学校看我了。那时候他已经退休。他坐着班车，四处打问着来到我们学校。在他的认知里，他的这个侄儿很了不起，他一进师范大门，只要随便说出我的名字，全师范的人都应该知道我才对。他说着我的小名，向校园里遇见的每一个人打问，结果可想而知。他穿着牧区的服装和马靴，像刚从赛马场上下来的选手，还引起大家的围观。后来，他索性就站在人群中大喊我的小名。

我那天正好在班里写实习报告，听见同学描述楼下遇见一个老头，叫着一个奇怪的名字。可能是第六感觉，我隐约觉得老头与我有关，就跑到楼下去看，看到大爸在人群中像个走散的孩子，无助地喊着我的小名。

我那时觉得，这是天大的耻辱。我埋怨着大爸，把他拽出人群。大爸见到了我，像个孩子似的，向所有围观的人介绍道："这就是乌力吉，我侄子，可是体工队回来的运动员啊！"

我刻意隐瞒的经历，被大爸瞬间公之于众，我非常尴尬，要是有个地缝，我会毫不犹豫地钻进去！

大爸才不以为然，他双手一摊，反问我："这有什么，你念上几天书，难道就否定你从哪里来的不成？"

我哑口无言。

我此生最遗憾的，就是把自己的母语弄丢了，这让我在重归族群的路上变得毫无底气。

此后的人生中，大爸就是我三观的规划师。他是一个有趣而热血沸腾的人，再无聊的日子，在他那里永远有意想不到的惊喜。他给每一朵花起名字，看两只蜜蜂打架，和陌生人搭讪，去见一个想念的人。他的一生有无数的奇思妙想，把普通得再不能普通的日子，过成了诗和远方。

这次看我，他带我去见了他的旧友，极力推荐我去给人家当秘书。我那时候一心想着当老师，固执地当面拒绝了，弄得大爸还讪讪地向人家解释。出来的路上，大爸第一次对我发火，并强硬地说：“有你后悔的一天呀！”

几年后我就无比后悔。我亲眼看着那位老板的秘书变成亿万富翁。生活拮据的时候，我都会想起那与富人失之交臂的经历。

大爸活着的时候，我有时候会聊起那次经历。他轻描淡写地说：“现在也挺好的，好好工作就行。”

总有人间一两风，填我十万八千梦。越是往后，尤其是大爸去世之后，我想念他的时候，就会想起那些细碎的往事。大爸是生活的智者，从不纠结，那是他最智慧的地方。

大爸看过我，回去后不久，骑车不小心摔断了腿。我毕业时，大爸还在医院里躺着。我拿着优秀实习生的证书，志得意满地回到老家。大爸问我今后的打算，我居然清高地说：“想去南方”！

我大爸嗤之以鼻，说了四个字：“活不下了！”

事实上，现实接着就让我摔了一个大跟头。

那些比现实更残酷和虚幻的记忆与温存

来不及做那些心比天高、富丽堂皇的美梦，我就不得不面对现实的重锤。生活远比想象的难。

等待分配工作的那段时间，我去三姐家小住，在村口遇见一个老妇人。她远远地望着我，怔怔地走到我的面前，呆呆地端详了我一会，突然“哇”地一声扑进我的怀里哭了起来。

三姐看到也不说话，只是陪着暗自垂泪。

等那老妇人走远，三姐才说：“你不认识了？道尔吉他妈。”

道尔吉我认识，和我年龄相仿，我刚上小学的时候，他在邻班。听说他和我的身世差不多，也是出生日子的原因，在外寄养了多年才回来的。后来我去了体校，就和他再没有联系。

我问三姐：“道尔吉现在在哪，为什么他妈见我会哭？”

三姐抹着眼泪说：“你不知道啊，你上师范那年，道尔吉也考了，考试回来就病了，本来不严重的一个毛病，他妈……”

三姐指了指那远去的背影：“他妈迷信，硬是说跟上妖怪了，又是跳神又是闭关，硬是把个娃娃耽搁了，送到医院，已经没气了。从那以后，道尔吉他妈不能看到与他儿子年龄相仿的人……”

说来也奇怪，我回家的当晚就高烧不止，接着就进入昏迷状态。我依稀记得，梦境里，我仿佛会飞，腾云驾雾般回到了一个特别熟悉的地方，仿佛是老家。但是所有的面孔都那么陌生，他们都是一种表情，不说话，冷漠地从我身边经过。后来就看到了小时候的道尔吉，远远地行走在高处，我着急地想告诉他：“你知不知道，你妈找不到你，有多着急？”

那个疑似道尔吉的小孩也不说话，脸上似笑非笑。

后来我就看到分别多年的阿妈和阿爸。他们也是面无表情，快速地从我面前走过。无论我怎么呼唤，他们还是那么决绝地离开了，好像从来都不认识我一样。

我在梦里胡乱地挣扎，试图要像先前那般腾云驾雾地飞翔和追赶，想当面问他们为什么把我丢下，可惜我全然没有了飞翔的能力，绝望地被抛在陌生的地方。

醒来后，我在我妈的怀里躺着，她正专注地用热毛巾帮我擦拭着身子，还时不时用脸颊贴着我的脸颊，小声地唤着我的小名。

见我醒来，我妈惊喜地抱紧我，大滴大滴的汗珠顷刻间变成了泪水，委屈巴巴地说："吓死妈妈了。"

估计三姐跟她说了遇见道尔吉他妈的事情，我妈不满地说："那个疯婆子，真晦气了，她死了儿子，在我儿子面前嚎什么丧？！"

接着我妈摆摆手说："都过去了都过去了，我答应去伊克敖包转山还愿去的，好好的。"

那年秋天，我妈果真转了九百九十九次敖包，磨烂了五双鞋。

我分配工作那天，父亲很高兴，把家里的亲戚朋友都叫过来，杀了一只羊。即使是这样的聚会，我妈那么重视仪式感的人，依然雷打不动地去转山了。

父亲望着我妈的背影，恨不得上去要抽几羊鞭，只是碍于众亲戚的面，才摁着火气骂道："傻子都在我家了！"

我父亲对我上班给予了无限希望，在他眼里，吃上公家饭就意味着我们整个家族都可以跟着过上荣华富贵的生活。

他先是交代了家里我上学欠下的外债，接着宣布了一个决定，要把所有土地都分给大哥和二哥打理，他要和我妈全身而退，三个儿子负责他们的养老费用，他们享受退休生活。

我父亲的决定，当场就被我大爸给否定了，他说："板定刚刚上班，养活自己都难。你身体还行，再给娃娃打拼上几年，也是你为人父母的责任和担当。"

我父亲很委屈，但是苦于我大爸的权威，也不好说什么，只是小声嘟囔着：“我病痛缠身的，能供出一个大学生也不容易了。”

我是攥着七千元的欠账单去单位报到的。原本还以为自己这块大黄金放在这个小学校屈才了，小小三尺讲台，怎么能安放我八万里情怀。可是眼前，手握七千元账单，我还有什么资格做梦，紧要的是把这债务还掉。

现实很骨感。上班了我才知道，努力了这么多年，依然休想脱掉贫穷这顶帽子。我的工资二百六十元，照这个计算，不吃不喝还清欠款就需要两年多的时间。

好在学校管吃管住，离家又近，我心里便做好了周末回家蹭吃蹭喝、节约开支的准备，以为边上班边攒钱就可以还清欠款。

然而，事与愿违，我上班第二周，收了 700 元班费，放在宿舍去食堂吃饭的工夫，就被人偷了。

父亲知道后，开口就骂我：“瞎货，一向满不在乎，人家谁也不偷，就偷你的？”

父亲从知道我丢了钱那刻起，一直骂到晚上睡觉才停。我那时候也年轻气盛，忍不住顶嘴说：“我的事你少管，讨吃我也心甘情愿！”

我父亲觉得我翅膀硬了，跳起来就要我滚得远远的！

我一赌气就穿起衣服，要返回学校。

我妈站在一边哀哀地哭泣，看我要推门出去，就跳到我父亲面前维护我。

我心软了，心想，我可以赌气离家，我妈这个一辈子没被男人看得起的女人将如何担负这个烂摊子。我转身回去，向我父亲说了好话，这事总算平息下来。

一晚上听见我妈辗转反侧，她一定对这个儿子的未来充满了担心。

第二天上午，我决定去学校的时候，我妈出去了很长时间，后来就领着大哥来了。大哥开门见山地说：“你来年和生产队承包上二百亩荒地，动员你的学生上劳动课时帮忙劳作，秋天后就可以还清欠款了。”

我就在第二年种了二百亩葵花。上天保佑，那年风调雨顺大丰收，我不仅还清了欠款，还略有盈余。

钱带来了安全感和成就感。我卖了葵花，专门去了一趟附近的城市，没忍住花五十元买了一条内裤。这事很长时间都是我宿舍同事们的段子，见我就说："穷人乍富，碾心压肚！"（当地俗语，意思是人猛然富起来，把握不住）

那次我还给我妈买了一身天蓝色的上衣。我妈喜欢极了，家里只要来人就会拿出来炫耀。

好运是有惯性的！有钱的那年，我的工作也得心应手。师范上学几年，我给报纸投稿和批量为同学写情书的经历，让我与文学越来越近。后来在教书的过程中，文学也不知不觉起了作用。很多年后，我的学生说我给他们打开了一扇文学之窗。

我只教了他们三学期语文。上课时，我没有肢解那些选在语文课里的文章，而是尽量保持文章的完整性。我只是力所能及地把文字背后的故事讲给他们。我像个导游一样，带着他们一起看三毛的书，讲那些书里的故事，尽可能多地让他们看到这个小镇之外的世界，并变成他们努力学习的动力。

学生的认可带来的自信，加上青春的无畏，即使在那样一个小镇里，让我依然清高而骄傲，总觉得有用不完的精力和做不完的梦。

隐隐觉得，我要去很远的地方，会遇到懂我的人。我对每一个陌生人充满了善意，觉得一定在人海里会遇见一个给我转机的贵人，他们欣赏我，在转角处给我指明方向。后来我才明白，怀里揣着就是希望，是对未来的向往。

那时，教育局刚推行听推门课，就是不提前通知，突然听课检查。搞体育时，我是属于比赛型选手，天生人来疯。

恰好那次，上级要来我们学校听课。所有同头课（同年级且带共同的课程）老师都非常紧张，我居然自告奋勇，要求来听我的课。

按照既定步骤，我讲得行云流水。就在这时，我一个学生估计和我差不多，也是人来疯。他突兀地站起来，问了一个与本课无关的问题。以我这点文化底子，这问题算是探到我的家底了。好在我还算诚实，就实话实说，我不会。还动员大家查字典、找资料，放低姿态不耻下问。课堂上瞬间变成了联欢会，连听课的老师都跟着热烈地讨论起来。

显然，我和我的学校因为这事，成功地丢人丢到姥姥家了。

我懊恼而羞愧，上完课就准备去校长那里负荆请罪。还没等我开口，校长倒先表扬了我，说上级领导已经反馈了，学校教学方式新颖，课堂气氛活跃。

那年，我被评为全旗的优秀教师，这是我未曾想到的事情。

然而，浑然不觉中，我的职业生涯一步一步进入一种莫名的困顿和茫然中，我也陷入自我否定的死循环中。也就在那年，我恋爱了，遇见了我现在的妻子。遇见她之前，我想去远方；遇见她之后，我只想盖一座房子，生一群孩子，教一群学生，种几亩地，养一群羊，过平凡而简单的日子。

那时候，住在不远处的三姐，总能听到关于我的传言。她每周都骑着自行车来找我，将人们传我的各种话讲给我。

英雄难回故地。凡是讲新来的小乌老师如何业务能力强，讲课风趣幽默的，都是陌生人。有的人声称，新分配来的小乌他太熟悉了，接下来就把我的过往翻一个底朝天。越是能挖出我的黑料、糗事，越显得他们和我很熟。他们恨不得把我拉屎呲了几颗牙都说得栩栩如生。

他们说我的经历，说我养父的残疾，甚至有个人不惜跑到学校门口，给他一个远房亲戚描述我养父走路的样子。他们一定觉得很幽默，两个人抱在一起，笑成一摊烂泥。我的怒火油然而生，毫不犹豫地就杵过去几拳。

三姐之所以一次次跑来，就是因为太在乎他这个弟弟了。这就是亲情吧，因你而骄傲，因你而担心。那时候我的内心虽然还不够强大，但提到阿爸阿妈，我愿意誓死捍卫他们的尊严，那是我灵魂深处通天的地方。

我不允许他们被藐视，绝不！

幸亏还有爱和希望，才让我感觉到，这个世界还没有那么坏。

在亲情面前，面对恶意，我愿意做那个挺身而出的人。面对自己永远不能相见的亲人，我什么都不怕，就怕他们留在人间的曾经，还被人指指点点！

那个戴着大耳环的女子是孩子他妈

我去分配的学校报到后才知道，这所学校居然有三十一条光棍。“光棍”和“单身狗”是有本质区别的，“单身狗”是指处在爱情未到的空窗期，而“光棍”是被动落单。

临毕业前，往届的学哥学姐教导过我们，抓紧时间在学校找一个吧，不然分配工作后，只能沦为“光棍”。运气好的，能从附近镇上的理发店、裁缝铺选择一个伴侣；运气不好的，就只能从单身变成“光棍”，然后顺其自然地从光棍变成老光棍！

我不相信！

那时候，我们意气风发，哪能听进这些鬼话。每个人都觉得自己约等于刘德华第二。

报到快结束的时候，前辈“光棍”已经精确地统计出来：新来的队伍有十五人，其中女士五人。而这五人中，已经名花有主的二人。我发现，剩下的三人中，有二人是我亲亲的亲同学，而且跟我大相不合，三句话说不完，就得立马干仗。剩下的一个情况不明，有的说是建校以来学历最高的一个女大学生，有的说是某某领导的掌上明珠，来不来都是个问题。

就在大家嘻嘻哈哈、互相调侃的时候，门口进来一个穿着运动服、戴着夸张的银耳环的女子。她大大方方地进来，客客气气地说明来意，就转身走了。

大家才回过神来，这个女子就是那个情况不明的最后报到者。看样子，她既不是高学历的女大学生，也不像某领导的掌上明珠。我的直觉是，她不仅是搞体育的，还有可能和我一样来自牧区。

比我资历老的“光棍”，已经有人蠢蠢欲动，开始向那女子献殷勤了：有帮助提包的，有帮助拿行李的。这就是“光棍”多的好处，每个异性都会受到众星捧月般的待遇。不像我们男生，报到的时候，时时能感觉到一种来自雄性动物的本能挑衅！

那时的我，因为欠款和家里的烦心事，觉得成家是奢侈而遥远的事情，眼下，如何挣脱贫穷这顶帽子才是重中之重。

我还思谋着，去后勤找一份兼职的工作，看能不能把大姐夫借的一笔欠款先还清。大姐夫那么要面子的人，已经委婉地说了几次人家催款的话了。听说最近他儿子找下对象了，这是天大的喜事，眼前的这笔债务无论如何得赶紧还上。

报到的第二天，我硬着头皮和校长说明了来意，想提前预支工资。我知道这是一个很无理的要求，无奈人在绝境中啊。我很幸运，校长是个温和而善良的人，听我说明来意后，也不多问，就签了借条。

我那时候感激得差点想说，我生是学校的人，死是学校的鬼！幸亏这话没说，不然一年后，我哭着喊着要调走，自己都觉得自己不是个东西。

等把家里棘手的问题处理妥当，已经是上班一个多月之后了。我同学悄悄跟我说，这一群如狼似虎的“光棍”，已经展开了疯狂争夺女朋友的大会战。

我和同班一个女同学代着同头课，又在一个办公室。他们以为我俩在学校就谈得差不多了，才双双分配在一起工作的。

我忙着处理家里的事情，他们以为，我才毕业已经是人生赢家，婚姻有了归宿。倒害得我那女同学三十岁才终于嫁出去，现在见了我，都没有两句好话。

有一天，我另一个女同学神神秘秘地告诉我一个惊天的消息：体育组分回来的那个戴耳环的女老师看上我了！

她们几个女老师一个宿舍，晚上卧谈会的时候，单身女子少不了互相探听对方的择偶条件。戴耳环的女老师说，自己个子较高，最起码要找一个高个子男生。我同学脑补了学校三十多条男“光棍”的身高后发现，只有我符合要求，就坚信这是看上我的信号。她一大早就跑来，告诉我这个消息。

那时，我感觉自己穷得都有点扰民，实在没底气。万一她家世殷实，我这穷腥气，还不得顶她翻三个跟斗？

我同学见我没有动静，鄙视地指着我说：“瞎货！”

为了证明我不是瞎货，我就斗胆约了这位女老师。

慢慢交往后才发现，我们三观一致，经历相似，唯一不同的是，她家家境比我家稍微强一黑豆，至少已经衣食无忧。我们都来自牧区，都搞过体育，聊起来就少了很多障碍。

因为家里的事情太多，我经常不在学校，一个学期快结束的时候，还有同事不知道我在这里教书。她也多次说，在我追求她之前，她都不知道有我这样一个新分配的老师存在。

第二学期的暑假之前，我们算是确定了恋爱关系。我巧妙地淡化了我之前的恋爱经历和家庭的贫穷状况，信誓旦旦地告诉她，之前不懂爱情，守身如玉，还掐掉了那些伤心的童年经历。

大爸是最早知道我找对象的，当天就骑着自行车，来了我工作的地方，以找我说事的名义，暗地里帮我看了一眼对象。临走时，大爸很满意地告诉我：“行了，是咱们家的媳妇，身体挺好的，高高大大的好女子！”

接下来，大爸就坐着班车，去了几百公里之外我媳妇的老家，进行了一番明察暗访。他的理由是：“捉猪娃看养猪婆了，这叫把关！”

调查的结果就是：好人家，娶个哇。

我成家的前几天，大爸一直在为我的婚事操持忙碌。娶亲走的前夜，大爸拍着我的肩膀说：“板定有成就了，以后可要好了！”大爸很欣慰，他看着我长大，我没有让他失望。那天我莫名地感慨，忍不住流下眼泪来。大爸见状，很严肃地制止我：“别挤尿水，好日子才开始！”

大爸正在埋头做卤子，他刻意想表现得轻松一些，故作专注地吹火，一股浓烟窜出来，我和大爸都被熏得满脸灰，样子十分滑稽。我们彼此看着，忍不住笑出了眼泪。

果真像大爸说的那样，我是幸运的人，一路上总能遇到贵人。岳父岳母是牧区朴朴实实的人，尤其我的岳父，更是朴实而沉默。他第一次见我，也不说话，默默地蹲在一边抽烟，偶尔用眼睛的余光打量一下我。当知道我家家境很不好时，岳母略有微词，担心他们疼爱的小女儿跟着我受苦，岳父突然站起来反驳道："穷又没根！"

我很感激。那是一个男人对另一个男人的信任和嘱托。我那时候想，我一定要让这个跟着我的女人过上好日子，才能对得起眼前这个深沉的男人。可惜我的岳父六十五岁就没了，他是我生命里值得铭记的长辈。

校长主动提出要做我们的证婚人。从我第一次借钱到成家，以及成家后不久就调离这个学校，这个温和的男人，从来没有说过一句为难话。他总是站在别人的角度考虑问题，知道我准备调离的时候，也没有怨言，只是很可惜地说："你教书也是个好老师。"犹豫了一会儿又说："年轻人，去更大的平台是对的，去吧！"

即使现在，我对他仍然充满了感激，是他宽广的胸怀成就了我远飞的梦想。

第一次去见岳父岳母的时候，我那几个分配在旗里的同学，早早就等在车站，准备给我壮胆，陪我一起去女方家。看见我穿着寒酸，几个人把我拉到市场，集资给我换了行头，他们义无反顾地成了我的亲友团。

我成家后，就调到了旗里上班。临走的时候，在学校欠下的借款，还是我媳妇用自己的工资还清的。

未成家之前，我还是一个心比天高的文艺青年，我的世界里是风花雪月，是诗和远方。我一直觉得自己是一块闪亮的金子，为埋在这样的土里不甘心，随时做着远走高飞的梦想。

成家后，我心甘情愿在这所学校教书终老，觉得已经无比满足。原本计划着在附近盖个房子，有个自己的小院，能种点瓜、种点豆就已经很幸福了。

只是我媳妇从小生活在牧区，她不习惯这里的饮食，不习惯这个尘土飞扬的小镇。她想离草原近点。她的这个想法，成了我参加考试的动力。正是那次考试，我的人生走向了另外的方向。

很多年后，我女儿问我："当年是谁追的谁？"

我毫不犹豫地说："你妈！"

女儿问话的时候，她妈正在因为女儿不写作业、儿子不起床、我不洗脚等等忍无可忍的问题怒发冲冠，听到这话，立马拔高声调："要脸不？爱你不洗澡，爱你懒断腰？！"

我女儿故意点火："爸，你看下她甚了？"

我脱口而出："看下初见时那对大银耳环！"

这才想起，我们已经结婚二十五年了。原来人生兜兜转转、聚聚散散，所有的浪漫都抵不过平平淡淡的陪伴。这彻夜风吹的人间，是这个女子和我一起抵挡着人世间的风雨。不过这些话，当着她的面打死我也说不出口。

正是因为这世界有了你在乎的人和关心你的人，才成就了人间的活色生香，这才是我们愿意奔赴的理由，这彻夜风吹的人间才开始有了暖意。

贫穷是人不小心露在外面的内衣

结婚的第二天，父亲突然提出，要召开家庭会议，理由是，趁着婚宴上几个重要长辈都还没离开，要当着众人的面，替他决断家里的几件事情。

显然，父亲的这个决定事先没有和我妈商量过。正在忙着收拾结婚宴会残局的我妈，一下愣在那里，非常疑惑地望着我父亲的背影，自言自语道："又不知道哪根筋抽上了。"

很快我父亲就宣布了两件事：一是他终于完成了一个父亲的责任，给三个儿子完成了成家立业的任务。他一个病痛缠身的人，也算是用尽了洪荒之力。从今天开始，他就正式进入养老阶段，三个儿子平均承担他的养老费用。二是对我和我媳妇这些天的表现很不满，说数我们读书多、文化高，应该主动给前来答礼的大姑父和二姑有所表示！

我媳妇听了很不高兴，借故转身离开，回房间生闷气去了。

我妈一听我父亲的决定，"腾"地站起来指着我父亲说："白白给你披了一张男人皮，你是不是明天就不活了？你看这几个娃娃还有什么了？"

这是我妈有史以来第一次公开叫板我父亲。

父亲也一定觉得，我妈蹬鼻子上脸，越来越胆大妄为了。他多少年维护和争取来的权威岂能如此被轻视？

我父亲说，我妈打了他面子，就开始数落我妈脑子不够，他娶了我妈这样的女人倒了八辈子霉，说着说着就要跳起来打我妈。

瞬间，家里的锅碗瓢盆响成一片，有父亲声嘶力竭的斥责声，有我妈不甘示弱的叫骂声，以及一众亲戚劝架的声音。一时间凳子倒地，茶壶打翻，惊飞的家禽和腾起的尘土搅和在一起，这个家庭会瞬间就变得乌烟瘴气。刚刚回房间的我媳妇听到动静，惊慌地立在那里，不知如何是好。

已经年迈的我二姑，迟缓地走过去，拽着父亲哀哀地劝说："让人笑话呀，婚宴喜事不该了。"

一边洗脸的我大姑父，也慌忙挡在父亲和我妈中间，不悦地劝道："都土埋脖子的人了，还逞能没完了？"

我挡在我妈面前，顺势推了父亲一把。我父亲重重地跌坐在炕沿上。

我父亲当即就哭了起来，跳起来大声喊嚷："我不活了！"

自从我上了师范，父亲对我有任何微词，首先就拿我读书多说事，仿佛我读书多，就必须在格局、付出、胸怀、体谅等方面跟别人不同。即使我受了委屈、吃了亏，也必须比常人多一分宽容。读书多，成了父亲接下来几十年制约我的利器。

在一众亲戚的劝说下，我给父亲当面道了歉。他不依不饶地指责我："一个读书最多的人，居然不分青红皂白，你自己的妈不知道她脑子不够，现在被你们怂恿得都不知道自己几斤几两了！"

我妈也不说话，只是坐在炕沿上低声哭泣。

我父亲的家庭会不了了之。我把安家的费用拿出来一些，给了大姑父和二姑。当然两个长辈竭力推辞不要，我还是硬塞了过去。

一旁的我父亲这才觉得很有面子了，一是表明他儿子是上班的，不差钱；二是他在家里还有家长权威，还是能一声喊到底的。

我媳妇回房间后，说身体不舒服，躺在床上。但我从她背影能感觉出来，她一定非常不高兴。

等只有我们两个人的时候，我问她，她不答话，只用力地往里挪了挪。我有意无意碰碰她，她就立刻非常夸张地扭动着，仿佛只有这样才能表达她此刻的心情。

刚结婚的时候，指甲盖大的误会和这种背影的抗议，都是天大的事情。我那么急切地想化解，但越是这样，她越是愤怒。后来知道，她愤怒的理由是我没有摁在她愤怒的点上，这是对她最大的藐视和不在乎。

她终于忍无可忍地跳起来，指着我问："你们是甚人家了，你大是甚人了？"

我那么努力地掩藏和维护着的原生家庭的体面，瞬间被打回原形。我的家里人以及家庭里的做法都是她生气的理由。

她历数了从娶她进门以来，我们家种种不对的礼数。比如开饭的时候，我妈没有紧让她吃饭，这是对一个新媳妇的慢待；比如父亲不知道他儿子多大点本事，硬撑面子，要让他儿子喝西北风去；比如某某邻居说，这个媳妇也是喜欢那个小子了，你看那眼神。这在我媳妇那里，就演变成是我的吹牛和对她的藐视："人家咋会说这样的话？肯定是你吹牛说是我倒追你的！"

这些事，其实与我个人毫无关系。但那时候我觉得，这是对我以及我们家最大的藐视。我据理力争，这些事便成了我们两个人争执的内容。我原以为婚姻是两个人的事情，但进入婚姻的第二天就知道了，婚姻是两个家庭的事情。

好在是新婚夫妇，即使争执到最后不能达成一致，也不影响彼此的感情。我们一边享受着风花雪月的浪漫，一边争吵不断。我们的纷争，除了这些鸡毛蒜皮的琐事之外，也有对未来的设想方面的分歧。比如，说起我们共同的一个朋友，彼此看法不同；比如，不小心说了对方家庭里某个人的不好；甚至两个人商量着回去租一个多大的房子，最匪夷所思的是，遥想着未来生个小孩叫什么名字，都有可能成为我们争吵的内容。

结婚第三天，新单位就捎来话，让我尽快去报到。这也预示着新婚的假期马上结束了。我决定提前返程。

那是一次茫然和忐忑的返程，一切都是未知。那个即将生活和工作的小镇是什么模样，我们两个人住在哪里，工作单位在哪，都不知道。两个人即将抵达的地方，是一个完全陌生的世界。

临走之前，我妈把我拉到一边，从衣服的最里层翻出一个小布兜，掏出二百元钱，硬塞在我手里，慌张地安顿我：拿上，刚成家到处都是花钱的地方。

我妈眼里蓄满了泪花，指着在远处忙碌的我媳妇，强忍着说："去了好好工作，对人家好点，不要犟，女人么，少说两句有甚了！"

说着说着，我妈要哭出声来："你一直心重，妈知道。家里你放心，你老子就那人，我们开春还要种地放羊，给你喂个猪，能减轻不少负担。你二姐也不知道过得怎样了，妈把家收拾好，你们姊妹回来也有个住的地方。"

我妈的流泪让我莫名地难过，我隐约觉得，我和这个家越来越远了，我在家里生活过的痕迹越来越少了。

收拾东西的时候，看到搞体育时获得的几枚奖牌，我顺手给了身边的侄子。

离别的伤感几乎弥漫了整个家庭，那是我二十三年来最难忘的记忆。那天的风，树梢上昏黄的太阳，吃早饭时我妈无声的忙碌，还有门前那条腾起尘土的小路，都烙在我的记忆中。后来无数次的离别，都与这次的离别记忆一起，在我脑海中重叠交错。

等车的时候，大姐和三姐也赶了过来。大姐硬是把一篮子鸡蛋塞进我的行李，三姐给了我五十元钱。我成家已经榨干了所有兄弟姊妹的积蓄，这五十元也不知道她从哪来的，我坚决不要。三姐话少，重复着说有了有了，将钱强行塞在我衣兜里。

因为我成家，几个好不容易脱贫的家庭，又迅速游走在返贫的路上。

从老家到我工作的地方，路况非常不好。到了小镇已经是下午四五点了。我媳妇晕车，中途下去吐了几回，脸色苍白地斜倚在窗前。前几天的一些憧憬，早已被旅途的劳顿消耗殆尽。我们俩木然地依偎着，在摇摇晃晃中，总算到了小镇。

陆陆续续已经有乘客下车，司机向我们喊着："在哪里下车？"

我和妻子一脸茫然。幸好我媳妇在这里上过学，就随口说了一个地名。司机不耐烦地喊道："不早说，这里就是，下哇！"

我慌乱地望了望窗外，竟然觉得这个小镇高楼林立，繁花似锦，仿佛到了一座车水马龙的城市。只是我和媳妇像一对迁徙路过的鸿雁，惊恐而忐忑地立在那里。

媳妇示意我给司机结账的时候我才发现，三姐给我的五十元怎么也找不到了。

我媳妇着急地推搡着我，大声呵斥着："甚也做不成，丢了咋办呀？"

我木然而窘迫地立在那里，像一个挨训的学生，讪讪地解释道："就在这里了么，怎么会丢了？"

我媳妇亲自上来帮我翻腾衣兜，用力地掏着搜寻着，但钱全无踪影。她非常生气地埋怨道："甚也做不成！"

那时穷得只剩下自尊又敏感的神经，我瞬间就像炮仗一样炸了，大声嚷道："管球我的了！"

我媳妇见我发火，就不再埋怨，脸上明显是丢钱的可惜和懊恼，阴着脸跟我赌气。我们俩立在初春的风中沉默着，谁也不理谁。

那是一段最艰难的日子，贫穷像一把锋利的刀子，把我的心撕裂出无数个口子，任凭风吹日晒。

那段时间，穷把我最后的一点自信也掠夺走了。我很快就变成了一个沉默而忧伤的人。极度的不安全感裹挟着我在人海里孑然独行。

我特别害怕独处，好像会被这个世界遗忘了。或者，这个世界就在我独处的时候，发生了翻天覆地的变化。我努力地想去合群，而又在人群中显得格格不入，甚至躲在角落里也怕引起大家的不适和反感。

那段时间，我特别嗜睡。只有在梦里，整个人仿佛才开始舒展，我可以踩着祥云飞回小时候的地方，在那里，我自由而奔放，随心所欲。也是从那时候起，我开始固执地想念老家，想念小时候的事。它们在不知不觉中，被我修补得渐渐精致而美妙，仿佛那才是人间该有的样子。

那一群天鹅至今飞翔在我的心里

收到第一笔稿费的时候，我有过一丝幻想：未来可不可以从事一份与文字有关的工作。那时候，我觉得每一个铅字都像刚出窑的青砖，经过眼前都散发着热量和光芒。也就是从那时起，我隐隐感觉文字像一个失散多年的老友，冥冥之中会和我重逢。

想不到真就梦想成真了。

人就像一粒草籽，只要落地生根，马上就变成这块土地上该有的样子。在小镇教书一年的时间，我的说话方式、穿着，甚至思考问题的方式都被同化了。后来调到了旗府所在地工作，突然有一种农村人进城的感觉。而再次被贫穷加持之后，那种无根而起的自卑瞬间变成了木讷、胆怯和小心翼翼，甚至凭空觉得低人一等。

我们在新单位的附近找了一个小房子，总算安顿了下来。

媳妇沉浸在新婚的喜悦中，即使家徒四壁，也阻止不了她对未来的憧憬。她把娘家陪嫁的几百元钱，也全部用来置办家具。

在买床的时候，为了省钱，我下意识地脱口而出："反正是租房，随便找几块木板凑合一下算了。"大概"凑活"两个字深深地刺激到了她，那是一个热烈蓬勃、卖力地活着的女子最无法接受的敷衍和潦草。

她的眼泪瞬间夺眶而出，这个没有被贫穷打倒的女子，绝不要被潦草和应付打倒！

她停顿了片刻，发泄似地把包里的钱拿出来数了几遍，狠了狠心，倾其所有地买了一张价格远超出我们想象的大床。

家具店老板娘调侃道："后生，向这个女人学习！"

人在贫穷的时候，是没有从容的权利的，它像一群从草原深处跑出来的野狼，所到之处，不仅掠夺走了你的格局、大气、才情和善良，甚至连你的幽默、热情和浪漫也一并收走。

我气急败坏地追了回去，一路上竭尽全力地收集这个女人的缺点，准备宣战。当我踏进那十平米的房子，看见这个对未来充满了希望的女子，正以极高的兴致布置着这个小家时，心里不再生气。经过她的打理，家徒四壁的出租屋，竟然有了几分喜气和暖意。

我媳妇这次冲动性消费，直接导致我们接下来的生活捉襟见肘。我裤兜里装着仅有的十元钱像定海神针一样，偶尔翻出来看看又庄严地放进去。那时候不敢社交，不敢见朋友，就怕万一吃了嘴债还不上，整个人活得卑微而小气。

媳妇假期过完返程的时候，说我在新单位花销大，自己只拿了几十元的路费。送媳妇到车站，我心中还有些伤感，心疼这个我许诺让她幸福的女人，从结婚开始就过上颠沛流离的生活。

媳妇走后，我当天就接到单位通知，让去开会培训。去单位的路上，我还忍不住憧憬，这不就是我无数次幻想过的生活吗？接下来我的工作应该像电视里的男主角，坐在明亮的办公室里，喝着咖啡，写着自己喜欢的文字。

真实的工作环境是这样的：我们一群人借用着一个废弃的培训学校大院办公，等待领导派遣工作。领导来了，大致讲了以下的话：我们的工作来之不易；我们是个新成立的单位，实际运营的过程中如果发挥不了太大的作用，还有可能撤销，有可能被退回原单位。

开完会后，我的心情就灰暗到了极点。想起路遥的小说《人生》里的高加林，那个被退回原籍的倒霉男人。我甚至已经在想着退路，回学校是不可能的，万一不行就回老家。媳妇要是不想回去，我就悄悄地办手续。

我唯一担心的就是我妈。妈妈总是以我为荣，我的工作就是她的勋章，我丢了工作等于她失去了炫耀的资本。

一个月后，我回老家看她，看我面容憔悴，她也没说什么，只是临睡前突兀地说：没事，咱们还有草场和羊，世界上放羊的也一层了！

貌似愚钝的妈妈，才是人间给我最后兜底的那个人！

我去了新单位后，有两三个月的时间基本无事可干。机灵的和原本在城里生活的同事，利用曾经的关系，还能接到一些专访的任务。像我这种被贫穷打败的人，木讷而内向，又不知道如何与陌生人交流，只好每天躲在角落里翻看各种报纸。只有那些文字，才是我和外面的世界唯一的连接。只有走进它们，我才会变得轻盈而简单，自如而放松，甚至会忘却了贫穷和饥饿。

除此之外，我还是那个木讷自卑的青年。自卑带来的恐慌还产生了多米诺骨牌效应，顺便带出了忐忑、无助、敏感和自我否定。笔下那些原本带着温度的文字，一旦回到现实就变得媚俗而软弱。我对每一个人都莫名得小心翼翼，仿佛离开他们，这个世界就把我遗弃了。

直到某一天，我听一个来单位办事的人闲聊，说他刚从黄河那边回来。在他的描述中，冰雪消融的黄河蔚为壮观，他还看见了成群的天鹅。

我主动向领导申请了采访任务。也就是那一篇不太长的报道，给我带来了久违的自信。首先是编辑改动极少，其次是交付印刷的时候，有几个工人居然因为这篇稿子找我，除了打问天鹅的情况，还有一个年轻的朋友小声对我说："非常感人！"

现在想来，年轻的时候太在乎有人认可自己。我们没有自我评价体系，毫无理由地把自己交付给他人，就像一个被习惯囚禁的人，主动把自由的权利交给他人。

很多年后我向别人讲起这段经历，没想到在他们的眼里完全是另一个版本：他们说我自信高傲，笔下的文字灵动飘逸。这大大出乎我的预料。

原来每个人都有无数个自己，那些倒在半路上的自己，终将成为回忆里的疼痛和遗憾，他们在岁月的流逝中，尽全力地帮我堵上了这人间漏风的窟窿。

那群天鹅或许是专程来拯救我的，它们在我几乎看不到希望的时候，突然点亮了我内心深处的黑暗，也点亮了我的未来；赶走了贫穷给我带来的自卑。

那段时间，见到每一个熟悉的人，我都忍不住微笑。那脸上的笑容一定也感染了他们，熟悉之后，他们给我的一致评价是：话少，面善，喜欢笑。

“五一”劳动节假期我回了一趟老家。我妈非常高兴，把一大家子兄弟姊妹都叫到一起吃饭。

三姐的状态非常不好，脸色苍白。大家都在拉着家常，只有她一个人沉默地缩在角落里。

我主动问她，她苦涩地笑笑。后来问我妈才知道，三姐去年包的地，眼看收成就在眼前，一晚上被洪水淹没，颗粒无收。原本想着，今年翻身，把去年的账还清，结果，刚出土的禾苗，被一场大风全部埋掉了。就在我们回去的前几天，补种不久的禾苗，又被河水淹没。

我三姐说着说着，终于忍不住哭了起来。我妈一边安慰她，一边指着我说：“你好了，记得拉扯一把你三姐。”

我妈忽然想起了什么，无比惊喜地说：“昨晚做梦了，梦见牡丹花开了，好兆头，你们都好呀，我的梦可灵了。”

说着说着，自己都笑了起来，仿佛喜事马上就在眼前。

我妈这个一生用梦想止疼的女人，每次都能在厄运和艰难中找到希望。然后让我们感到，明天也没有那么艰难了，我的眼前也仿佛充满了希望。一家人都热络地畅想着未来。

大姐说，她现在的希望就是大女儿能考出好成绩，能上个大学。

二哥喜欢谈论国家大事，他信誓旦旦地说，以后谁用座机电话了，听说每人都拿着电话，打电话都能看见人了，还开心地对我妈说：“以后，你想和谁说话，就能看见谁！”

我妈真的相信了，兴奋地说：“那青岛能看见不？”

我三姐终于有了笑意，揶揄道：“妈妈就偏心，三句话就是你二女子！”

说起我二姐来，一家人有那么一刻都沉默了。二姐再次成家后，我们已经习惯了她缺席的聚会。我自从成家后，也懒得写信，偶尔去电话亭打个长途电话，还怕浪费钱，多半都是三言两语就匆匆挂掉了。

问二姐的近况，她总是敷衍了事。我隐约感觉她的日子也不太顺心。因为时间久了，我已经总结出规律来，二姐如果生活顺心，语速会变快，而且还会像模像样地说起普通话来。如果不顺或者心情不好，就语速变慢，一口土话。

大哥平时话少，只是认真地听着。偶尔也对二哥的话表示质疑，向我这个弟弟求证一下："老三，你二哥说得有谱没？"

我的两个姐夫，不太爱参与我们几个的聊天。他们更喜欢聊聊庄稼和村里的事情。有时听到大哥的质疑，就笑着说："她二舅的话你也信？"说完就笑了起来。

每每这个时候，二哥一定要据理力争。这时才是家庭聚会最热闹的时候，整个家变得热气腾腾起来。此刻的我妈也是最开心的。倘若有人帮她干活，她也会竭力推辞："你们亲姊热妹的，平时也见不到，没事没事，你们拉话着。"显然，我们就是我妈一生的荣耀，看到我们还有说不完的话，她感到非常幸福。

我和媳妇那时候最大的愿望，就是能把工作调回到镇上。

我妈说，牡丹花都梦见了，今年肯定调回去呀。

我妈真是说准了。那年，一个只见过一面的老大哥，主动问我家属的情况，得知我媳妇还在旗下，就慷慨答应帮我调动媳妇的工作。

我当时以为他就是随口一说，我也就随便一听。成人的路上，我见过了太多轻许诺言的人。当承诺真的兑现时，我却像一个听多了"狼来了"的孩子，不将它当一回事。

万万没有想到，那年秋天，这个大哥真的把我媳妇的工作调回来了。

我和媳妇不知道如何感激，并开始深深地自责，我太不应该那么潦草地对待这件事了。

实在想不出感激的办法，索性回老家给老大哥驮了两袋西瓜。那是我此生最寒酸的感激。

也是这个贵人，改变了我对这个世间的看法。我那么真切地看到了幸运，也那么真挚地相信了善意。我跟这世界从此柔软相处，再不曾改变。

跟媳妇调到一起的那年，我突然开始变得相信起宿命来，那么虔诚地相信我妈的梦。自己做了一个噩梦，也会记得下次回家讲给我妈听。

那年，我经常梦见那群天鹅。在我茫然和不知所措的时候，它们就会从我的梦里飞过，悄然地提醒着我，让我无比坚信，就算月色暗淡，其实还有星辰；即使山河失色，其实还有那些晶莹剔透的文字。他们像一根根火柴，在我内心深处不知道的地方，擦亮了我从来不曾抵达的地方。他们正指引着我绕过山川河流，奔赴在满是人间烟火的路上。

一段人生有多少卑微 就有多少反弹

我媳妇工作调回来的时候，用人单位的领导说他们想用一个能代课的成熟老师。我就竭力证明，我妻子是个优秀的体育老师，保证不会给校长掉链子。

结果，不久妻子就怀孕了。一个怀着孕的体育老师显然是不能代课了。这就意味着，我对校长那信誓旦旦的保证变成了谎言，这在我过去的成长经历里是绝对没有的，是不诚实的表现。于是我们两个人毅然决然地去医院做了人流手术。

很快，媳妇的领导知道了这件事，哭笑不得地指着我训斥道："太老实了！命大，还是承诺大？"

在我的精神世界里，每道貌岸然一次，每阳奉阴违一次，每违背良心一次，每践踏一回内心世界建立起来的秩序，当下的我就会被内心中无数个"我"拉出来批斗一次。

好不容易说服了自己，可真正实操的时候，又诚实地出卖了自己。我拍出来的马屁和抖出来的机灵越发显得滑稽和变形。

比如，我刚刚做完手头的工作，恰好路遇熟人或者上司问询，明明知道是客套，我依然会诚实回答"不忙"。结果，我很快就给别人留下一个不忙的印象，即使是超额完成了全年的工作任务，他们依然觉得我无所事事。

这时就有人会多分配一些工作给我。最开始的理由是给年轻人多压一些担子，后来就变成了理所当然的分内工作，理由变成"以前就是你做的"。几年后，有个已经被提拔的前辈，酒后无比怜悯地望着我："太老实了，你向谁谁学习，遇见领导要表现得很忙，不会吗？"

我卖力地工作和笨拙地示好，换来的不过就是连门口的保安都可以理直气壮地指使我。到后来，他们不需要和我沟通，就可以直接要求我替他们值班；他们也不需要和我商量，就可以把我的年终奖励让给他人。他们一边轻而易举地拿捏着我，一边又嗤之以鼻地嘲笑着我。

即使这样，我也习惯了这种境遇，甚至从心底里满足于这种现状。可是，我分明感觉到被一种无形的力量裹挟着前行，却毫无办法，只能越发显得无能和无助。

每次单位聚会的时候，我最怕的一个环节，就是领导点评。尤其是那种官不大的小领导，他会对每一个部下进行一番貌似语重心长的点评，我往往就是那个垫底的角色。到后来，轮到我的时候，他连点评的欲望都没有了，很为难地挠着头皮，支支吾吾地说："小乌啊，嗯，那个，哎呀，挺好的哦……"

我已经习惯了这种了无生机的点评，一边掩饰自己的尴尬，一边闷头喝着酒。我那时候特别想醉一次，想得到十六岁第一次喝醉酒那种飘飘忽忽的感觉。可是非常奇怪，越是这样越是清醒，我连酒桌上谁抱着谁的头，说着生死弟兄肝胆相照的假话都记得清清楚楚。甚至有时候，连桌子底下谁摸了一把谁的大腿，谁和谁暗度陈仓，蝇营狗苟，我都看得清清楚楚。

我太想醉得一塌糊涂，可惜我酒量大到惊人。成年人的悲哀，就是你连糊涂的权利都没有。很快，我就和某地的毛驴、某地的盐碱地、某地的光棍并列为四大"傻子"。

人这一生，不是败给岁月，而是习惯。

说的人多了，我自己都坦然地接受了自己是"傻子"的现实。倘若人群中有人喊：聪明的站一排，"傻子"站一排，我会自觉地站在"傻子"的最前面。

如果没有之后发生的事情，我一定已经成了资深的"傻子"并混迹于人群，度过余生。

有一次，朋友们组织了一个局，主要意图是为一个刚刚提拔的小兄弟庆贺。在这之前，这个小兄弟口口声声说，我是他的伯乐，是他值得尊重的兄长，他除了欣赏我的文采，还认为我是关键时候给他指引人生方向的人。因为论年龄和阅历，我当然是他的兄长。平日里，他当面那一套奉承和抬举的高帽贿赂，我也已经心安理得地接受了。

那天，他刚刚当面夸奖完我是他的贵人、值得尊重的兄长、一个善良而豁达的兄长之后，待我上了一次厕所返回来的时候，听见他背后挤眉弄眼地嘲讽我。原话现在早忘了，大概意思就是，他挖苦我，我也听不出好坏。他当面夸我的话，就是为了证明我是“傻子”中的“王中王”。最有意思的是，我曾经引荐他、帮他，都是我“傻子”的佐证。他开始惟妙惟肖地模仿我如何去向领导推荐他的样子，没想到我真心的推荐却成了他嘲笑我的“把柄”。

这是我第一次经历一个人的两面三刀。我承认，我那时候很怂，居然觉得很尴尬，站在他的身后进退两难。还是别人的示意，他才一转身看见我，差点从椅子上掉下来。

我拿起自己的衣服，转身准备离开的时候，一众人还说我不够大度，试图让我继续参加聚会。我当然做不到自嘲和坦然，只是委屈地争辩：“我老实，但我不傻！你们欺负人！”

那件事一度成了我的心理阴影，谁当面夸我，我都会莫名的焦躁、紧张和不知所措，一面觉得自己不配，一面脑中又出现对方背后的另一番嘴脸。很多年后，我的内心强大到可以自黑的时候，那件事也就翻篇了。

那时候的我，非常不快乐，但我说不出不快乐的原因；那时候的我，无比孤独，但是不知道孤独因何而起。我就这样被困在凌晨三点的月色里，困在自己的城堡里，像夸父一样挣扎在干渴和追赶的路上。

我像一个濒临溺水的人，卑微是我唯一的稻草。我依然无限地妥协，自觉地认怂，甚至越发地沉默。我躲在角落里探索着他人的目光，离群索居地缝补着自己的伤口。

那时候，我整夜整夜地失眠，我的头发开始大面积地脱落。有一天，一夜之间，我浓密的头发、眉毛和眼睫毛全部掉了，我像一个行走的塑料袋，混迹在人群中。

人在这个时候，开始变得迷信。我悄悄找民间的神官跳神和掐算。在月黑风高的晚上，我按照神官的指示，去荒无人烟的十字路口烧香、磕头。我甚至开始自责，深信不疑我是一个命硬的人，我的养父母都是被我克死的。我凭空地揽责，无端地忧伤。

这世间就是这样，厄运仿佛是成群结队来的。我像一只被命运薅习惯的老羊，掉过毛发后，肥硕的鼻子也出了问题，连续一个月出不上气来。我媳妇非常紧张，劝我去医院看看。结果在医生列出第五种毛病的时候，我及时制止了。

一个穷人在死和钱面前，会义无反顾地选择后者。我不想问他病要不要命，我只担心看这个病需要多少钱。

结果医生笑了。可能在他的行医生涯中，还没见过我这样的病人，他笑着说了几套方案。我当然选择了一个最便宜的方案。这套方案不打麻药，只在我鼻翼两侧抹一点麻药。准备手术的时候，那医生又反复征求我的意见：“确定不打了吗？是有点疼的！”

我坚定地告诉他：“不打，我能忍住，我可止皮（忍疼）了，我大腿曾经脱臼过，都是自己按上去的。”那医生就敬佩地点着头说：“那没问题，比起那，这个就和挑一根刺一样，明天就可以上班了！”

我很开心地躺在手术床上，不过看到医生拿出那些手术器械后，心里隐约觉得，这不是一个明天就可以上班的手术。

医生一剪刀进去，就像把水管捅了一个窟窿，鲜血开始往外喷，喷到了医生的身上，同时伴随着手指里插进牙签般的钻心疼痛。我用力抓住手术床沿，使劲忍住疼，心想，一旦我说疼，开始打麻药，那费用就会增加。想想家里实在没有钱了，我使劲装作不疼的样子。

出血让大夫有点慌张，但那一剪刀下去，鼻孔里的肉好像无动于衷。他又剪了两次，还是不行。于是，他决定用钩子给勾下来。

我媳妇站在旁边已经开始哽咽，带着哭腔问医生：“大夫，麻药多少钱？快给打麻药吧！”我想了想，还是决定忍一忍算了，就摇头示意——我可以忍住！

大夫犹豫了一下，深吸一口气，有些迟疑地叮嘱我：“那你忍住，有点疼！”

我使劲点点头，感觉一个巨大的铁器伸进我的鼻孔。大夫的一只脚蹬在手术床上，用力拽了一下。那一下，我至今也清晰地记得，就是那种把头皮拉在脚面上，又反弹回去的感觉。我后来始终觉得，有个成语“醍醐灌顶”所描述的就是这种感觉。那种疼，仿佛将一颗铁球扔在快速行进的火车上，又反弹在身上的感觉，让人终生难忘。

很快，我就进入昏迷状态。等我再次醒来的时候，听见我老婆哭泣的声音，她哀哀地求着医生：“怎么办呀？你救救他，我们娃娃还没到一岁。”

医生一边慌乱地擦着我的鼻子，一边厉声地呵斥着我媳妇：“闭嘴！”

接着，我听见他自言自语道：“什么血型？准备输血吧！”

我彻底清醒了。那种疼痛渐渐变得麻木了，我仿佛踩在祥云上，远远地看着他们。听见输血，立马想到花钱，就着急地想告诉大夫。可是我的嘴好像被什么捂住了一般，只好拧着身子，终于说出来三个字：“能止住！”

接下来，医生和我媳妇开始不停地给我递卫生纸，大约过了半个小时，医生惊喜地说：“不流了！”

我长长舒了一口气。但是医生坚决地说：“住院吧！”

我在医院住了三天便决定回家保养。从回家到取掉流纱条，我又在家住了一个月。

这一个月，单位派人来了三次：一次是我超出请假时间，通知我必须补办手续；第二次是催我上班，说有重要工作要做；第三次是我的一个领导来看我。他看到我的情况，说了三句话，第一句话是：“据我所知，这个手术全国只有两家医院才有资格做。”接着他从医学的角度分析，头部神经复杂，一旦感染非死即残；第二句话是：“你还能活着，只能说穷人命大。”第三句是：“大难不死，必有后福。”

我在床上躺着的那一个月，匪夷所思地改变了两件事：一是终于找到那种久违的深度睡眠，二是突然就不想再讨好任何一个人。当单位再派人来布置工作的时候，我不知道从哪里来的底气，厉声说“不”！

后来，有人传，我做手术碰到了神经，好像疯了！

也就是从那时候起，我像变了一个人，变成了一个睚眦必报的人，变成了一个滴上一点冷水也要跳三跳的人。包括之后，我写网文的时候，有人给我泼冷水，我都烧热了泼回去！

有那么一段时间，我浑身充满了戾气，也很少流泪和被感动。我和别人吵架都是超水平发挥，什么恶毒和刻薄的话，都能从我嘴里出来。我从无数次干仗中，找到了前所未有的自信，而且习惯了人间的忽冷忽热，看淡了那些渐行渐远。我为自己亲手缝了一件铠甲，奔赴在这人山人海。

要忘掉多少鸡零狗碎才能把这世界描绘得明亮起来

儿子的出现完全是个意外。眼下，以我们的生活条件，还是不具备要一个孩子的能力。

我心想，既然无能为力，就不要带一个生命来这人间遭罪。我在遭遇人生的窘境时，有时会想，如果当初把我扔在沙里没被发现，也许就不用遭受之后的这些苦难和恐惧。那种感觉，是很多人一生都无法理解的。

假如人生能有选择，我宁愿做一个含着金钥匙出生的纨绔子弟，不要那么懂事，不要那么早熟，不要那么小心翼翼地抵挡人间的凉薄。哪怕命运之后给我多一倍的成熟和沧桑，我也不要，坚决不要！

当第一个孩子因为我的“老实”做掉以后，我和妻子就采取了各种节育措施。况且，那时候我们不是在搬家，就是在搬家的路上。

媳妇置办的家具，也因为搬家的原因，越来越少了。最后一次租房，我们也学会了做减法，除了行李和衣服，其余的都统统扔掉。我们就像一对随时准备远行的旅客，提着几包行李就能安家落户了。没有自己的房子，我们是一对随时准备迁徙的鸟儿，小心翼翼地躲在城市的角落里。

我媳妇打完篮球比赛回来说，她总感觉没劲，好像病了似的。半夜，突然惊慌地从睡梦中惊醒，推着我说：“好久没来例假了，是不是有了？”随即跳起来去卫生间做测试。担心的事情还是来了——怀孕了！

离上一次流产还不到半年，我们只能听从医生的话，决定要这个孩子。想想我们流浪一般的日子，又多了几分惆怅。

自从得知这个消息，我们的第一反应不是即将做父母的惊喜，而是开始和贫穷面对面地较量，最本能的想法就是攒钱，攒去医院生产的费用。

攒钱的日子，有一种比贫穷更难堪的自卑和敏感。然而越是贫穷越能让人滋生出一种莫名的清高和豪迈，并且总是试图用假清高和假豪迈来抵消贫穷带来的凉薄和卑微。仿佛想向别人证明，我除了贫穷，在其他方面还是比别人优秀的！我们用不懂得拒绝彰显善良，用不计成本的豪迈抵消说话的没分量。

我做了件很愚蠢的事情：我们辛辛苦苦攒下来的、准备生产的钱，就因为一个同学张口说他周转一下，我就痛快地连存折和密码都交给了他。直到媳妇进入预产期了，他也没还给我。我才意识到，我为自己的假豪迈付出了代价。

一个穷人的自尊心和敏感点诡异到不可思议，去要钱比借钱还让我为难。我领着另一个同学壮胆，硬着头皮去要钱。那同学很硬气地以“一点钱，能欠下你了？”就轻而易举地把我打发掉了。

眼看媳妇马上要生产了，不得已我又去要钱，却从陪我要钱的那个同学处得知，借钱的同学跑路了。万万没想到，陪我要钱的同学居然站在道德的制高点上劝我：“你比他有本事，你不要逼他了，他一定是被困住才跑路了，你咋那么绝情。”

那同学还要往下说，我直接上去杵了一拳，打得他鼻口鲜血直流。他的神情是那种措手不及的惊讶。我说他：“来来来，你给爷大度一个”！

他无语地愣在那里，直到我走远。我们从此再无交集。很多年后我们在街头偶遇，他极力想表现出同学间的热络，我转身走了。至今我都没有释怀。劝我大度的人，比借钱不还的人，更让我计较。我没有原谅他的理由！

劝人大度的人，只有两种情况：一是没有成本的道德高标，从你的困境和卑微中对比出他的格局和高度；二是和那个失信的人是一伙的，后来我才知道，借钱的同学就是从陪我要钱的同学那里知道我有一个存折的。我去办存折的时候，正好遇见他来镇上办事，我还热情地邀请人家来家住。我这张嘴松得就像棉裤腰一样，估计还带着几分炫耀，把存钱的事情讲给他听。第二天，他就带着借钱的同学来了！

钱没要回来，很伤我媳妇的心。很多年后，她有时候还说我把同学情谊看得比老婆生命还重要！

后来我采取跟踪、堵门等各种办法，总算陆陆续续地把钱要了回来。我们的同学情义再没有了。我还落下一个格局小、没度量的坏名声！

我向大爸和周围亲戚借上钱，才把媳妇送进了产房，其实就是一个门诊。临产的时候，我眼睁睁看着媳妇用尽了所有力气，孩子还是没有出来。大夫的眼神里也有些许的紧张，打着节拍鼓励妻子用力。

人在无能为力的时候，特别滑稽和夸张。我就像一个啦啦队的，在一旁卖力地喊着“加油加油”。大夫厉声地呵斥道：“爬远点，你那是干甚了！”

儿子终于出生了，一家人悬着的心总算放了下来。想起我刚才那滑稽的动作，大家笑成一团！

儿子出生的时候，凌晨一点，窗外大雪纷飞。

那晚的夜，宁静极了。中途回家取东西的路上，我迎着漫天大雪行走，突然感觉自己变成了一个白衣少年，踩着祥云在高处，那种无边的温柔将我包裹起来，又仿佛在风雪交加的旅途，推门进了一间房子，喝了一杯用阳光和花香调制的酒。一饮而尽后，每个毛孔都散发着热量。返回的途中，心中始终萦绕着一丝无处考证的暖意。

大爸在我调到镇上的第二年，也把老家的房子卖掉，在离我不远的地方买了一个小房子。

大爸是个闲不住的人，隔三岔五就会借口打问国家大事，来我单位逗留一会。

有时候，他风风火火地跑过来，只为了问我一句：“今天几号了，清明节放假不？”

有时候只为送来几颗冻柿子，亲眼看着我把它们吃掉，听我说一句“大爸这个冻柿子好吃还不贵”，每次得到我这样的回答后，大爸笑得像个孩子，有那种占了便宜又能分享的顽皮劲。

有一次，大爸急匆匆地推门进来，说跟我商量一下，他作为一个老水利工作者，想骑自行车去三峡了。

我那时候年轻，想也没想就决绝否定了，埋怨他总是想一出是一出。

等到了中年后才发现，我和大爸一样，说好听点是内心浪漫，有执行力，不好听就是想一出是一出。

有些人来到这人间，先天就在内心深处揣着一个自己的远方，不管生活如何悲苦和艰难，都会忍不住拿出来晾晒一下。我突然就原谅了这人间所有的凉薄和暗淡。

我和大爸一样，就是靠这点暖光支撑着，才在这颠沛流离的人间活得热血沸腾。

我媳妇怀孕四五个月的时候，房东来收租，看到我媳妇怀孕，就委婉地说他家有忌讳，正房是不能做月房的，让我们提前想办法，做好搬家的准备。

我大爸听到这个消息，就想着让我买个房子。他自己刚买了房子，也没有什么积蓄，但还是给我筹措了一点钱，剩下的缺口建议我向银行贷款。恰好我有个同学的公公是银行的，帮忙贷了两万，最终我们在偏僻的位置买了一套二手房。

我在城里也有家了，就回去接我妈来住上一段时间。临来的那天，我妈突然又不想走了。她说，没人给父亲做饭，再说她也离不开草原。我们反复劝说，她才勉强动身。

我妈在小镇生活不惯。我那段时间正把自己活成了“软柿子”，不懂得拒绝，企图通过讨好和合群显得自己没那么另类。越是这样越要早出晚归，和我妈说话的时间很少。

有好几次，我妈怔怔地看着我，欲言又止。终于有一次，她小心翼翼地说：“是不是工作很苦？别太难为自己了，大不了回咱们的草原。”

我哑然失笑。在我妈心中，她和老家就是我最后的挡风墙，只要有她在，我就有了退路。我妈去世后，我才真正知道，世界上那个疼我的人不在了，家真的没有了。

那些天，我和媳妇上班后，无所适从的我妈，除了拼命地擦桌子，就是站在街角望着一辆一辆的汽车从她面前呼啸而过。

有一天晚饭后，我带着我妈去夜市上转转。过马路的时候，我妈居然像小时候我拽着她的衣襟一样，紧紧地拉着我的手。一刹那，我感觉我妈老了，眼泪忍不住流了下来。

第二天，我专门请了一天的假陪我妈逛街。我妈极其满足，她没给自己买什么，给父亲买了一双鞋垫、一块砖茶。我妈无非是想让她的儿子拉着她的手逛一逛街。

那一刻，我突然明白，我那不善于表达的妈妈，一个大半生都不曾离开过草原的朴素妇女，能把所有的苦难都埋在心底，甚至从来不对她的儿女提出任何要求。她唯一的幸福就是看着她的儿女好好地活着。这就是我土地一样无私博大的母亲啊。

我妈回去后，我大爸每天天不亮就来给我收拾院子。他用整整一个秋天，到处捡别人废弃的砖头和木棍，给我盖了一间凉房。

入冬的时候，有一天大爸兴冲冲地跑来告诉我，他觉得自己身体很好，受一个老朋友的邀请，想发挥余热。听他的口气，就好像返聘当总经理的样子。后来才知道，就是去给当个下夜老头。

那次估计是受了风寒，第二年就开始隔三岔五地生病。那个逆风、顺风都照样骑车的男人，那个七十岁依然想去三峡浪漫的男人，那个一顿能吃几斤肉的草原汉子，那个迎着风等我的大爸，轰然倒下了……

人间那些终究要面对的离别

儿子的出生，让我觉得，这人间的风都是甜的。

人真是往下疼了。我妈说，亲自己的额头这辈子也休想亲到，亲自己的大腿一口就咬到了。大概这是人的本能使然。看着眼前这个粉嘟嘟的小人儿，眼下的贫穷和窘迫都不算什么，仿佛儿子是我在人间被困的这些年，终于搬来的救兵。从起名字到谋划他的未来，我恨不得把自己的遗憾和无法实现的梦想，都全部摁进儿子的身体和未来。

有了儿子之后，我也不那么怨恨父亲了。渐渐明白，越是无能的父母，望子成龙的心越急切。那些寒门贵子的背后，多少都带着一个不堪的原生家庭。我们从容不起，懒散不起，自我不起，个性不起，因为我们的背上驮着很多人的梦想和希望。一旦连这个梦想都看不到，那个望子成龙的父亲就变成了我父亲的样子，以“指望不上”的名义迅速颓废。

父亲来看大爸的时候，顺便来我家小住了几天。那段日子，是我印象中父亲最温和、喜悦的日子。尤其是他不知道从哪里听到的小道消息，说我能在这样的部门上班，就意味着一脚已经踏进了仕途。

在我父亲的眼里，我这个失而复得的儿子，终于让他在老家有了炫耀的资本。从我父亲和乡邻之间的聊天中，我隐约感到，在我父亲的眼里，我的级别已经很高。他开始大包大揽乡邻们不能解决的事情。

比如谁谁考不上驾照，他就会大手一挥，说他儿子应该可以帮忙；谁谁要办什么证件，他积极表态，好像他儿子可以。我力所能及或者动用我同学朋友的关系，帮助乡邻办成了几件事后，我父亲竟要求我给亲戚的小孩安排工作。我不得不实事求是地告诉他，我没有这个能力。

我父亲非常生气，他刚刚在乡邻中树立起的威望，顷刻间倒塌了。

他恨铁不成钢地说：“人家谁谁也是同样考出去的，你看人家可有本事了，甚事都能办到，罢罢罢，咱们家这些……”他手指的范围包括正在旁边做饭的我妈。他拿我妈开始发泄不满：“你看你，没生下一个出超（优秀）的！”

我父亲来家小住的时候，正好我养父那边的大爷也在我家。大爷是个典型的牧区老人，安静得像个猫长老，整日面带笑容，一刻不停地捻着佛珠。仿佛眼前所有的人和事都让他惊讶和好奇，他时常吸着气表示不可思议。我那时候已经习惯了吃焖面和说汉语，我们之间的聊天就像一对打哑语的父子，靠比划心领神会。

每天等我下班后，他会惊喜地向我比划儿子的各种表现：儿子蹬着有肉窝的小腿，尿了他一身；他找佛珠的时候一转身，儿子给了他一个灿烂的笑容，这些在他看来都不可思议。

那一刻，我会想起遥远的图克木草原，就算家里每个人都小心翼翼地回避着。我会想，如果阿妈阿爸还在，他们此刻一定如大爷这般，带着无比的惊喜享受着这人间的喜色。

父亲万万没有想到，我这些年还和图克木有联系。他一定觉得，我大爷是攫取胜利果实的人。他隔空挑衅：“安种的时候不见人，扬场的时候人就出来了。”

我大爷依然捻着佛珠，闭着眼睛，笑而不语。我父亲觉得指桑骂槐的力道不够，索性用蒙语直接唤着大爷的名字说：“你是修成佛啦，白白捡一个大侄子！”

我大爷终于睁开眼，依然面带微笑，笑盈盈地和我父亲聊天：“二兄弟，你几个孩子？”

我父亲实话实说：“六个！”

我大爷心平气和地又问：“考出几个？”

我父亲指着我骄傲地说：“喏，这不是吗？”

我大爷突然语调也铿锵起来，骄傲地说：“我们家养大的就能考上！”

我父亲气急败坏地对我嚷着：“我一刻也不想和这个老汉待，你快快，把我送到你大爸家里。”

大爸那时已经生病了，一个铁塔一样的男人轰然倒下，有多么无助。他一开始根本没把这个病放在眼里，以他过去的体质，这病约等于砍柴的时候不小心扎了一个刺，洗个冷水澡打几个喷嚏而已。他依然谋划着，等病好了要去草原看马兰花，要和我回一趟图克木，一起去感谢帮我照看草场的巴特尔大哥。

我们也没觉得大爸的病有多严重。这个敢和洪水斗争的汉子，有的是力气。只是他越来越在乎亲情，变着法子捎话，让我父亲来看他。老哥俩在一起的时候，他们会讲遥远的往事，讲某年某月刮过的一场大风，讲共同认识的一个人，讲某次西瓜的大丰收，讲他们艰难的小时候。那时候的我父亲也鲜少抱怨，像一个穿着白衣的少年，沉浸在无边的遐想中。

更多时候，我父亲会讲他这一生的不幸，从娶了我妈开始，接着是我们几个孩子的不争气，最后归结为他心强命不强。中间似乎有过多少次翻盘的机会，也因为放不下我们而放弃。他讲的这个版本，与我有限的记忆完全不同。我有时候实在听不下去，就会婉转地提醒他，我们也是有记忆的。他就会很生气地打断我们，以我们小和不知道为由，另起一段。

等我人到中年，就理解了我父亲。那是一个无能为力的男人修补尊严的最佳方式。他希望他的人生应该像他想象的样子，有体面有豪迈！

我父亲回去不久，有一个从图克木来的人，直接找到我的单位。他见到我，夸张地给我行礼，毫无缘由地奉承我。

我哪见过这种阵势，拘谨而忐忑地立在那里，后来才听出一个大概：他不知从哪里打听到，说我和某某领导经常见面了。可不是吗？我是领导的秘书，当然能经常见得到。

在他的概念里，能见面就是关系不一般，让我找领导给他办事。我竭力向他解释，我和领导的见面，约等于你天天在新闻联播里看到领导，我只是一个工作人员，根本没有那么大的权力。但他根本听不进去，认为是我不帮他办事。

他后来兜兜转转，攀成领导的远房亲戚，亲自找领导去了。

那天，他从求我办事到知道我办不了事，短短几分钟时间，对我的态度三百六十度大转弯。

在我的记忆中，根本没有过这个所谓长辈的印象，也就谈不上有多亲切和失望。倒是他求见领导无果，又返回来找我，说了几句社会风气不好、人心不古等等牢骚话。后来聊着聊着，他就反复提起我养父的名字，对我能有今天表达出嫉妒，说："想也想不到，那么一家人，还能培养出这样有出息的人！"

这是一句无比伤人的话，这句话有两个意思：一是我们家不配有人上班，二是我上班一定走了后门。

他的言语中，满是对命运不公的愤怒和没有办成事的气愤。他上下打量着我说："我知道你父母了么，你妈嘴黢黑，心脏不好，你爸拐子……"说着，他仿佛终于从我残疾的父母那里找到优越感了，站起来，夸张地学起我阿爸走路的样子，学完居然独自笑了起来。

从他愤愤不平的质疑，到学我阿爸走路的样子，我心里对他仅有的一点点老乡情义，已经荡然无存。我好不容易用多少年的时间缝好的伤口，在那一刻又被他撕裂开来。转念想想，他毕竟是一个比我年长很多的人，我还是努力克制住自己，没有爆发。他学完我阿爸走路，又把我们家遭遇的不幸重新回顾了一遍，然后才终于在"我们家的猪娃子还是比他们家的长得好"的优越感中满意地走了。

后来我和大爸讲过这个人，我以为他一定会愤慨，坚定不移地站在我的立场，和我一起骂这个人。想不到，大爸非常淡然地说："有甚了，让说咯！"

几年后，我回老家，在镇上，他远远地看见我，非常热情地追过来，他乡遇故知般热情，非得让我去他移民的新家吃饭。他为了留下我，甚至故意把我钥匙藏起来，我能感觉到他真心实意的挽留和热情。

那天晚上，他喝了点酒，讲起我养母的善良，我养父的豁达，几次潸然落泪。他说，那年，办事到我单位，看到我长大成人，他一直为我过世的父母庆幸，好人有好报啊。他又突然想起什么，神秘地对我说："明早，带你看一个东西。"

第二天早上，他带我回到了小时候居住的地方。那里已经移民了，周围都是断壁残垣，很多房屋已经被沙漠掩埋了。通往吉雅家的路上，芨芨草高过了头顶。他突然指着远处荒漠上的一棵树对我说："看，其阿外（你爸）当年栽下的一棵柳树。"

望着那棵树，我终究没有忍住，流下了眼泪，曾经的一切仿佛就在眼前。我以为很多事情都会忘掉，此时却历历在目。想起他们，那些比谷米还小的往事都浮现在脑海。他们真是一群善良的人，把这棵柳树命名成阿爸的名字。甚至达成一个共识，即便老家移民搬迁了，无论谁回到这里，一定要给这棵树浇水。

我也从心底原谅了他。只是很多年后，我渐渐懂了，这就是乡情。他们彼此知道每个人隐秘的胎记，也明白长在这片土地上的每个人的柔软。他们是共同长在粪堆上的一株蔓菁，你分享它葱茏的养分，也必须接受它拔出蔓菁带出粪土的不堪。

大爸去医院检查一番后，很快就知道了病情。他完全知道白血病的后果。他固执地放弃了吃药，无望地对我说：大限到了，不顶事了。说完闭上眼睛，嘴唇快速地抽搐着，泪水滚落下来。

我安慰大爸："现在医疗条件好了，你不要放弃，完全有康复的可能。"

他的脸上瞬间闪出一丝喜意，随即又理智地摇摇头："人生七十古来稀，够了！"

大爸最后的日子，最希望我父亲陪着他。我父亲就隔三岔五去住几天，仿佛能给他抵挡死亡。大爸觉得，这个从小他看着长大的兄弟，最懂他的心思，他没有白疼这个兄弟。晚上睡觉，他示意父亲睡在他身边。最后一段日子，他半夜从噩梦中惊醒，会下意识地喊我父亲的小名——

二子，二子。听到我父亲的回应，他就长叹一口气，仿佛终于找到依靠一样，幽幽地说：“在了就好，在了就好。”

我有时候问大爸：“梦见啥了？”

大爸吃力地咽了咽口水，含糊其辞地说：“一个人，找不见家了……”

大爸终究没等到那年夏天，在一个黎明时分，安静地走了。他的生命定格在那里，无论我们怎么呼唤，再无回应了。

有时候，想念和悲伤是延迟的。大爸刚去世那几天，人多事多，忙忙碌碌，我总感觉大爸就是出了一趟远门，很快就会回来。

想念大爸是从半年后开始的，最初是看到父亲陡然间变得消瘦和沉默时，后来是不能去大爸住过的地方。没有他的故地，突然变得萧瑟而孤单。甚至，突然看到认识大爸的人或者旧物件，或者生活中遇到难事或者高兴事时，我都会忍不住要哭，会在心头不停地问：“你想我了吗？”

大爸走后的那年春节，我是在岳父家过的年。三十晚上，我去外面上厕所，那么清晰地听见有人叫我的小名，像极了大爸的声音。我没敢回头，回去悄悄告诉了岳母。岳母脸色大变，劝我：“两世人了，放下吧。”

说也奇怪，那晚我最后一次梦见大爸。我看不清他的脸，他匆匆从我身边经过，甚至都不曾看我一眼，我一眼就认出他了。大爸活着的时候，怕走夜路，怕水声。我声嘶力竭地喊他：“大爸，黑夜过去了吗，河水经过了吗？”他再不曾回头看我一眼，决绝地远去了！

我知道，我和大爸的缘分真的没有了。以后，我很少梦见大爸。心情不好的时候，或有时借着孤独的名义，小声地在心底说：“大爸，我想你了！”

人到中年，我已经释然：每个亲人都会离开的，这才是我们必须面对的人间。我也接受了命运，甚至相信这世间之外，也许还有另一个世界，让我们留下一点念想。在命运编排的来处与归所，说不定我们会以其他方式偶遇。凡尘来往，你去我留，谁能保证，为你过河投下石块的那一个人，为你煮茗抱来薪火的那一个人，为你夜归点亮路灯的那一个人，或者在人海里对你微笑或者充满好感的那一个人，是不是我们想念的人，以另一种方式与我们遇见啊？

有时候我又想，远去也挺好，这样就不会再遭遇人间的悲苦和凉薄。谁说不是，我们终将成为过客，连同自己，交付出去！

悲伤的时候不妨把一切都交给明天

毋庸置疑，我们总是觉得身边没有风景，我们总是把最好的一面给了陌生的人。即使在一个家庭里面，我们也总是忽略身边那些默默付出、不求回报的人。

三姐永远是我们家里那个躲在角落里沉默的人，以至于从我毕业、工作到成家、调动工作这几年中，仿佛她从来不曾参与过一般。

其实，我在为自己的生活挣扎的这些年，她的生活也比我好不到哪里。一个十八岁的女孩，从我们家的破窝一头又扎进了婆家的破窝，她默默地扛起另一个家庭的重担。

似乎每个家庭都有一两个忍辱负重的人。三姐的不幸是，一个忍辱负重的人嫁给了另一个忍辱负重的人，彼此都带着重重的背负。三姐夫在家排行老四，从把上学的机会让给大两岁的三哥后，他就成为破落家庭里牺牲自我的人。三姐嫁过去的这些年，先后帮助三个小叔子成了家，又照顾一对瘫痪在床的公婆走完人生的最后阶段，这期间又少不了隔三岔五帮衬着娘家。

即使这样，她永远是那个躲在角落里的人。我抱怨生活艰难的时候，她已经习惯了忍受。她依然鲜活地热爱着这破碎泥泞的世间：她去镇上染了一次头发；邻居大嫂夸她新买的衬衫好看；村里来了个跟我同镇子的人；她的邻居竟然是我同学……这些都是让她感到生活可以继续沸腾的理由和动力。

恰恰是我这个曾经以为内心深处有过白月光的人，这些年在与贫穷和不公对抗的路上，早忘记了白月光。我习惯于多少钱能买上便宜豆腐，习惯于揣测和打量别人的目光，习惯于应付人情世故，习惯于尽量显得有城府和世故……

而这个柔弱的女子，被生活虐过千遍万遍，却从来不曾忘记我们向往过的美好。或许在她的心中，我还是那个看着三毛的书、向往着远方的少年。

当我初为人父、家里一地鸡毛、妻子产假结束、儿子面临着无人照看的窘境时，她跑过来告诉我一件让人哭笑不得的事情。

那次回家，我想把儿子留给我妈照看一段时间。三姐听说我回来了，非常稀罕地赶过来，告诉我一个自认为惊天的消息，说三毛自杀了。她居然是来告诉我这个的。她一定以为我这个热爱文学的弟弟，听到这样的消息会和她一样感到意外和难过。然而，她不知道的是，此刻的我，已经有好几年没看过文学书，早就忘记了远方，眼前我最急切的事情是如何安顿好儿子。

我不屑地回了一句："哎呀，三毛都死了十年了！"

我的反应让她感到深深的不安，更显得滑稽。她一定觉得，她怎么可以活在旧时光里。她的弟弟已经不是那个和她讲未来和希望的弟弟，现在的弟弟是见过世面的弟弟。尽管我在仕途上屡屡碰壁，但是面对这个面朝黄土的姐姐，依然自以为是地指导她关心挣钱比关心三毛有用。我甚至像个万能王一样，动用了产业结构、调整思路等大词来指导我姐脱贫致富。

这个沉默的姐姐，望着眼前这个陌生的弟弟，依然拘谨地蹲在墙角，貌似认真地听着我的教导，手足无措地在地上画着人人。那时候的她，舔着干裂的嘴唇，像一件被丢在旧时光里的行李，无辜而茫然。

她一定以为，最后一点可以和她弟弟同频的白月光，也被甩在了陌生的他乡……

可在我准备返程的时候，她突然领着三姐夫赶了过来，告诉我他们商量好了，决定牵着自家的奶牛去我所在的镇上生活，一边卖牛奶，一边帮我带孩子。

现在，三姐家和我们家在一起生活差不多也有二十年了。她帮我带大了儿子，又帮我带大了女儿。她像人间的一道光，努力地弥补着我在童年缺少的幸福。尤其是我们一起去开民宿，三姐完全替代我妈，把整个故乡山川都搬到了身边。

闲暇的时候，我也会和三姐吐槽一下自私而懦弱的老父亲。可是一回到家，我们又忍不住事无巨细地关照着父亲。大概这就是亲情吧，除了感激和回报，即使是受到伤害和欺骗，也还是会去体谅和挂念。那种爱能使人踏实、自信、强大。

如果不是发生后面的事情，我想我的人生就在这个小镇如此周而复始，迎接每一个萧瑟而平淡的春天，送别每一个落雪和寒冷的冬天。习惯于斤斤计较，习惯于冗长而平淡地活着，然后跟所有小镇青年一样，慢慢忘记了远方，忘记了未来。

人生就是这样，一切都是未知，一切都有可能。三姐来给我看孩子，还牵着一头奶牛，这头牛是她们一家即将在小镇生活下去的资本。恰好我家的邻居有个房子出租，我们学着附近牧民的样子，把两处院子连接起来，建了一个牛棚。

小镇不大，一条街走出去就是大片的草地。三姐夫负责割草和喂牛，三姐负责挤奶和卖牛奶。姐弟两家紧挨着，闲暇的时候聊聊家常，眼前的日子过得也很安适。我也是从这个时候才算有点了解三姐了。

三姐的性格最像我妈，也是一个用梦想止疼的女子，她能接受所有平淡的现状，再大的难处都会被一个凭空而来的梦想抵消掉。有段时间牛奶卖得不好，她就会把牛奶变着法子做成各种奶制品。每次吃饭，她都会带着一种庆幸的口吻炫耀道："他们没福气，这么好的牛奶还挑剔；咱们把身体吃好，健康就赚到了。"

自从那次做了鼻子手术后，我一直压抑的性格开始反弹，突然变得暴躁、易怒，像只刺猬一样睚眦必报。

说也奇怪，这个欺软怕硬的世界，当我说不的时候，周围的人倒变得善解人意，他们被我拒绝后总能给出一个忍让的理由："那小子，估计做手术神经受了刺激，你们不要跟他一般见识。"

我也乐得清静，不用每天上着“油腻”的班。小镇的节奏缓慢而冗长，闲人也多，一半在打麻将和喝烧酒，剩下的一半如我，每天无所事事、百无聊赖，又觉得像行尸走肉，内心空虚。那种一眼千年的重复，让我进入了可怕的自我否定，越是认定自己一无是处，越对未来充满了不安和恐惧。我经常做着相似的噩梦，梦境里经常是参加比赛被甩到最后一名；参加考试不会答题；被单位精简辞退。各种梦境最后的结局只有一个：我和三姐走街串巷卖牛奶！

的确，整个冬天我都在走街串巷，帮助三姐卖牛奶。人这一生不是败给岁月，而是习惯。很快，我就从怕见熟人变成了专找熟人推销牛奶。到后来，我俨然是一个行走的“奶桶”，上班的时候，就有同事下单。我名正言顺地成了一个“卖牛奶的”。

只要与人打交道，就会有纷争。越是底层的人越容易与他人产生纷争，越是底层的人越看不起同样是底层的其他人。我陪三姐卖牛奶，有些人一看我三姐柔弱的样子，就以城里人自居，带着鄙夷和歧视。有的人越看你怂，他越张扬跋扈，甚至拿三姐的长相和声音来挖苦嘲讽。

每次和别人起了纷争，三姐就像惊弓之鸟，拉着我的衣襟，低三下四地给别人说着好话。那时我已经变成了一滴冷水掉在脚面上也要跳三跳的人，一言不合就回击。我的尖酸刻薄登峰造极，别人都是发挥失常，我每次吵架都是超水平发挥。有时候回来后，两个人想起刚才那种小丑一般的跳窜，忍不住笑成一团。从三姐的笑声里我能感觉到，那是一种有人给她撑腰的幸福。有时候她和三姐夫开玩笑说：不要欺负我，小心我兄弟收拾你的！

那是一段快乐的时光，虽然日子过得很穷，但是两家人住在一起，感觉我们在这个镇上也有了几分底气。到第三年的春天，三姐夫实在住不惯，说他喜欢乡下那种自由和随性。我儿子能送幼儿园的时候，三姐也以回去给我养猪和种绿色蔬菜的名义决定回老家。其实我知道，她是觉得我读了那么多书，每天陪她卖牛奶实在有些可惜。她一直肯定地说：“咱们家，就数你了，像三毛那样生活才好呢！”

三姐搬回老家不久，就发生了几件事。它们看起来无关人生命运这种大事，但很多时候，我们的人生往往被这些无关紧要的事情悄然改变了走向。

我曾经的一个队友，突然托别人给我捎来一封信，让我无论如何去一趟市里，说他在那里等我，有重要事情面谈。

我们有八九年没有见面了。当时的我俩，就像结在一个瓜蔓上的两个朽腌瓜。他比我更惨，父母都是兵团的，突然有了返乡的机会，就义无反顾地走了，把他和他姐扔在这里。最初说是先回去安排稳妥了，再回来接他们，结果半年后就杳无音讯了。他退役的时候，他的父母已经失联了两年，他姐二十岁就草草嫁了人。他原本以为退役了至少有一份工作，谁知道那年政策改变，我们空守着一个承诺，各自回家。

这人间的苦难从来不会轻描淡写，一旦你被命运裹挟，倒霉事就接二连三地发生，直到你毫无抵抗之力，才饶过你。他本来就无处可去，又突患眼疾。医生的诊断是必须做手术，不然有双目失明的可能。他倒不怕手术，退役也还有一点补助，他为难的是，做完手术陪床的问题。

我们俩算不上知己，三观也完全不一样。过去在一起训练比赛，也很少说话。没想到，不幸的经历迅速让我们变成了同盟，甚至有点惺惺相惜、互相取暖的感觉。在那个年龄，我们各自小心翼翼保护着的“家丑”，变成了互相信任的筹码，在彼此讲完各自的经历后，都有点相见恨晚的感觉。

他遇到难事的时候，我当然义无反顾地挺身而出。我在医院陪他做完手术、服侍他直到拆线，差不多有二十天。这也是我第一次给别人端屎倒尿，是情义和信任让我对这份付出无怨无悔。

后来我们就各奔东西了。当年约好了，无论自己过得如何，都不能忘记对方，我们是一起经历过艰难的好兄弟。

事实上，除了共同的经历，彼此精神上的共同成长更重要。十年的时间也足以让彼此之间恢复到最初的陌生。

我成家后，日子过得一地鸡毛，几乎和外界没有联系，我也很少关心小镇之外的事情，仿佛年轻是很遥远的事情了。生活除了让我变得现实外，也把我内心的热情和希望都磨成了日常的繁琐。渐渐地，我们彻底把对方从彼此的生活里删除了。

收到他的信，说不上意外，也没觉得惊喜，甚至想想自己眼下的生活，多少还有些自卑。我特别不想见旧人，不想提旧事。那里没有美好，只有莫名的失落和伤悲，这是我年轻时从来不曾想过的样子。我会为几斤牛奶站在院墙上骂街，把别人几句批评或者善意的提醒当成诋毁并暴跳如雷。

尤其是，他在信中说，他的生活过得很好，不仅父母团圆，他在一线城市还开了自己的公司，过着经常可以去世界各地购物和打高尔夫球的日子。这些更对比出我的落魄。

我拒绝了去见他，更不想让他的成功对比出我的落魄。但送信给我的人，带着必须邀请到我的任务，同时也诚实地讲了去市里聚会的缘由。

队友知道我是个好面子的人，生怕他来小镇，会给我增添接待的负担，索性就以聚会的名义见面。另外，他还在信里讲起陪床的那些日子，连当时的阳光照在第几个窗子上、我们脸上的表情怎样，都说得那么详尽。想想那时候，突然有些莫名的想念，而这想念中，一定有对年少自己的心疼。我决定去见队友！

去市里，那是我工作五年多来未曾出过的一趟远门。我八岁就独自远行，几乎整个青春都生活在城市。短短五年的小镇生活，又让我变成一个畏手畏脚的牧民。城市那么大，那么喧闹，那么空，我像掉进大海里的一滴水，顷刻就被巨大的自卑吞噬掉了。

队友的确变了，变得谦逊和讲究了。他竭力淡化他的富有和成功，小心翼翼地维护着我的自尊和敏感。讲起那段艰难的日子，他泪眼蒙蒙，整晚无数次地说，我是他的贵人。那段时光在他人生里无比美好，我是他当时黑暗生活里的一道暖光。他惟妙惟肖地描述着，当年我如何给他形容窗外的景物，说我的用力和实诚，那是他生命中的温暖。他说他其实来过我居住的小镇，也见过我，但是怕伤了我的自尊，才有了这次邀请。

那晚，我们像年轻时候一样，站在街边吃小吃，穿梭在人群里唱卡拉OK。他故意学着我的样子，把歌曲唱成杀猪调，引来路人一阵阵嘲讽。我能感觉出来，他在努力让我忘掉彼此的生活差距，我也是努力弥补着这十年的空缺。我们俩感到莫名的拘谨和客套。

第二天，我还是决定回小镇，只有那里才让我觉得舒服和自由。他也没有挽留，知道我爱喝酒，给我带了几瓶茅台，还买了几件衣服送我。临走的时候，他真诚邀请我去他所在的城市旅游，还要带我去香港、去世界各地。

我那时刚有一个小灵通，只有回到小镇才能接收到短信。回去后，我就收到他的留言，他让我打开酒盒，里面放了一些钱。他叮嘱我，这是帮我还的房款。他说："不要多想，咱俩那关系，不是这点钱能解释的。"这句话，仿佛一针戳开了我们之间的生分和客气，那个鲜活的队友仿佛就在眼前。

原以为，我们会像从前一样，从此还是无话不谈的兄弟。可是在我们聚会后的三周左右，我接到一个陌生的电话。电话是他妈打来的，待核实清楚我的身份后，哭着告诉我他出了车祸，没抢救过来，走了。

他有一封写给我的信，还没寄出，是他妈在处理他的后事时发现的。他在信里说，走遍世界各地，哪里都不如咱们老家。他现在听不得大雁的叫声，不能听草原歌曲，他说，他想回老家发展，让我帮他物色一块草场。他妈觉得这是他的临终留言，他们要把他的骨灰带回故乡，让我帮助处理一些后事。

接完他妈的电话，夜色正浓。我坐在办公室的角落，巨大的悲伤和茫然仿佛把我从山顶投到了山谷，那种震耳欲聋的回响和遮天蔽日的黑暗让我不停地跌落又腾起。我的眼前仿佛有巨大的云朵飞快地移动，阳光和尘土飞速地穿透，又陷入无边的静寂。我们仿佛习惯了这种沉浮，冷眼站在世界之外，目睹着一场巨大的倾斜，却无可奈何……

那种悲伤的分量，盖过了我大爸的离去，也盖过了十九岁那年的无助，以及眼下的一地鸡毛。

我分明感到，这悲伤里，除了有失而复得的情义，还有一些怨恨和委屈。如同突然有人让你看到光明，却在你刚刚燃起希望时，把你扔到了更深的绝望和黑暗里。是那种终于开始相信美好，突然发现前面已经是尽头的绝望。

我明明已经习惯了小镇的生活，他的到来，偏偏让我看到了外面世界的精彩；明明我已经接受了平庸地活着，他却唤醒了我心中的白月光。这原本天遥地远、远离世事的希望，突然全部向你敞开了，却又突然消失了……抬头看，天空仍有璀璨的星辰，四野悄寂，风和河流的声音如此清晰。

我帮他选好了墓地，看着那青烟散去的时候，我果断地决定我要离开这个小镇，这是我对队友最得体的怀念。我相信，每个人的出现和消失都是上天的安排，和他们的遇见都是为了完成各自独立的人生。

我发誓，假如我书写自己的人生，有一段经历一定与他有关。

老五，记得吗？

此刻的家乡马兰花开了，云朵温柔，来自草原的风里，有一丝青草的味道，天空清澈而明亮，像极了你离开的那个秋天。

被悲伤裹挟的日子，我整个人是木的，仿佛被巨大的孤独浸泡着。

此时，另一件事情正在紧锣密鼓地发生。

有一天晚上，我接到二姐的电话，说她要带着夫家的亲戚回来养牛，说我在政府部门上班，务必帮助办理一下各种手续。他们引进的牛，已经在运回来的路上，只要有人担保，就可以先免费分给农民饲养，等来年秋收下来连本带利返还。

我哥就给他自认为很铁的朋友拍着胸脯，做了担保。然而，这次豪迈的担保，变成了朋友之间的反目成仇，我无辜地变成了幕后黑手。

那段时间，我成了十恶不赦的罪人，在小镇被传得沸沸扬扬。那是一段黑暗而无助的日子。有人劝我大度，开口就是一句："狗咬你一口，你能咬狗一口吗？你读了那么多书，能和那些人一般见识吗？"那半年，我无事可做，能做的就是等待还我清白和远走他乡。

我坚定了离开的决心。我想过辞职，想过浪迹天涯，想过同归于尽，想过……我很庆幸，我的领导是个善良而温和的老大哥，他默许我可以出去散心。面对无数谣言，只有他相信我不是那样的人。

我和朋友去了新疆，那是与十八岁那年的出行截然不同的远走。

那一次，我对远方有了一种近乎敬畏的向往和忐忑。我的内心深处好像突然住进来一个人，他在我内心深处看不到的地方，擦亮了一根火柴。仿佛无数个擦肩而过的人都是他，又仿佛无数次的出发都是为了遇见他。而每一次的出发，都让我怦然心动，对未来陡然充满了莫名的期待。似乎也有一个人，正从人海里向我奔来，就像那个队友一样，在某个平常而又不平常的日子，突然捎来一封信，生气地问我："你死哪去了，让我找得好苦！"

那遇见，比我经历过的还要令我热血沸腾。

原来，悲伤的时候，不妨把一切都交给明天。一觉醒来，谁能保证没有惊喜发生。

有时候活着就是竭尽全力地缝补自己的伤口

二姐终究还是结束了第三段婚姻，具体是什么原因，全家人已经没有力气去追问了，也真的是无能为力了。

从第二段婚姻到第三段婚姻，她的婚姻模式都是一样的：以为遇到了真爱，飞蛾扑火，然后粉身碎骨。失去爱，山崩地裂，要死要活。

我成家以后无数次劝她，爱情不能当饭吃，再山盟海誓的爱情终究会走进柴米油盐、你聋我瞎的庸常日子。可是，她固执地认为，一个女人一生不为爱而活着，就如同行尸走肉。她像一个斗士，在改造他人的路上一意孤行。

二姐就像是阿甘，始终奔赴在追逐爱情的路上。从这个角度来说，二姐才是一个纯粹的人，怀揣着少女时代的那抹白月光，跟这个现实的世界死磕，遍体鳞伤也在所不惜。以至于，她查出宫颈癌晚期，在保留子宫和维持生命之间，义无反顾地选择了前者。

那时候，我妈还活着，苦苦哀求她不要和命运对抗，活着才有一切。

我二姐斩钉截铁地反过来劝说我妈："一个女人，没有子宫，活得像个男人有什么意思？"

二姐颠沛流离的大半生，总是被命运举过头顶，再摔到谷底。谁也想不到，这一次她却用一己之力击退了厄运，命运的天平向这个弱女子倾斜了。三年后去复查，她的身体里居然没有了癌症的痕迹。用医生的话说——只有一种解释，穷人命大！

我却相信是精神的力量。因为她一直深信不疑：那个懂她的人正在赶来的路上，没见到他，她怎么舍得离开这人间？！

真是女大不由娘啊。二姐又义无反顾地选择了离婚。父亲这个骄傲而自恃清高的人，还悄悄给二姐夫打过电话，几乎是求告着说，看在两个老人宁愿做牛做马的份上，迁就他这个不懂事的二女儿。父亲的请求于事无补，他当着众人的面哭泣得像个孩子，转过头又给二姐施加压力："胆敢离婚，我们就和你断绝关系。"

可是，当离婚的二姐拖着皮箱回来的时候，我父亲又让我去做其他儿女们的思想工作，能不能看在一奶同胞的面子上，把刚刚移民搬迁的房子，过户在我二姐的名下。我知道，这肯定是我妈和我父亲在无数个夜晚揣摩斟酌后想出来的。这样，即使有一天他们离开这个世界，也能让二女儿有个归宿。

姊妹兄弟几个，包括各自的配偶，都毫不犹豫地将房子让给了我二姐。

二姐只在家里呆了几天，就决定外出打工，原因是我妈和我父亲竭力劝她："爱情能当饭吃了？不要再折腾了，把女儿和儿子认回来，娘母三人过也挺好的，男人是指望不上的。"

这话一定让二姐特别反感。这个活得如此颠沛流离的女子，依然奋不顾身地相信她那轰轰烈烈的爱情正在奔赴而来的路上。她一个人已经活成了千军万马，她像一个爱情的捍卫者，谁在她面前鄙视爱情的存在，她就六亲不认地站在谁的对立面。

我经历了大半年被诬陷和流浪的生活，越发变得谨慎而胆怯。二姐离婚后，我趁着她来我家小住的机会，苦口婆心地试图叫醒这个被爱情带入歧途的女子。结果被二姐理解为我翅膀硬了，看不起她这个引领我看到文字的姐姐了，就哭着离开了我家。

很快我妈就打来电话，口气很硬，让我务必回家一趟。那次，我妈非常愤怒地立在门口，等我推门进来，劈头盖脸就是一通斥责。我才听明白，二姐把我语重心长的劝告当成了对她的嘲讽，并将其添油加醋地告诉了我妈。最让我难过的是，我妈居然对二姐的话深信不疑！有句话我至今不能释怀，在我妈的理论里，我读书多，为这个家如何付出，都是理所当然的！

我感到如此寒心。我被诬告，不得不远走他乡，过着颠沛流离的生活，但听到二姐离婚，还是从牙缝里省出钱接济她。想不到在她眼里，我居然成了翅膀硬了的白眼狼。

我安慰自己，二姐此刻处在众叛亲离的境地，有这么强烈的反应也能理解，可是我妈的斥责我完全不能接受。

从十岁起，我就顶起这个破败的家庭。每次家里出现重大事情，我就是那个迎风堵枪口的人。我感觉到父母一碗水端不平的那种伤心，这些年来一直憋在心中的委屈全涌上心头，我的眼泪几乎是喷出来的。蹲在门口，我一股脑儿把这些年的委屈、付出、辛苦和成全全部说了出来……

我妈就愣在那里，显然她也意识到了对我的不公，这个从来不表功的小儿子，原来貌似平顺的背后，有如此多的艰难和辛苦。

在父亲的意识里，父母哪有错的时候，就算我有理有据地表达出这些年来的不满和辛苦，他依然愤怒地呵斥我："亏你还是读书人，那么多知识都念到狗肚子里去了，我们再不好，也给你生命了！"

可是，你们知道吗，有那么多时刻，我真希望自己从来都不曾来过这人间啊。想想这三十多年来，我在这彻夜风吹的人间所遭受的一切，那种委屈突然就像找到出口的洪水，一泻千里。谁能理解，一个八岁的小孩，在大漠深处和一条狗度过的那个冬天的恐惧；谁能懂得，一个十岁的孩子，母亲疯掉，父亲又离家出走，和仅大自己四岁的姐姐撑起个破碎家庭的日子；谁能明了，为了活下来竭尽全力地讨好他人，依然被当成废物的那个少年；谁能感受到，平白无故被冤枉成了罪人，不得不远走他乡的委屈和无望……

我也曾自我安慰，借着豁达、大度、善良和向往把那些不堪和破碎的往事忘掉。现在我才明白，有些苦难虽然熬过去了，但是那些心痛和苦涩却从来不曾离开，它会跟你一辈子，只要有个契机，它们就像一道道疤痕，瞬间恢复到当初的剧痛。

我有时候很庆幸自己会忘记一些事情，忘记，是这破碎泥泞的人间，唯一可以搭载我的方舟，让我对明天还有期待，还能感到人世间的光明和温暖。

这些年，我之所以还能那么热血沸腾地奔赴山海，多亏了忘掉。是它修补了我在人间的漏洞，让我忘掉了风雪交加、归人未归的夜晚；忘掉信誓旦旦、无人赴约的遗憾；忘掉茫茫人间空留灯火阑珊；忘掉我奔赴而来，你却刚刚离开……

有时候想想，我们在这人间要删掉多少风风雨雨、鸡零狗碎，才能够把这世界描绘得明亮起来；要掐掉多少苦痛挣扎，才能够巧妙地和这世界说一声："我来过，你记得吗？"

有些事已经过去很多年了，我为什么还记得那么清晰，是因为这些事对我的人生有很大的影响。我明白和体悟到以下的道理：

一是即使是一家人，我们也太缺少沟通。除了不善于表达，更多时候是我们羞于表达内心，以为只要无怨无悔，就能得到等量的回报和重视。事实上，人性的劣根性就是，一个家里有一个人一直付出，会被家里其他成员认为这是理所应当的。习惯可以打败岁月，打败感恩，打败亲情，打败柔软。所以，小到一个家庭，大到一个单位、团体，表达是打开心结的唯一通道。

二是不知道从什么时候开始，我们的很多坚强和豁达是演给别人看的，但眼泪才是留给自己的。

也是从那一天开始，我竟然借着喝酒，哭了大约十年。现在想来，并没有那么多的悲伤和憋屈。我就是爱上了流泪的感觉，它在不经意中冲走了我内心深处的阴霾和污垢，还给当下的我一个中年却不油腻的自己。

我很感激那十年，那是我缝补伤口的十年。这十年中，我借着想念的名义、孤独的名义、失落的名义、辜负的名义，将真实而清澈的自己交付出来，终于明白，活在这彻夜风吹的人间，最应该心疼的是自己。只有把自己活成了千军万马，才有能力抵挡即将到来的风雨和黑暗。

2005 年 8 月 15 日，阳光不燥，微风刚好，我从小镇坐了一辆顺风车去市里报到，一路上我还像怨妇一样抱怨着曾经遭遇的憋屈和隐忍，其实连我自己都不知道，回老家的那一场眼泪和倾诉，已经悄然地将那个小心翼翼的小镇青年埋了，与此同时，还埋葬了他的幽怨、胆怯、沉默和无望。一个善谈、热血的自己正一点点地蓬勃和鲜活起来。

我突然明白，原来勇气就是这样来的，当你看得起自己的时候，你就接近了这世间的美好，比如迎面吹来的风和此刻憧憬未来的心。

在每一个死胡同的尽头 都是另一个维度的天空

毋庸置疑，贫穷是可以削减你的眼界、格局和自信的。

十年的时间，足以把我从头到脚改变成一个小镇青年，人多时会木讷，喧闹时会不知所措，还像第一次进城的老乡一样，背着手逛街，总试图用手去抚摸琳琅满目的物品，来表示对眼前物品的好奇。

以上是我刚调到城里的种种表现。陪我上街的同学对我说："再在小镇呆上几年，估计你说话都会带着一股牛粪的味道。"

这话没说完，我就因为摸了路边的瓷器，被小贩讹上了，如果不买，说什么都不让离开。我同学以坐地户的口气才吓退了不依不饶的小贩。同学看着我不可思议地说："你现在怎么怂成这样？"他怎么都不能理解，曾经那个擅长社交的人，在短短的十年里就将身上的蓬勃和活力彻底抽走，片甲不留。

他根本不知道，这十年里，我经历了什么。现在想起来，我还心有余悸。贫穷对一个人的摧毁和打击是摧枯拉朽的，最具破坏性的。最可怕的是，我身处其中却浑然不觉。我接下来将用漫长的时间进行修复。

入职的第二天，我就能感觉到，他们自然而然把我划分在"从乡下来的"范畴内。这种划分有两层意思：一是精神上的藐视，暗示你工作能力、阅历资格、世面眼界都低人一等；二是提醒同事间注意站队，阵营不一样，抱团取暖的方式也不一样。

职场上的这种圈子文化，其实也带着很多不确定性。与我同时入职的，还有几个大学毕业刚刚分配来的年轻人，他们的出身也都是农村的，自然而然，我们就成了盟友和同类。

我有十年基层的工作经历，在业务上驾轻就熟，加之天生对文字的敏感，新的工作尽管是写公文，我也不自觉地将个人的审美和情怀渗透进去，恰好我的领导有文艺气质和情怀，很快我的文字就脱颖而出，这让一些人很不高兴。

他们在背地里把我描述成这样的形象：比我领导还老，顶着几根稀疏的头发，长着一张比例失调的毛驴脸。每天呆板地坐在电脑前，举着几根像椽一样的农民手指，在键盘上杵一下又一下，这样子怎么可能写出那么秀气而灵巧的文字呢？

他们不服气，可我很快就拥有了自己的专属电脑。此前，我可是手写了十年的公文。

这些年，忙于生计的我，几乎生活在一个封闭的世界。到市里工作后，突然看到一个精彩的世界，精神上的那种饥渴得到满足让我兴奋和激动。

此刻，内心深处的另一个自己正跋山涉水地从荒原中走来，带着类似面对海市蜃楼时的惊诧和不安。

人在巨大的惊喜面前反而变得不安和忐忑，生怕这到手的幸福，在一觉醒来的某个早晨，又被收回去。我深深明白了“童年的伤害需要一生来治愈”这句话的深刻含义。一个经受过苦难的人，在幸福来临时，是如此的胆战心惊，幸福也会因此而减半的。

那段时间，我经常做两个梦：一个是比赛时因突然找不到号码牌或者体检不过关，我被除名了，望着赛场委屈地哭泣；或者，考试卷子发下来，找不到笔了，我着急地哭喊，四处却安静极了，每个人都冷漠地看着我，没有一个人帮我一把。

另一个是我居然会飞翔，翻山越岭。我一眼就认出下面是我小时候的老家，我年轻的阿爸阿妈穿着崭新的袍子，仿佛在等我一起出行，仿佛又不认识我。我着急地呼唤他们，他们却不肯回头看我一眼。

很多次，我会在梦里哭醒。有时醒了，又使劲闭着眼睛，生怕一睁开眼睛就看不见他们。心底呐喊着：“你们在该有多好。”每次这样的声音越是清晰，我越会觉得不安，生怕那个声音被身边的妻子和孩子听见。

这样的梦做得越多，我就越珍惜和在乎自己来之不易的工作。很快，我的工作就得到了领导的认可。尽管那种认可不过是领导说起某篇讲话稿，流露出些许的赞许，我却像得到嘉奖一般，开心地穿过大街小巷，跑回家告诉妻子。甚至，我还会声情并茂地描述领导当时脸上的表情。

领导第一次带我去省城出差，我感觉仿佛是出国一样。这种兴奋让我产生了莫名的、无人分享的孤独。我给曾经的同事专门打去电话，委婉地向他炫耀我要去省城了，同事们并不会觉得这有什么值得炫耀，平淡地附和着，让我在巨大的失落中变得怅惘。

去了省城，住的是我三十岁以来见过的最豪华的酒店。可惜，领导临时布置工作任务，要一篇汇报材料，我整整写了一晚上的材料，连床边都没有挨一下。

结果，领导吃早点的时候告诉我，会议取消，汇报材料不用写了。我愕然地立在那里，想到那么豪华的大床，躺在上面该是什么滋味啊。我借着等领导的时间，快速地返回酒店房间，悠闲地扑到床上，我现在都记得那床反弹起来的眩晕和幸福。

那是一段幸福而简单的日子，精神上富足而愉悦，让我觉得，每天清晨的空气里都充满希冀和憧憬，隐约觉得心中无数个自己从四面八方奔赴而来。那人群中，有八岁的自己正从图克木草原雨后的水泊子中走来，有十八岁的自己从草原踏着大雪走来，有二十几岁的自己从小镇上怯生生地走来，还有无数个未来的自己。他们懂我，他们一直在人海里找我，只为一句："原来你也在这里啊！"

与此同时，少年的那一束白月光突然清亮起来，它像一只受了惊吓的小鹿，突然从密林中跳脱在眼前。

终于在某一个加班的深夜，我在文档里敲下了一行自己都觉得心跳的文字："1974 年的秋天，据说雨水比往年好了很多……"

也是从那时候开始，仿佛文字是我的娘亲。在无人打扰的时候，我一点点地记录着自己草原上的亲人们。不知不觉中就写了四十多篇没有题目的文章。

有一天，一个电台的朋友发现了我的文章，她一再鼓励我继续写下去，还说我的这些文字仿佛是从草原上赶来的羊群，还能闻到青草和泥土的芳香。她愿意在她的节目中把我的文字读给那些走夜路的人们。

她的鼓励无疑像一道亮光，把我写的这些文字照得熠熠生辉。我同意她在电台里播出，于是将我的小名告诉她，也一再交待她，千万别说我的真实名字。我那时候的理想是想在仕途上有所发展，我怕这些柔软而隐秘的文字，会跟着我遭罪和背负莫须有的坏名声，也怕它们贸然给我的工作捅出一个窟窿来。毕竟在很多人的世界里，与文字打交道的人都过于软弱。

节目播出后，很快收到了意想不到的好评。尤其是她的一个长辈，每次听完都要和她交流文字中的场景和人物感受。最意想不到的是，当初我刚入职时，背后描述我“比领导还老，顶着几根稀疏头发，一张比例失调的毛驴脸，呆板地坐在电脑前，举着几根像椽一样的农民大手，猛然在键盘上杵一下”的那个同事，居然成了我连载文章的忠实听众，说那文字中有他想要的孤独和心声，他一定要见到作者本人。

我朋友实在顶不住他的请求，几次跟我商量，可不可以跟他见个面。那时我已经调动了工作，曾经的竞争对手已经成了毫不相干的旧人，就坦然地答应了。我们准备恶作剧地在酒桌上公布谜底。

富有戏剧性的是，那个同事在饭店门口就碰见我了。他一脸不屑地打了声招呼，强调他有个重要的酒局。结果发现，我就是他重要酒局的主角，他仰慕的作者居然是我。

借着酒，他讲了自己的往事。原来我们都曾经是那个奔赴在四面八方的自己，所有的柔软和不堪都被一些文字收留起来，成了自己的挡风墙，横亘在时间的两边。

因为文字，我们都脱下了铠甲，在这人间有了底气，也为那些淤堵在心间的不堪，终于找到了放过自己的理由。

也是从那时候开始，我莫名地对每一次陌生的相遇，都充满期待，仿佛人海里总有一个懂我的人，也如我这般奔赴在相见的路上。我恨不得把别人没有参与过的所有经历都补述一遍，让他能在人海里一眼认出我。

对遇见的那份在乎，就是我心中的一团火，是我试图爱上这人间的一束暖光。也是这束暖光，让我始终不愿意麻木和世故。

我的那些文字，居然被一家出版社发现，要给我出书，这是我从来不曾奢望过的。

样书出来的那晚，我请了好朋友们吃饭。席间，不知道为什么，想想那个曾经的自己，心里不知道是委屈还是感慨，像个孩子一般在众人面前哭了起来。那是我此生第一次感情外露，也是第一次发现，能哭出来的自己无比幸福。至此，我成了一个借着酒劲经常流泪的男人。

现在想来，十年的眼泪，终于将我引渡到了人间的彼岸，一个明艳而清澈的自己正骑着白马从天边而来。

只是，当这样的日子被岁月打磨久了后，我开始变得新人不交，旧人不见，那束暖光不知道什么时候也已经消失了，心中的那个人也确定永不再来了。

于是我在一瞬间就老了！

柔软是另一种和解

调到城里，我平生第一次尝到了什么叫饥不择食。人在生存线上挣扎的时间太久，会不知不觉给自己穿上厚厚的铠甲。一旦有机会褪去铠甲，那种负重后的轻松是没有尽头的，如同从高度警惕到高度放松，我也从一个极端很快就进入了另一个极端，由极度的自卑沉默迅速变成了极度的豪迈和热情。

我像圈养时间太久的羊，重获自由的放肆造成了短暂的失控。我对每一个陌生人充满了希望和热情，生怕因为自己的草率和粗糙而错过了他们。

每当有机会见到陌生人，我就会莫名地兴奋和激动，仿佛怀揣在心里的那个人，就会这样不经意遇见。我竭尽全力地、在最短的时间内展示自己，卖力地展示着他们不曾参与过的曾经。眼泪就在这个时候变得特别多，尤其是酒喝到微醺的时候，无数个曾经不堪的自己就会马不停蹄地奔在遇见的路上。借着想念和遗憾，眼泪就像决堤的洪水越抑制越迅猛。如果此刻还能得到别人感同身受的呼应，我就像迷路的羔羊终于找到羊群一样，错综复杂的情绪一起涌上心头。

这种心绪是极其复杂的，临床表现就是眼窝浅，内心极度柔软，对别人充满了莫名的期待，然后就是无根而起的孤独。一方面谴责自己怎么会这般丢人和无可救药，另一方面又特别享受这种被世界温柔以待的幸福和放松。

有时候我想，每个人来到人间之前，就像一个配置好的行囊，这一生认识多少人，经历多少苦难，走多少路，说多少话，甚至流多少眼泪，被多少人辜负，都预先设定好了数量。比如我，那些年的沉默和假装坚强已经攒下了太多的情绪和眼泪，现在终于借着喝酒和相遇的名义，源源不断地开始流淌。于是，我就在这种思绪中，赶赴着一场又一场的不期而遇。几乎每一个对我表示出些许欣赏的人，我都是按照生死弟兄的标准来交往的。

有一次，我在接待中认识了一个人。我们从没有交集。但不知为什么，恍惚中老觉得他就是曾经的自己。我主动偷偷替他喝酒，还用蒙语和他沟通，少倒一点酒给他。

他很感激我，后来我们就成了好朋友。我轻而易举地把我的远方、憧憬和心中无数次描摹过的遇见，一厢情愿地摁在了他的身上。我甚至借着喝醉酒的名义，贸然给他打电话，邀请他来草原看我。有时候站在夜空里，我会讲起我的童年，讲我的想念和莫名的孤独。我有时候也会流泪，仿佛失散多年的至亲终于久别重逢一般。

我自视他是可以交往一辈子的兄弟。每一次他过来，我都会竭尽全力地展示我的人缘，我的豪迈，我的优秀。刚开始，他会感激我对他的热情接待，我也会略带夸张地表达与他的相遇。慢慢地，他竟然以“来十八线小城救赎我”的恩人身份自居，甚至多次在众人面前炫耀，因为他我才拥有了很多朋友。

我们心心念念追寻的相知，往往会变成熟悉之后的挑剔和不屑。我们习惯了身边没有风景，习惯了越亲近的人越难得到祝福。

后来，我们在“敢说诤言”的操作中，渐渐变成了最熟悉的陌生人。

那次，我去他的城市出差。告知他的时候，他很冷淡地说：“在外地。”另外一个朋友听说我去了，张罗一帮老朋友聚餐接风，也叫了他，只是没说我在。于是，谎称出差的他现场穿帮了，那个场面的确比直接拒绝更为尴尬。

席间他一直在玩手机。组织聚会的朋友也觉得气氛实在尴尬，就草草结束各自散场。临出去的时候，我听见他和电话里的人小声抱怨：“参加了一个无聊的局，应付了一下，现在终于可以好好聊天了……”

那天，我感觉无比失落。这个因他而亲切的城市，又回到了当初的陌生。可是这分明不是失落，是那种热脸贴上冷屁股的心寒，是对你说了晚安，转身对别人说睡不着的疏远。

希望越大失望越大。他其实还是真实的他，只是我一厢情愿地夸大了情义的分量。我从小镇出来，铠甲穿得太久，只要有一丝光线就觉得看到了整片光明。遇见是我的动力和对未来的信仰，这是我热爱这破碎泥泞的人间最充分的理由。

我的“遇见”塌方了，破碎的后果就是内心深处曾经努力擦亮的火柴被熄灭了。之后的黑暗里，只有尘埃落定的寂静。

我依然会去喝酒，依然会见到陌生的朋友，却再也没有那种不管不顾的执着和蠢蠢欲动的希望。渐渐地，这种沉默和从容变成了习惯和安然，甚至是世故和麻木。

某天一觉醒来，我发现自己老了。我开始无可救药地怀旧，尤其是那些逝去的亲人总是在梦里不请自到，有时候还会觉得委屈，甚至会在梦里哭醒自己。

我喜欢上了两件事：一是唱歌。有时候内心深处会源源不断涌上来某些旋律，摁都摁不住。我喜欢上了独处，喜欢上了走夜路，觉得每一件旧事就是一段旋律，有时候会唱到忘我。而且，这些旋律和某几句特定的歌词是粘在一起的，那感觉太像我在体校训练时的情景，表面越平静内心越沸腾，沸腾的旋律化作一首一首的歌曲。不知不觉，我就有一种想去远方的冲动，尤其是看夕阳余晖。我有时候会追着夕阳到了忘我的境界，接着就是没有缘由的无边寂寞和孤单向我涌来。二是写文章。闲暇的时候，有一些人和事突兀地跳了出来，我就像暮归的牧童，用一己之力把与他们有关的文字连在一起，直到月亮升起，星星回家。只不过，一些宏大的场面和故事都忘掉了，而那些琐碎的细节却越发清晰。每当此时，那些当年觉得难以熬出来的苦难竟然渐渐变得美好起来。

这样的情景差不多持续了两年左右，然后我就变得踏实而安然。仿佛我圈养的一群羊，在暗夜里悄悄地从破败的窟窿里窜出去，跑到了旷野，回归了自然，再也追不回来了。我依然还会出去喝酒，依然还会向往遇见，却再也不会像祥林嫂一般讲述自己的哀怨。

那年，我摔断了胳臂。半年才来一个电话的死党尼玛次仁说要来看我。见到我，他一边骂我：“挺大个人，没把你碰死？”一边又小心翼翼地吹着气，心疼地摸摸我的伤口，逼着我把一大碗骨头汤干掉！

八月份，又接到他的电话，吞吞吐吐地问我可不可以去看看他。他说，妈妈去世四年了，他在世上唯一牵挂的人终于去了遥远的天上，他还是想出家，问我能不能最后见他一面。

那时候我还是一个内心混沌的人，心想，他出家都说了几十年了，这一定是想让我过去，才找了这么拙劣的借口。

我工作也不忙，就去看他。他和往常一样，从镇上接我回山上的他家。我们还是没有正形地互相怼了对方一路。我根本没有想到，这一别，便是永远。

他用他妈的骨灰做了白塔，请了八十个喇嘛念了三天平安经，又心血来潮地送了我一个宝瓶，专门陪我去了一趟塔尔寺。那次我幸运地见到了活佛。

我依然觉得我们有的是时间见面，还谋划着，等我工作有了起色，把他接到我生活的城市居住，这也便于我们天天见面互相“骂骂”对方。

我现在还记得，我临上班车的时候，他跑到不远的小卖部买了两个馕扔给了我。

我们隔着窗户互相扮着鬼脸，这和以往的无数次见面和分开毫无区别。只是车启动的时候，汽车的尾气冲在他的脸上，他的头发被气浪吹起，像牛角一样。我的记忆一直定格在那一转身的瞬间，他抿着嘴挥手的样子。

很快，我从他亲戚那里得知，他真的出家了，而且去了尼泊尔。

刚开始的那些年，我还没觉得什么，反正从毕业到现在这几十年里，我们见面的时间也少得可怜。我觉得，他一定会回来，还会操着一口蹩脚的普通话跟我对骂。可是这十几年里，他杳无音讯。

拿回宝瓶的十年里，我渐渐地世故，渐渐地遗忘，渐渐地成熟，也渐渐地从容。尤其在亲人接二连三地逝世后，我以为我接受了分离，直面了生死，甚至有时候还庆幸出家的他不用再承受世间的苦难。可是好多次，喝酒后在回家的路上，我忍不住翻出他的电话打了过去，总是盲音。那时候就忍不住会流泪，甚至有几分恨意地骂他："你个泡，死哪去了，你耳朵烧不？"

我理智地接受了他再也不会和尘世有任何交集的事实，又忍不住地想，以我对他的了解，他一定会在某个清晨或者日暮打一个电话过来，哪怕他粗鲁地骂我："你个泡好吗？"

可是没有，他决绝地离开了。他真够绝的，我连梦见他的机会都没有，即使我努力想让他入梦，他的身影也那么模糊，绝不让我看清他的脸庞。

十年后的某一天，我陪三姐去找喇嘛念经加持。那个喇嘛笃定地说，我家里有个宝瓶，想要回到它该回的地方。我又想起次仁，那个一转身挥手的他早已远离尘世。

在和妻子往塔尔寺送宝瓶的路上，我想起了他，想起那些曾经向往的远方，其实就在一转身的瞬间。我们在人间最大的不幸，就是用拙劣的演技，卖力地诠释着命运。

如果事与愿违，
请一定相信是上天另有安排

我喜欢流泪的十年，完全是自己没有分寸、咎由自取的结果。

那十年的柔软和善感，对情义近乎于信仰的追求，完全把自己置身于单枪匹马的境地。那种我奔赴而来，却听说你刚刚离开的孤单席卷了我的整个世界。

女儿出生了，她的到来让我相信善良也能拼凑出幸运的模样。

如果说，儿子的出生让我感到空气都是甜的，那么女儿的到来，让我坚信，即使这人间彻夜风吹，也是值得的。也是女儿的出生，让我明白爱其实是一种能力。

儿子出生的时候我二十五岁，无论心智还是生活的能力都没有成熟，我对儿子的爱只是出于本能。我把没有实现的梦想强加给儿子，就好像我下了一颗蛋，期待他能替我完成飞翔的梦想一般。

在教育儿子这件事上，我不知不觉完全拷贝了我父亲的做法，理直气壮地以“为了他好”的名义，把自己的无能为力甩给了他。我潜意识里觉得儿子是我的私有财产，我对他的人生有完全的决定权。

我完全错了。我一个数学癌晚期患者不知道从哪里来的自信，时常用最恶毒的话斥责儿子。

女儿还未到来的时候，十岁的儿子已经初现学渣的特质。我们貌似“为了他好”的教育已经变得举步维艰。当我们决定要二胎的时候，周围的人几乎都持反对的态度，理由是，已经有一个半成品，难道还要养活两个半成品不成？

我特别向往家里人多热闹的氛围，内心深处更藏着“女儿奴”的情结，就征求儿子意见，要不要一个妹妹。想不到这个小小少年表现得比我这个成年人还从容和清醒。他甚至没用眼睛的余光看我们一眼，说："要不要孩子那是你们的事情，你们生我不是也没和我商量吗？"

那时，为了儿子的学习成绩，我在开过无数次微型家长会之后，试图用激将法来揠苗助长。除了训斥和监督之外，我对儿子什么都没做，表现得非常低能。终于有一天，儿子听完我的训斥之后，很不屑地告诉我："你这个年龄还不知道比得上我不？"

一语惊醒梦中人，我这才发现，我们成年人最大的悲哀就是忘了自己的成长。于是从这一天开始，我放下了父亲的威严。我意识到，其实我们和任何一个人都不存在依附和从属的关系，不管是友情、亲情还是爱情，都是双向选择和双向奔赴的。爱从来不是交易和换取，它是发自内心深处的愉悦和满足。

一旦明白了什么是爱，整个人变得松弛和豁达。那是我人到中年最明媚的时候。

恰逢其时，女儿出生了。

女儿是幸运的，她是在我状态最好的时候来到了人间，从一开始就享受着饱满的爱。她不再是谁的梦想和责任的担负者。我来到人间的这么多年，第一次站在欣赏的角度，见证一个生命的绽放和蓬勃。

那时候，看着女儿粉嘟嘟的样子，我在睡梦里都能笑醒。这是多少年来我第一次在幸福来临时不再忐忑不安，不再刻意掩藏自己的喜悦。我变得高调和外露，生怕别人不知道我有女儿。我开始试着用文字记录女儿的点点滴滴。那些文字不需要那么沉重，也没那么多的规矩。我好像终于找到了自己，那些曾经怀揣了多少年的不安和胆怯离我而去，我变得充满了底气和自信。

女儿出生后，妻子还要同时照顾儿子的起居和学习，实在忙不过来。三姐得知我的难处后，二话没说就把自己的草场转让给别人，专门来城里给我照看女儿。我们和三姐一家又成了一家人。那时，每每有人问我儿子，我们的家庭成员有谁，他都会把三姐一家算进来。女儿更是，在她的世界里，三姑和妈妈是一样的。后来上了幼儿园，她每周必须要和三姑住上两天。

三姐也满眼都是这个小侄女，她遇见的所有美好都能与我女儿关联起来，比如吃到好吃的东西，开口就是：“这个蓉儿喜欢。”看到好的风景，也不免会小声嘀咕：“蓉儿喜欢。”原来爱一个人就是，全世界都是她的影子。

我在工作上，也遇到了生命里的贵人。其实每个人的贵人都是带着风、带着光、带着善意和欣赏来的。我很幸运遇到了这个人，他对文学充满了敬畏。

我想，一个人的善良和柔软一定是从不嘲笑文艺青年开始的。他虽然周旋在功利的世界，但离开工作环境，他会为一首歌落泪，会为一段文字而感动。他看过我写给女儿的只言片语，他对我的那种欣赏让人感到幸福。他会逢人介绍:“这小子可不简单啊,有文学造诣……”他会用一些华丽的词藻不厌其烦地推荐我。

人在被自信照亮的时候，内心是充盈和蓬勃的，而激情是产生浪漫主义的源泉。我能清晰地捕捉到那些淹没在生活里的纯真和良善，并愿意被它们感动。我愿意为每一个萍水相逢的人搭建平台。我从贵人那里尝到的甜头，我愿意加倍换取成别人的幸运。我热衷于组织一场又一场的聚会，希望如我一样的人能遇到自己的暖光。

我高估了自己的能力，也美化了人性里的不堪。很长一段时间，我成了那个被人过完河就直接拆掉的桥，即使这样我也乐此不疲。

如果日子就这样继续下去该有多好。可惜我生命里的那个贵人在毫无征兆的情况下出事了，他八十多岁的老母亲一夜之间就瘫倒在床，每天只是坐在窗前喃喃自语。大夫断定，老人坚持不了几日了。他显然低估了一个母亲的坚强，每个母亲在孩子面前都是钢铁战士。这个被判了死期的垂暮老人，生生地等了两年。允许被探视的时候，子女们用轮椅把她推到了儿子面前。这个活在恍惚中的母亲突然变得非常清醒，她含着泪叮嘱儿子好好改造，说：“妈妈等着你出来！”

城门失火，殃及池鱼，我也被贴上了标签，头一天还一起称兄道弟的人，第二天就形同陌路。曾经热络的圈子，很快就跟我划清了界限，绝情得连过渡和招呼都没有。我默契地疏远，自觉地沉默，深深地理解，这个世界尽管春色摇曳，我必须留守一身旧雪。

很多人愿意深信，这个世界一定是非白即黑的。一个人被打倒在地，就应该被全盘否定，连他写过的文字都变得丑陋和肮脏。

欣慰的是，这个时候也才能看清楚一些人的深情和厚谊。那个他风光的时候躲在远处的人，现在却默默地关照起他的家人。他的妈妈几乎连自己的儿女都不认识了，还能记得他。这也是这位老人离世前最美好的眷恋。

此时的我，借着工作的名义，试着独处，借着文字的亮光，努力把开心存起来，应付这些素淡的日子。

那些彻夜风吹的夜晚，是文字和爱陪我度过漫长的时光。我使劲地提醒自己记得向前看，别烂在过去和梦里。

越是这样的时候，越发觉得文字的金贵。我不想炫技，不想连累文字的清澈，尽量克制地让它们少沾染世俗。文字无疑是我的娘亲骨戚，是我在人间最后的底气。

不知不觉，我居然创作了四百多首歌。每一首歌都像我人生路上留下的路碑，藏着不同的心情。

我历经了太多的人生变数，从来不觉得苦难值得感谢。这一段岁月，烙在我的心间，无关乎悲喜，全当是一次人生的历练和修行。因为经历过这段日子，我更坚信，这世界总会有人带着热情和坚信拥抱你。熬过那些黑暗，总会有一轮明月照到西楼，五颜六色的生活，我们怎么能过成乱七八糟的模样。

现在，我只相信，如果事与愿违，请一定相信是上天另有安排。

我喝醉酒回来的晚上，我那牙牙学语的女儿，稚气地走到我跟前，怔怔地望了我一会儿，深情地对我说："爸，你不能喝酒了，你喝死了，我怎么办呀？"

这才是我在人间最值得奔赴的全部！这也是我们爱这人间必不可少的理由！

她的离去让我知道
从此再没有老家可回

二姐在外面漂泊了半辈子，终究还是回到了父母的身边。她在沙漠边缘的小镇上开了一家小宾馆，每年的旅游旺季，宾馆的生意也跟着很好。

那是我妈最幸福的时光，家里移民搬到了小镇，住进了新楼房。让她担心了半生的二姐也终于有了着落。

我妈住的是一楼，外面有大片空地。她和我父亲开垦出了一大片菜园，种了很多豆角、青菜和葱，还在边上种了很多蜀葵，六月一过，整个窗前都爬满了鲜花。

每次回去，我妈总会炫耀般地拉着我去看她的菜园，如数家珍般地指着每一株植物夸耀一番，并一再强调："你在城里，不用买菜，我让班车给你捎去。"

有一个小院，种瓜种豆，孩子们都有好的归宿，她不用担心吃穿，这是我妈多少年来最憧憬的日子。此时的我妈幸福得连八卦和上街的时间都觉得是浪费。

每次听说我和三姐要回去，她就会早早地等在我们必经的路口，远远地就笑成一朵花儿。每次见面，她三句话就会说到她的菜园和鲜花，夏天就夸奖她的每一颗果实，冬天会遥想来年的计划。

现在想起老家、想起我妈，我都会想起她站在必经路口的身影。我对我妈在人间的所有记忆都幻化成一个"等"字，等落叶，等寒风，等新年的烟火和更好的我们。

想我妈的时候，我特别怕回老家，我妈不在的老家太过冷清和萧瑟。我妈在的人间，不是只有礼物和花才浪漫，原来听我妈碎碎念也很浪漫。

我妈的幸福时光很短暂，短到只有一个电话的时长，我就接到了父亲的电话。

他在电话里拉着哭音告诉我："你妈一定是疯了，老年痴呆症！你必须回来，有我没她，有她没我！"

很快，我三姐也赶了过来。同样内容的电话，看来已经打给了六个儿女。

三姐还原的事情真相是：最近我妈很反常，每睡到半夜就会把我父亲打醒，并且非常愤怒地告诉我父亲，想起他年轻时做下的那些损德的事，她就气不打一处来！

种种迹象表明，我妈肯定是精神上出问题了，这个一辈子活在我父亲权威里的女人如果没疯，谁给她那么大的胆量。年轻时，我父亲在外面不规矩，我妈哭一场就能原谅；我们家最需要一个男人担当的时候，我父亲以死来逃避责任，我妈哭一场就好了；我二姐离家出走的那年，我妈疯了，我父亲走了，等我妈清醒的时候，哭一场就好了。眼泪和梦想是我妈度过艰难的止疼药，现在是她最满足和幸福的时候，说她疯了，我完全不相信。她一定另有隐情。

我和三姐急急忙忙地赶了回去，我妈依然等在我们必经的路口。见到我们，她依然兴奋地讲她的菜园和鲜花，还神秘地拉着我的手告诉我："给你留了一个你爱吃的蜜瓜。"

我几次想问我妈打父亲的事情，我妈都非常敏感地岔开话题。后来等只剩下我和她的时候，她主动和我聊起父亲："你老子一辈子了我都忍了，自从搬到楼上，又和小区里的女人眉来眼去，我倒无所谓，我不想给你们子女丢脸！"

我替父亲打圆场，哄着我妈说："七八十的人了，他还有这种行为，说明身体好，你快别管他了……"

我妈听到我说这话，一定很失望。她突然从床上蹿起来，非常愤怒地拉开门怒吼道："走！白疼你了！"

我当时还觉得我妈不可理喻。我妈去世后我才渐渐明白，那个大度的女子，她一直不曾原谅一个男人的背叛，她只是为了自己的孩子隐忍了一辈子，委屈了一辈子。

二姐又恋爱了。五十岁的她，依然相信能遇到爱情。结果在网上认识了一个自称是工程师的骗子。

刚刚尝到一点生活甜头的我妈，顾不上盯着我父亲算账。她给家里每一个人打电话：“劝劝你二姐，不要折腾了，如果找了一个你老子这样的男人，还不如一个人利索！”

我二姐正沉浸在爱恋的幸福之中，我们的一切提醒，都是对她幸福的诅咒和嫉妒。

她不仅把我们兄妹提醒她的话悉数告诉那个骗子，还偏听偏信，把我们都拉黑或删除。那个骗子已经摸清了我们家的底细，把我和三姐当成他最大的威胁，添油加醋地游说二姐。二姐就莫名其妙地跟我决裂了。

我妈去世前的最后一年春节，是我们兄弟姊妹人数最全的一次聚会。年夜里，每家人都说了很多祝福的话。我妈那晚也很开心，主动喝了一点酒，一个劲地感慨：“我做梦都没有想到，还能看到一家子这么圆满的聚会。”

那晚，我二姐遇到的那个骗子以回去陪自己老妈的名义，没有留在这里过年。沉浸在爱情里的二姐，隔一会儿就躲出去打一个电话，即使料峭的寒风，也挡不住她脸上幸福的笑容。

我妈把我叫到卧室，望着二姐出去的背影，悄声叮嘱我：“我就不放心你二姐，我要是走了，你一定帮妈妈照顾一下你二姐。”

我当时还非常生气地说：“大好时节怎么说这么丧气的话，儿孙自有儿孙福，不必担心，你的首要任务就是健康开心。”

我妈好像意识到什么，虚张声势地在空气里做着“唾”的动作，表示收回自己刚才说的话。

现在想来，一个人离开是有预兆的。我妈在那年的八月份去世了。

我妈去世前的一个月，这个一辈子不愿意出门的人，主动提出要去每个子女家小住几日，就连住的最近的大哥和大姐家，她都去住了一晚上。我和三姐住在城里，她来我家住了十一天。那时候因为我的领导出事，我的工作也几乎搁浅，正犹豫要不要辞职。我妈一定从我和媳妇的聊天中听到一些什么，有时就定定地望着我，突兀地对我说："没事，大不了回老家放羊去，现在移民了，咱们老家也不错。我一直给你老子安顿，骨头硬点，给娃娃留点后路，以后万一要回去，还有个地方，咱们的老房子还在。"

我哑然失笑，慌忙给她解释，我养活家人没有问题。我那时候刚开始在网上写文章，已经挣了一点钱，我就让她看我的转账记录。她很欣慰，向我孩子炫耀："你爸小时候就懂事，那年我们去草原上看老姑，你爸就说，他是我的保护神……"

我妈得知我贷款没有还清，竟然还想着能不能摸彩票中奖来帮我。现在想来，她是一个多么天真又热情的妈妈，总是试图用梦想和奇迹来帮她的儿子渡过难关。

我妈住了十一天后的某个清晨，要求我把她送回老家。那时候，我正忙着一些烂事，是我媳妇开车送她回去的。临走前，她突然深情地望着我说："这一生，妈妈很满足，这也是最后一次见你了。"

我当时心里咯噔一下，觉得特别难受，故意轻松地埋怨道："好好的就说这种丧气话！"

想不到这是我们母子在人间的最后一次见面。我妈回去的第五天早上五点多，在睡梦中走了。

她去世前，她的六个子女都不在身边，只有三姐夫和我父亲在。等我回去的时候，她穿戴整齐地躺在那里，像一个随时可以拎走的行囊，孤孤单单地横躺在炕上。此时，她种的蜀葵花正开过了窗台，热烈又苍凉。

我妈刚去世的那些天，我理智上知道我妈走了，从此我在人间再也没有妈妈了，我回老家再也没有人那么隆重地在路口等我了。可是直觉中，她只是穿上新衣服，去草原的姥姥家了，或者只是去赶一次那达慕而已，很快她会回来。

她下葬的时候，我虽然也哭了，但是那只是本能的反应或者被某种气氛裹挟着流泪，甚至我还会在某一刻欣慰地想，她终于不用担心了，也不用卑微地求助梦想止疼了。甚至，我更会私心地想，她一定会见到我的那些早她而去的亲人，一定会记得替我去看看他们。

后来我才知道，思念比悲伤更疼。我妈离去的时间越长，我在人间尝到没有妈妈在的日子越久，思念和遗憾就会与日俱增。

而这种想念会时刻根据境遇而改变，当你获得荣耀的时候，那个世界上由衷地为你喝彩的人不在了，你知道有多心疼吗？当你陷入低谷的时候，那个世界上最为你担心的人不在了，你知道有多庆幸吗？可是看到一个和你背影相似的人从眼前经过的时候，那个你侍弄过的牵牛花爬上窗棂的时候，你坐过的藤椅，穿过的衣服，你憧憬的地方，未了的心愿……当这些画面扑面而来的时候，我还是不能自已，还是会站在繁华喧闹的街头，泪如雨下。

妈妈，你知道吗？悲伤还有期限，而想念却遥遥无期。

我还完最后一笔贷款的时候，我出了第一本书的时候，我唱了那首写给你的歌曲时，甚至我被人诬陷的时候，被诋毁和非议的时候，与车祸擦肩而过的时候，走在回家的路上和亲人说起你的时候，我总会失态，会无法掩饰自己，会莫名地孤独到崩溃。

三姐总是在遇到难怅的时候，哀哀地说："要是妈妈在，还能跟她说一说。"接着就会无声地落泪。原来这就是想念的模样！

我妈刚去世时，我还可以去写很多怀念我妈的文章，还能冷静地记录自己的心情，还表现得特别豁达和大度。可是有人在我写的文章下面恶毒地留言："我可喜欢看你家死人的文章了！"

看到这样的留言，我倔强地找到那个人，用最恶毒的语言骂了回去。刚开始还有人说我不够大度，和一个女人一般见识，我立刻把来劝我的人一通骂，并拉黑。

写这段文字的时候，我依然不能原谅那个留言的人。我无权原谅，我只坚信这个世界之外，一定还有另一双眼睛看着我们。

妈，我想你了，在每一次快乐和不快乐的时候。

文字是我在人间捡到的一束光

我流泪最多的十年，也是我内心最柔软和丰盈的十年。这十年也是我前所未有地感到孤独的十年。

幸好遇见了文字，文字是我最后投奔的地方。我把那些说不出口的思绪都诉诸笔端，在每一段文字里躲藏和疗伤。

那些年，我一方面展示着自己的热情和豪迈，不停地结交着新的朋友，奔赴各种聚会，话痨般地向每一个新朋友补述着他们不曾知道的过往。另一方面，我又竭力掩饰着自己的孤独和暗淡。一个人的时候总会想起那些旧人旧事。也就是从那时候开始，突然有了那么强烈的表达欲望，不由自主地用文字记录下来，不到一年的时间，不知不觉地就在社交软件上零零碎碎地写下了六七十万字。

有一天，我接到一个陌生电话，对方开门见山地说，她是某某出版社的编辑。她对我的文字极尽赞美之词，说这是她看到的最具草原气质的文字、最没有文人气的文字。最后她说，要给我出书!

我毫不犹豫地挂断了电话，笃定地认为这是一个骗子。

后来她又给我打来几次电话，我一听是她就果断挂断了。我还庆幸自己的清醒和理性。谁知道这个人也够犟的，不知道通过什么渠道找到了我的朋友，并让朋友游说我出书，说不仅不用我出钱，还会给我稿费。

我发觉，我的所谓淡泊名利都是假象，穷怕了的自己，在金钱面前根本无力抵抗。我爽快地答应了。

书出来的那晚，我第一次当着众人的面哭到失态。遗憾才是一个人最大的孤独。这世界，有的悲伤不是无人分担的无助，而是无人分享的遗憾。有些喜悦却是无比具象和明确的。比如出书，如果那些逝去的亲人看到该有多好。我只想告诉她们：“你们走后的每一天我都在努力活成你们期待的样子。”

出了书，除了有一点成就感之外，我的生活毫无波澜。我甚至削尖脑袋想挤进文学的圈子，每次都像祥林嫂一样，绕着话题告诉别人：“我可是出过书的人啊。”

事实上，只有少数人客气地敷衍一下，比如：“小乌，没看出来啊，五大三粗的，居然还能写字啊。”再比如：“挺好的，这个时代给每一个人提供了表达的机会，花点钱出本书总比喝了酒强！”

每每听到这样的话，我就忍不住卖力地解释：“不是不是，我没花钱，还给我钱哩。”

后来就没有后来了。他们中的老前辈就会安慰我：“没事没事，现在出书和出酒差不多，白菜价，容易得多。”

出书带来的挫败感是我没有想到的，仿佛这些文字也跟着我变得卑微和廉价起来，尤其是大多数人得知我出过书，他们脸上那种七荤八素的表情分明写着两个字——穷酸。

有一段时间，我怕别人说我是文人。我故意以粗人自居，故意说粗话，故意把自己当过运动员的身份暴露出来，让他们看我的胸肌，展现我的豪迈，那些年被冠以“头脑简单，四肢发达”的定论，此刻居然比冠以“文人墨客”体面得多。这些年我心心念念地追逐梦想，没想到会发生这样的变化。

我依然有挥之不去的孤独，依然有无法言说的遗憾，依然会在一个人的时候写一些文字，但是鲜少再到别人面前显摆。我与文字的关系就像一对彼此暗恋却永远上不了桌面的知己，只有在漆黑的夜晚，才腾出一点时间互相交换秘密。

直到有一天，我再次遇到了生命里的贵人。一场酒醉之后，她看到了我这些年写下的文字，一再以文学专业的眼光肯定我的文字是清澈和透明的，当时就决定帮我开设平台。

我那时候也真是鼠目寸光，几次想追问：“谁给我发稿费了？”但是苦于她的热情和认真，我把想问的话又咽进了肚子里。

在她手把手地指导下，我只好将一些旧文发表在平台上。其中就有后来让我一夜成名的那篇关于中年的文章。

一个多月后的某天深夜，她给我打来电话："你快上平台，你火了！"

那时正在睡梦中，我以为是谁家着火，惊诧地连滚带爬起来，准备推醒身边的妻儿。后来才在她的解释下知道我"火了"是什么意思。

火了后的文字，给我带来财富的同时，也让我越来越透明。我家的门牌号，我女儿叫什么名字，甚至我在某年某月说过什么话都在网上能搜到。

最可怕的是，我必须变得锦衣夜行，我必须不食人间烟火。但凡他们发现我写文章挣钱，还承揽了软文的撰写，立马就说我变得功利和道貌岸然。

有段时间，我被裹挟着出卖我所写的文字，他们喜欢看八卦我就必须写八卦，他们要求我深刻我就必须装成深沉的模样。

最匪夷所思的是，越是曾经和我走得很近的人，越开始变得阴阳怪气。无论我做什么，说什么，他们都能找到我变了的铁证。

有一些人开始用一己之力试图封杀我，谁要转发我的文章，就以品味不高的名义找那人谈话，甚至他们请人吃饭的主题就是骂我。

我才知道，很多行业是有圈子的。我误打误撞，无疑破坏了他们的规矩，他们透露出来的情绪只有两种：一是你一个毫无背景的人进入一个圈子也不知道拜码头吗？二是你一个错字连篇的家伙凭什么用短短的时间就可以名利双收？

我也算较真的人，有段时间变得戾气太重，不管是批评我的还是抵制我的，我都寸字不让地骂回去，甚至写文章骂，指名道姓地骂，用他们的伎俩和加倍的恶心，一起怼回去。

那个给我留言"喜欢看你们家死人的文章"的恶毒人，我居然执着地找到了她，要求她必须道歉。

我不能理解这个萍水相逢的人为什么如此恨我。后来才知道，她之前给我留过言，我没有回复，让她觉得我太过骄傲和清高，就对我充满了恨意。我从她的假想敌慢慢变成了不由她掌控的仇人。

我最不能理解的是，她的恨意真实而持久，只要听到“喇嘛哥”三个字就情绪失控。在她的理解中，我一个错字连篇的人凭什么不听她的话。我现在都不能理解！

那段时间我妈刚刚去世，我还不能做到自黑和坦然面对别人的恶意攻击。我们俩都是较真的人，原本毫不相干，却跨不过彼此夸大和臆想出来的坎儿。

她一直觉得我一个男人不应该和她一个女人一般见识，她用不够大度和宽容来指责我的较真。我将一个失去母亲的儿子的悲愤，转化成较真的动力和固执。现在想来，真是无聊透顶。我们那么金贵的真诚，完全没有必要浪费在一个陌生人身上，有那时间还不如多留一些文字给自己。

我很感激与文字结缘的这些年，是文字让我渐渐变得随和和柔软。文字无疑是一条流淌的河，无论是委屈还是愤怒，是喜悦还是悲伤，只要诉诸笔端，就会找到她该有的归宿，被人认领。

文字也让我多了和别人相遇的机会，让我真正体会到了什么是一见如故。仅凭着文字，我就可以得到他人的信任和尊重。我深深地相信：这人间有那么多我的同类，他们正奔赴在与我相遇的路上。这世界的确没有陌生人，只有未来得及相认的朋友。

我遇见了文字，文字救赎了我，我是幸运的。在这彻夜风吹的人间，幸亏文字成了我的泄洪口，它让那些我忍住没哭的眼泪，凌晨三点看过的月亮，以及那些无能为力和迫不得已，终于找到了一个通道和归宿，让我不再孤勇地独行。有它们的日子，我看过最耀眼的星辰，也到过一个人内心深处最隐秘的角落，遇见了人海里失散的缘分，也邂逅过人世间最美好的相遇。

因为文字，我有更多的机会和陌生人相遇；因为文字，我更加成熟和细腻。它们像一块块青砖碧瓦，正在建着一座城堡，收留着我年少的月色和秘密，以及那年那月对我耳语过的心思。

死亡是我们在人间的最后一堵挡风墙

我妈去世之前，大姐夫就老是感冒。这个一辈子要强的男人，吃两片止疼药就下地干活去了。

我妈的整个葬礼，是他一直在默默地筹划和操劳的。偶尔闲暇的时候，他也是抽着烟，蹲在墙角思谋着出殡的各种细节。

我们已经习惯了有大姐夫的生活，不管啥事只要有他在，就觉得特别踏实，我们根本不用操心。

从娶了大姐那一刻起，他就连同我们这个破败的家庭一起接管过去了。大到我哥成家、我去师范读书，小到我们家今年种什么，谁去陪我父亲看病，他都亲自动员和安排。

在一定意义上说，他不是我们的姐夫，而是我们的家长。我从来都不敢和他开玩笑，他在我心里像长辈一样存在。

我去师范念书，是他送我去的学校。一路上，他反复叮嘱我要把缝在裤衩里的学费保管好，除此之外，我们竟然没有说过别的话。

报名完毕，他请我在学校附近的食堂吃了一顿饭。开饭之前，他竟然要了两瓶啤酒，那么严肃地站起来，恭恭敬敬地举起杯，对我说："你是咱们家最有出息的人，一定不要像谁谁一样。"

他说的那个人我知道，是我们村里第一个考上大学的，自从毕业后就再没有回来过。

我毕业分配工作，恰好分在老家附近工作。大姐夫觉得我读书多，家里有什么大小事，他都会不厌其烦地征求我的意见。就算我没什么态度，他都觉得我的见识很高，反复叮嘱我的外甥们向我学习。

我成家的时候，事前事后的宴席，都是他一手准备的。他虽然还是那么沉默，但我能感觉出他从心底溢出来的喜悦。他反复地说着一句话：“他三舅，我没看走眼，好着嘞！”

他跟我媳妇开玩笑道：“他三妗好眼光，把我们家最好的一个选上了。”

我们成家后，大姐夫的三个孩子都是我看着上学、工作和成家的。外甥们学习不好的时候，我也曾经毫不客气地教训过。几个孩子都有点怕我。

我是从心底把他们当成自己的孩子来教育，这是对大姐夫的报答。他曾经也是我的家长，我如果不把这几个孩子领到正路上，从心里觉得对不起他的付出。

大姐夫在我妈出殡后的第三周突然病倒了，无论怎么打针输液都不见好转。我中途专门回去看他，他整个人都非常消瘦。我要带他去城里看病，他坚决拒绝了，理由是病不严重，吃点止疼片就好了。

我那时刚接了一个微电影的拍摄任务，和他吃了顿饭就急急忙忙赶了回去。第三天，我大外甥就给我打来电话说他爸咳出血了，想去北京看看，问我能联系上北京的医院不。

我有个老大姐正好认识北京某医院的医生。外甥订了机票，姐夫嫌花钱，他们换成火车票去了北京。

姐夫还没回来，北京的医生朋友就打来电话说：“全面检查了，放心，病不算严重，就是我们老古人说的痨病，再不能干活了，好好保养，慢慢就康复了。”

我把这个消息告诉大姐。那个冬天，姐夫明显胖了很多，整个人说话也多了。过年的时候，因为是妈妈离去的第一年，每个人都很伤感，但都竭力克制着自己的情绪。

大姐还算喜悦，刚有了孙子，儿子又买了新房，姐夫的病也好了。她反过来劝我：“不要难受了，妈妈好回世，不用再为咱们操心了。”

大姐夫依然沉默，但是非常热络地准备着年夜饭。听说我爱吃冻柿子，中途抽空说出去有点事，回老家给我找了几颗冻柿子。他是骑着摩托车出去的，回来的时候，满脸的冰碴儿，像个圣诞老人。

大姐夫推门进来的时候，我大姐埋怨道："刚刚病不咋了，让那几个娃娃去了哇！"

我也十分过意不去。我老婆责怪我："就你嘴馋，让姐夫跑那么远一趟！"

我争辩道："我就随口一说么。"

我二哥揶揄道："这个大胡子真会讨好人了。"我大姐夫一边摘掉帽子一边道："老三就是当上北京的大官，他也是我的小舅子，不用讨好。你们几个哪个没吃过我的冻柿子？"

我妈的离去，让家变得冷清了许多，幸好还有一大家子人说说笑笑，倒也觉得家人闲坐，灯火可亲。

开春的时候，大姐夫觉得身体恢复得不错了，想到儿子买新房欠下一些外债，执意要回去再种一年地。结果没几天就彻底病倒了。

起先还让我姐瞒着别人，自己靠吃止疼药维持。后来还是被我外甥发现了，带他去医院做检查，医生建议去大地方看看。

我回去看他时，他已经消瘦得不成样子，声音虚弱，说起话都觉得是在很遥远的地方，也越发不爱说话了，哪怕讲起我工作的变动和遇到的人生境遇，他都蜷缩在角落里，安静得像一只猫。连他最喜欢的孙女拱到他怀里，他都下意识地躲开。

后来一家人决定带他去北京看病，他也变得温顺而乖巧，像一个毫无主见的孩子，任凭大家左右他的命运。

那是他平生第一次，也是最后一次坐飞机。

很快外甥打回电话说，已经给他爸做了手术，情况很不乐观。我隐隐感到这个沉默如山一样的男人大面积塌方啦！

我当天就买了机票去看他。他已经无比虚弱，看到我，眼里突然有了亮光，仿佛这个他没有白疼的兄弟终于来救他了。

他努力想表示出坦然自若的样子，可是病痛和恐惧让他变得越发脆弱和胆怯。他几次想坐起来，但已无能为力。他看着我，似乎等待我能说出救他于深渊的秘方。可是他一点都不糊涂，他从医生和子女的神情中已经断定，这一次的劫难，很难渡过去了。

他像一个疲倦极了的旅者，闭上眼喘了好一阵儿，好像在积蓄所有能量，表现出刚强的样子。可是睁开眼，大颗的眼泪快速地滑了下来。

我拉着他的手，努力找寻专业而让他信服的词语，可是除了说“很快会好起来的”，就再也找不到一个可以让他信服的句子。

我的眼泪也忍不住流了下来。两个人无声地握着手，不知道说什么好。

片刻后，他依然清醒地问我：“单位能请下假了？”

我说：“没事，单位不忙。”

我突然想起，有个北京某医院的医生是我的读者，他曾经多次说，有事他可以帮忙，就说：“姐夫，好好养病，没事。我在北京有个吃劲的朋友是医生，我现在就联系他，肯定有办法的！”

大姐夫显然很开心，仿佛看到了希望。在他的眼里，他这个小舅子无所不能。他主动提出，想吃家乡的焖面。我外甥听说他爸开始有了食欲，高兴地跳着跑去买焖面了。

根据我姐夫的病情，我们做了长远打算，就在附近租了房子。我把先来的我姐夫的侄子们打发回去了，准备自己在北京先陪他一段时间，毕竟我在这里还有一些朋友。

租了房子后，买不上菜刀。我只好在朋友圈发了一条求助信息，想不到一会儿工夫，就有网友送来六把菜刀。

我外甥急急忙忙把这些都告诉了大姐夫。我下午去看他，他的精神状态很好，还问起这事，故意声音很大，明显是向周围的病友炫耀，表示他的“后台”很硬。他第一次和我开玩笑说：“看不出你这笨笨的一双手，还能写出好文章啊。”接着给身边的我外甥说：“你三舅，小时候就不一样，九岁就能把面饼擀得圆圆的。”

情况如果就这样下去多好，哪怕他一直躺在床上，有说有笑地活着也好啊。第二天一早，医生就皱着眉头告诉我们：“9号病床情况不容乐观啊，手术后血一直止不住，不行你们家属需要输血了。”

我心里咯噔一下。我那个北京医生朋友看望了姐夫以后，悄悄拍着我的肩膀说：“做好心理准备，不行你们现在出院，回家找一些偏方治疗，也许还有奇迹……”

我反复考虑，之后又和两个外甥商量，要不要把他妈接来。我大外甥坚持认为他爸能治好，来的人多，怕他爸害怕了。

我不得不告诉外甥，以我对你爸的了解，你爸远远比你们清醒，他早就知道了自己的病情。

后来在僵持下，还是决定通知我姐过来，只是没有告诉她病情的严重程度。

大姐得知让她来北京的消息后，还懵懂地说，家里的农活没干完，孙女还需要照顾。后来听说我在北京，正好可以陪她熟悉一下医院的情况，才勉强同意。她让我三姐陪着，一起坐上了开往北京的班车。

接到大姐已经是凌晨三点多了。她第一次出这么远的门，见到我还一个劲儿地说：“这就是北京啊，真大。”

她给大姐夫拿着小米和咸菜，一个劲儿问我：“你姐夫没事哇？他可没出息了，几天不喝稀粥就说肚不舒服。不知道做了手术瘦了吗？”

此刻，这个被姐夫心疼了一辈子的女子还不知道，她和大姐夫的见面将成为永别。

第二天一早，见到大姐夫的那一刻，大姐就明白了一切。此时的大姐夫已经没有一点力气。他吃力地睁开眼，又重重地闭上了。大姐在他面前表现得出奇地平静和从容，她不厌其烦地帮他擦拭身体，不厌其烦地摸着他的额头，不厌其烦地问他想吃点甚，不厌其烦地把他被角的褶皱扯平。

一旦离开大姐夫的视线，她就站在走廊里无声地流泪。我知道，她一面怕大姐夫看出她的情绪，一面又怕儿女跟着担心。她的嘴唇干裂，头发本来黄软，现在越发贴在了头皮上，像刚被水浇过一般。后来终于忍不住问我：“你姐夫能回去不？”

看病的费用已经吃紧了，我准备先回去筹措资金，让大姐和三姐留下照顾大姐夫。

我到家的第三天，三姐打来电话，哽咽着说："姐夫凶多吉少，大夫已经通知家属，让做好准备。还善意地提醒，现在出院还能出城，回到老家。如果过世了，只能在北京就地火化。"

后来听三姐说，做出放弃治疗决定的居然是我大姐。我的外甥曾固执地要送他爸进 ICU，但大姐果断地拒绝了。她懂我姐夫的意思，知道回天无力的时候，姐夫虽然说不出话了，但意识还很清楚，他久久地看着我姐的脸，然后用力地握了一下我姐的手。我姐明白了，这个男人不得不把他疼爱的人交付出去了。

出院的时候，外甥附在大姐夫的耳旁轻声说："爸爸，咱们回家吧。"

大姐夫努力睁开眼，怔怔地看着身边的每一个人，什么话都没说，只是用尽力气点了点头。

大姐夫走了，走在回家的路上。

大姐夫走了，在我妈去世不到一年的时候。

他们走后，我们家彻底变得冷清和萧瑟了。

老父亲得知大姐夫去世后，立在风中，喃喃地说："老天爷，你睁开眼看看，怎么不把我这个老东西带走，怎么把我那么好的娃娃带走呢？"

大姐夫去世后，我老父亲，这个有二十多年不说死亡的人，又开始把死挂在嘴上，感冒发烧会说："快死了哇，活下有什么意思？"不小心碰倒了水也会说："死了哇，这活下有什么意思？"到后来，比如做了一个噩梦也会说，我们没有如期回去看他，他更会说……

现在我明白，死亡是我父亲的挡风墙。原来我妈在的时候，那堵挡风墙有我妈顶着。我大姐夫在的时候，那堵挡风墙有大姐夫挡着，现在，只有他一个人孤零零地走在了荒无人烟的路上。

其实想想，我们何尝不是这样，面对离去，谁都无能为力，生死之间一线之隔。这彻夜风吹的人间，风一起，就毫无办法。经历了生死之后，我们除了认命和接受，再无他法。

处理完大姐夫的后事，我第一个念头不是安慰大姐，而是偷偷从银行取了三千元给她。大姐夫看病已经花光了家里的积蓄，这个被爱人娇宠了一辈子的女人，没有钱她怎么活呀！

因为文字，我结结实实地爱上了这烟熏火燎的人间，在面对失去和分离的时候，才不那么慌乱和无助，才不会被孤独打败，被世俗裹挟。

此后，在面对那些猝不及防的分离和打击时，我不再放大苦难或者逃避苦难，而是去从容地面对，包括此刻，回顾我这彻夜风吹的半生。

文字无疑是我在人间捡到的一束光，我不准备还给太阳，我要交付给那些年独行的自己。我将重新认真阅读这些零零碎碎的片段，从每一段文字里找到曾经的自己，并告诉他们："好久不见，你最近好吗？"是不是等我们再见面时，还能记得当年那个较真的人啊。

亲情依然是我爱这人间最充分的理由

我妈去世后，原以为我父亲这个一生都不曾喜欢过我妈的男人，终于解脱了。他可以光明正大地和那些他曾经拿来总跟我妈对比好坏的女人来往了。事实是，我妈去世后，父亲迅速地老了，老到蜷缩在暖阳下，一脸无望地晒着太阳。

按照当地的习俗，给我妈“复三”之后，我们还来不及收起悲伤，就得面对各自家庭捉襟见肘的现实，不得不回到自己的生活轨道。

三姐又把我妈生前的衣服收拾出来。我妈离世前那年，我给她买了淡蓝色的蒙古长袍，她就在过年那晚穿了一下。

睹物思人，我们姐弟俩面面相觑，想起妈妈，忍不住又哭了出来。我深深懂得了，没有妈妈的家，瞬间就变得冷清和陌生起来。不然此刻，我妈早开始忙活着给我们准备晚饭了。

我父亲依然木讷地坐在窗前，仿佛我们的存在与他毫无关系。我走过去把父亲搀扶起来，示意他回卧室躺一会儿。我父亲这才反应过来，茫然地请求我：“能再住几天不，你妈不在，这个家实在不好住啊。”

这个嫌弃了我妈一辈子的男人，却在我妈离去后，成了最不能适应的人。

我和三姐对视了一下，不约而同放下了准备好的行李，临时决定再陪父亲小住几日。

不过，我们又住了一天后，父亲就表现出了极其烦躁的样子。他对我们的作息时间、生活习惯，甚至聊的话题都极不适应。他摸黑就要睡觉，半夜三点起来看电视。一个人睡一面炕，多一个人就说挤得他睁不开眼。最主要的是，只有我和父亲在的时候，冗长的沉默让人无比尴尬。

我们努力想找个话题，又觉得毫不搭界。于是我们俩滔滔不绝地讲着遥远的国家大事，然后又是冗长的沉默。

我们父子之间缺失了太多的共同经历。他不知道我多大岁数，现在做什么工作，更是把发生在二哥身上的事情，强行安在我的身上，还会突然问我："你从图克木回来是八岁还是十八岁？"

我起先还会认真回答，后来发现，他处在一种混沌而错杂的状态中，就敷衍他。他也只是随便问问，有时候不等我回答或者纠正，他已经开始了新的话题。

奇怪的是，父亲说起自己的事情和在乎的人，连具体的时间、每个人的表情、谁坐在什么位置、当时的情绪等都头头是道。比如他讲起自己十二岁的时候，去给牧主揽工，送盐过黄河，当时他穿的衣服、过关卡时检查他们的哨兵说了什么话，都记得清清楚楚。即使现在说起来都没有丝毫差错。可是一旦说起我们六个子女的成长经历，他总是张冠李戴、颠三倒四。

我们在家又住了两天，父亲开始下逐客令。起因是我和三姐不知讲起村里什么八卦事情，声音高了。他很生气地轰我们回去："瞎个泡们，和你妈一样没心，有什么乐呵的。"

我三姐错愕不已，愣了一会儿，忍不住哭了起来，埋怨道："你就一辈子不懂得心疼儿女，我妈都死了，你还用这样的话来训斥我们。"

我父亲也很生气："滚，都滚得远远的，没你们连累，老子也不是现在的样子！"

我和三姐赌气开始收拾行李。实在是寒心，即使我们是他的儿女，因为是他看不起的女人生的，所以他就看不入眼。

我和三姐愤怒地摔门而去。三姐依然很伤心地说："你记不记得，咱们小时候从来不能在他面前表现出快乐，尤其是他不开心的时候，我们稍微笑一下，他就往死里骂！"

我哪能忘了。我和三姐第一次听到《血染的风采》，小声跟着收音机学唱，我父亲很突兀地上来就是一脚，骂道："寡笑没喜，眼里挤两点黑水，有什么乐呵的？”

父亲是个杞人忧天的人，即使有非常高兴的事情，他也会下意识地压着自己，不让自己喜形于色，好像只有深沉才能显示出他的运筹帷幄。

我们姐弟俩一边说着父亲的不是，一边准备开车离开。有那么一会儿，我三姐突然沉默了，望着窗外，吞吞吐吐地问我：“你说，没有妈妈，大大能吃上饭不？”

我也觉得自己过于莽撞了，毕竟是我的父亲，剩下他一个人孤孤单单的，又觉得于心不忍。姐弟俩几乎是不约而同决定调转车头，返回父亲的家中。

我们推门进来，显然在父亲的预料之中。他用眼睛的余光瞟了我们一眼，好像从来没有发生过冲突一般，心平气和地说：“晚饭你们想吃什么，自己做吧，我先睡呀。”

返回来后，又住了两天。后来想，这也不是长久之计，遂将其他姊妹弟兄全部通知到家，集体讨论如何安排父亲的生活。

大家决定每家照顾父亲两个月。大姐主动提出，他们家先来。那时候大姐夫已经开始生病，即使皱着眉头、痛苦地捂着肚子，还是表态：“放心，你们离得远，不要担心，我们跟前就是多一双筷子的事情。”

我妈过百天的时候，我提前一天回去。妈妈走后的老家突然变得遥远而冷清。

我回去的时候，太阳将落未落，整个小镇都浸润在一种神秘的紫褐色里。快到小区门口的时候，我远远就看见马路上迎风站着一个人，那背影异常熟悉，走近一看是我父亲。

我问他站在那里干什么，他也不看我，专注地望着远方，悠然地说：“我在等雨！”

我惊诧地顺着他望的方向看过去，天空依然是紫褐色的，风不大，树梢微微晃动。我茫然地端详着父亲的脸。他大概也看出我的疑虑，解释道：“天气预报说的！”

我突然有点心疼眼前这个老人，这不就是孤独的样子吗？

在那一刻，我对父亲所有的怨恨突然释然了。无论我如何讨厌他、看不惯他，他的神情、他孤独的背影、他等雨的落寞神态都毫不保留地遗传给了我，我身上流淌的就是这个男人的血。

和父亲和解后，我可以坦然地听他讲话，坦然地接受父子间不说话的尴尬，坦然地接受他的毛病。

原来以为和父亲的相处，将是我在人间最温暖的时光。他竟然当着那么多人的面夸我；他还给小区的人吹牛，他儿子多有本事，不仅出书还创作歌曲；他还炫耀我带他去过延安和银川。

可惜这样的时光太短了。姐夫去世后的第三年，父亲突然就不想活了，先后吃过安眠药、除草剂。

起先我们闻讯后，哭天喊地地奔赴回去。幸亏被身边的姊妹发现得早，没有什么大碍。他好像很享受被子女们围着嘘寒问暖的感觉，每过一段时间就要寻死一次。

我发现了这个端倪，和三姐商量，必须客观地面对这个事情。等他冷静的时候，我尽力平静地告诉他："一是你的这些儿女，日子都过得紧紧巴巴，没有任何一家可以抛下一切来照顾你；二是要么你就跟着我们生活，要么我们继续轮流照顾你，再不行只能把你送到养老院，你自己选择；三是生命谁也取代不了，也不是儿戏，假戏真做了，我们顶多号上几声，生活还要继续进行，你自己掂量。"

我说这话的时候，内心其实非常忐忑，生怕他过于激动，做出什么过激的行为，我得内疚一辈子。好在父亲还算冷静，像个孩子一般，乖巧地点点头。

之后，父亲快速地老了。这个骄傲的男人大多数时间都变得安静而沉默，即使和我们儿女商量事情，也变得卑微而小心翼翼。有时候看他这种态度，我会莫名地心疼。我就不厌其烦地告诉他："即使其他儿女不管你，我也会管你的，有我吃的就有你吃的。"

听说我去云南开民宿，他非常忐忑，觉得我离他越来越远。我反复解释，现在交通这么发达，我随时可以回来的。他若有所思地点点头，可是没隔一天，又打来电话问："不会不回来吧？"我又反复解释，他才终于放心。

我在云南的时候，每隔一天，三姐就打一个电话给他，讲讲我们正在干什么。他提出要吃食堂的饭菜，我就联系附近的饭店，让每天做好饭，送到家里。我快从云南回来的时候，他又打电话说，有要事商量。

我急急忙忙地赶回去，才知道他想去养老院，理由是孤独得不行。

那段时间，小区里的一位老人刚去世，就在父亲的房子前面搭建起灵棚。父亲总能隐约听见哭哭啼啼的声音，看到那位老人变形而模糊的遗像。

我进家门的时候，他居然专注到没有察觉出我回来。他的脸上蒙着一层惶恐的神情，一见我，居然像个孩子似的哽咽起来，嘴上仍然倔强地说："这老汉可惜命了，还不得走这条路？我才不怕！"

我安慰他："生死有命，谁是谁的寿数，有的人能活一百多呢。"我这话好像管点用，他又恢复到了先前的平静。

那晚，我睡在他的旁边。临睡前，他又给我讲了一遍他的一生，版本当然面目全非。他极力躲闪那一段逃避的日子，在他的描述中，自己已经活成了一个钢铁战士，披荆斩棘，所向无敌。

我终于理解，他想用想象出来的强大，掩盖一个父亲的尴尬和无能为力，因为他一直知道自己与人们口中伟岸的父亲相差太远。我任由他说着，不再纠正，我甚至有那么一刻帮着他修复一个父亲的形象。我知道，这是他面对死亡唯一的铠甲，这也是他在人间最放不下的遗憾。

用三姐的话说，父亲会心疼人了！这也许是他用尽全力想做出一个父亲该有的样子。毕竟如他一样平凡而极其普通的我们，面对绝望的时候，除了虚张声势，还有什么办法呢？

其实我早就接纳了他的懦弱和不安，也从他那里早早地与无数个平庸、甚至不堪的自己和解。由此推及，我的儿女，我也放下对他们好高骛远的期待。我深深明白，在这人世间，只因为是亲情，我们会心甘情愿地把所有过错扛在自己肩上。其实，不管是父母还是子女，大多数的人根本无法做到神圣和伟岸，怕黑的依然怕黑，胆小的依然胆小，大可不必因为没有达到文学书里的高度而心怀忏悔地活着。

有人带你来人间，就是亲情最初的渊源。毕竟你猛一抬头，看到那个和你相似的背影，你会不由地联想，那不是对我们苍老的预告吗？

我死心塌地地相信了，父母和子女是彼此赠予的最佳礼物。这份深情只会涨潮，永远都不会退去。

所有的故事终将会落幕

二姐终究还是被骗了，被骗得非常彻底，不仅苦心经营的客栈彻底关门，连这些年积攒下来的所有养老钱也一分没剩。最匪夷所思的是，骗局被揭穿的时候，我二姐依然死心塌地为那个骗子辩解，说他给了她真正的爱情。

二姐这一生最大的悲剧就是太相信爱情了，可爱情不能当饭吃，这破碎泥泞的人间，对于普通人来说，活着就已经拼尽了全力。

二姐与家里人的决裂，在一定意义上是一次与现实世界的对赌。她多么希望用这种赴死一般的决绝，唤醒爱情，感动爱情，好让她体面地奔赴，得体地离开。她太想给家人和认识她的人证明一次，她这一生的倔强和追逐是值得的。

可惜生活的残酷不仅是把你打倒在地，而且还要在你身上再踩几脚。

自从二姐跟着那个人远走他乡后，我们姊妹几个就想尽一切办法打听她的消息。尤其是大姐，借口不小心拨错了，打通二姐的电话，一面忍受二姐没好气的指责，一面又哀哀地求二姐不要固执，混不下去记得回来。

每次挂了二姐的电话，大姐还会低三下四地求其他姊妹原谅二姐的决绝。她总说："毕竟我们是一母同胞，妈妈不在了，我必须担起这个重任。"有时候，她也会劝我："你二姐就那个脾气，不要跟她一般见识，该帮的时候你也必须相助，幸好她还没疯，疯了你能不管吗？"

想起二姐说的那些决绝的话，我其实是非常伤心的，但想起我妈活着时放心不下的样子，又无法恨起来，只是祈求上天保佑，二姐能被良人所待。可惜，这世界上根本没有上苍。二姐又在外面漂了几年。

那年腊月，奇冷，风刮得厉害，偶尔会发出那种凄厉的声音。

我父亲居住的小镇，就在大漠的旁边。风沙里裹着风沙，声音里裹着声音。这种天气，跟二姐第一次离家后我妈疯了的那年一模一样。

这简直是情景再现。我的心情莫名低落，总感觉要发生点什么，就开车回家看望父亲。傍晚时分，父亲已经准备上炕睡觉的时候，一阵敲门声打破沉寂。我趿拉着拖鞋去看个究竟，我二姐就推门进来了。

看她的样子，显然不是衣锦还乡，而是无处可去。

我们一时不知如何开口。二姐哭着对我父亲说："对不起！"

我父亲脱了一半衣服，手停在空中，错愕地望着二姐。我们都想得到她在外面过得不好，但谁也没有想到她会如此落魄。

我急急忙忙通知附近的兄弟姊妹们，除了我二哥赌气没有到，其他人很快就聚集在一起。

大姐和三姐除了坐在一旁哭泣，再说不出什么安慰的话。

这一年，姊妹几个总算在我妈去世后团聚了。

对于我们普通人来说，只要活着就有希望。二姐还是出去打工，但是再也不相信爱情了。或许她依然相信，只是把那一抹白月光藏了起来。

有时候她会看我写的文章，会转发在她的朋友圈里。借着转发的名义，她会在前面写一段话，话里依稀还有十八岁那个少女的倔强和清高，依然能看见那个立在风中、只给远方流泪的少女。

大姐自从姐夫走后，日子一直过得孤孤单单。虽然她竭尽全力想在大家面前表现得快乐一点，但是只要见到曾经和姐夫相识的人，她就会独自坐在那里，忍不住流泪。

大家不经意讲起姐夫来，大姐会心生恨意。这个被心爱的人宠了一辈子的女子，在没有姐夫的日子不知什么才是快乐。有时候她会充满怨恨地说："你姐夫才狠心了，他凉阴阴地躺下了，知道我在人间过得怎么样啊。"我们除了默默地陪着流泪，也不知道如何安慰她。

大姐夫去世的第四年，有个年轻时仰慕大姐的发小，老婆也不幸去世了，他想和大姐搭伙过日子。让我们意想不到的是，大姐竟然爽快地答应了。反倒是她的儿女有一些微词，觉得他爸妈的感情那么好，他妈一旦改嫁，就好像背叛了他爸一般。

我得知消息后，先主动和大姐聊天。大姐也不避讳，开门见山地说："不是改嫁，就是搭伙过日子。"说着说着，大姐突然哭了起来："一个人出来进去就像个孤鬼，哪天死在家里都不知道。你知道不知道，大姐的日子就和熬年一样。"

我非常理解大姐的处境。孩子再孝顺，也有自己的生活。漫漫长夜，做个噩梦都无人可说。况且像我姐这个被姐夫娇宠了一生的女人，她还没有和孤独对抗的能力。

我和几个外甥谈了一次心，告诉他们死的人是死了，活的人还要继续啊。

其实几个外甥都很开通，只是担心他妈嘴上说可以，真正走到一起，她永远过不了对不起姐夫那一关。

果真像她几个子女预料的一样，大姐和发小走到一起后，她时刻带着一种背叛了姐夫的负罪感，整个人瞬间就老了。我们姐弟几个聚会的时候，她好像做了错事一般，总是低着头坐在角落里，话也少了。

我在云南开民宿，大姐主动提出要和我去外面走走，我也正好有机会带她去看大海。站在海边，她望着远方，突然蹲在地上哭了起来，她低声唤着我姐夫的名字，说："你现在走哪里了？你看到大海了吗？"

她掩面良久，挂着一脸的泪花说："你姐夫这一辈子算是白活了，哪也没看，甚也没享受。"

三姐自从来城里帮我看女儿后，就再没有回去。女儿上了幼儿园之后，她和三姐夫又在城里找了一些临时的工作。

我们姐弟俩离得很近，周末总能聚一聚，尤其是我妈去世后那一年，三姐也遭遇了一些生活中的不顺。在这座陌生的城市，我就是她的娘家人。想我妈的时候，她就骑着自行车，穿过大半个城市来看我。姐弟俩其实也没多少话说，她有时候就怔怔地坐一会儿，又骑着自行车走了。

望着三姐离去的背影，我总忍不住心疼，她太像我妈了，她也是用梦想来止疼的人。

听说我一个人去开民宿，她悄悄地辞掉了工作，做通了三姐夫的工作，在我决定出发的那天早上，满头大汗地赶了过来，说和我一起去开民宿吧，姐弟俩也好有个照应。

开民宿的那些日子，我才算对三姐有一些深入的了解，也第一次发现，她的内心世界里也住着一个特别文艺和浪漫的少女。她相信明天总有奇迹会发生，她会天马行空地憧憬着某一天可以去外面的世界看看，过上自己想要的生活。她幻想着，等女儿找到一个好的归宿后，她就和姐夫回到牧区养羊、养鸡，给我们提供日常的蔬菜和粮食。

我辞职的时候，所有人都反对，只有她是支持的。她说："人就活一辈子，按自己的想法活，辛苦点也无所谓。"

我开民宿的地方盛产普洱茶，听当地人说，普洱茶有减肥刮油的功效。她每去茶山都会问人家一句："哪种茶可以减肥？"很多人都会诧异地看着她，疑惑地说："你也不胖啊。"

她也不回答。我知道，她是为了自己的女儿，这是一个母亲的心啊！

第一次出远门，三姐看到什么都觉得很新鲜。没事的时候，我们俩去夜市闲逛，三姐每见到新鲜的东西，都会细数一遍家里的人，并一一对号：这种景致谁谁肯定喜欢，那道菜谁谁肯定喜欢，那件衣服谁穿肯定好看，那种颜色谁谁肯定喜欢。

有一次我们去一个山村，远远地看见一个老妇人，那背影像极了我妈在世的样子。三姐也看到了，她直直地盯着，直到那个背影渐渐消隐在山后。三姐低声自语道："妈妈活着也应该是这个样子。"

那时候，山风浩荡，阳光明亮，我的喉管里猛地一热。我望着远处的蓝，那是和老家一样的蓝啊。

我知道，三姐这个内敛的人，终于还是没忍住将平日深藏心底的思念流露出来。

有时候我想，三姐要是不生在我们这种家庭，有条件能上上学，说不定，她会是一个不错的诗人或者作家，至少不用这样小心翼翼地摁着那些生活中的酸甜苦辣，让它们不得不变成了我们每个人内心深处的飞花和落雪。

有时候我又非常庆幸我能来到这人间，遇见了至亲至爱的人。若不是他们，我这一生将缺少了很多种可能。亲情这东西，它捅开了个体生命和世界的连接点。

眼下的世界，青草萋萋，烈日炎炎，风继续吹，河继续流淌，疏远的终究会陌生，无缘的终究会错过……

我在这彻夜风吹的人间

仿佛一夜之间醒来，突然就接受了命运的安排，也接受了这破碎泥泞的人间，自己像草籽一样活着的状态。

此刻我已经过了不惑之年，正马不停蹄地赶往五十岁，内心深处也如水一般平静了，新人不交，旧人不见，即使碰到一见如故的人，也仿佛死水微澜。想想还要从漫长的过往中调出自己的人生，感觉是一件非常繁杂的事情，懒得翻腾，自觉地放弃了。

我依然多愁善感，但是很少当着众人落泪了。有时候听一首老歌，还未来得及感慨就开始犯困，通常在锣鼓喧天中睡得最香。

辞掉工作以后，我与主流的圈子渐行渐远了。曾经要好的朋友，不知道从什么时候开始，早就疏远成陌生的人。偶尔听到他们的消息，不管是好的还是坏的我都无动于衷。不是人家薄情，而是我过于寡淡。

外界很多人传我淡泊名利，超凡脱俗。他们根本不知道，所有光鲜的背后都是一地鸡毛，只是自己奔赴了这么多年，就剩下这最后的一身羽毛，稳妥地掩藏着自己最后的尊严罢了。

我收到一封匿名的邮件，内容大概有两层意思：一是劝我不要再写文章，他们觉得我过于高调；二是给我编了很多绯闻，但凡和我交往过的异性，都被认定和我有过不清不楚的关系。

还有位朋友中肯地告诉我，如果真的热爱文学，就要学会远离文学的圈子，这样才能离文学更近。

于是，我决定去南方开民宿。

我去开民宿之前，决定回老家看看！

我老是做梦，梦里总是马不停蹄地回到了小时候的地方，那对至亲至爱的人依然年轻，只是都冷漠地望着我，从不曾说半句话给我。

我还是八岁的样子，我和黑虎站在远山远水的地方，眼睁睁看着他们从我面前经过，却从不曾看我一眼。我无比着急，却一点声音也喊不出来。

我看见亲人们沿着大漠的边缘，成群结队地远去，仿佛去参加那达慕，又仿佛去夏营盘倒场。他们好像故意赌气冷落我，故意丢下我。

我在梦中不停地自责，想找一个他们抛弃我的理由，可是却找不到。

我从梦里惊醒，全身早已经湿透了。透过窗户的亮光，仿佛看见四十多年的春夏寒暑像雪花一般飞了过来。顷刻间，我就被搅进了时间的洪流，行走在无声的人流中。

我终究还是被无端地抛弃了，我的眼前只留下空荡荡的荒野和凌乱的脚印，只留下我一个人醒在黑暗里……

这是我第四次回到那片大漠。我早就知道老家已经移民，我永远也回不去了。它已经还给了大漠，不再是我所熟悉的那片土地。在这里，泥土还没经历收获，道路还不用面对尽头，时光还不用懂得珍惜，岁月还可以留住想念。

我一个人爬上沙头，尽力往远处看。我想看到炊烟，看到黑虎。可什么都没有。顷刻间悲从中来，我一个人肆无忌惮地站在沙头哭了一场。

我不甘心，莽撞地开着车，想再靠近一点。路上遇见一个牧人，他挥着手把我拦下来，告诫我："没人了，连最后一处断壁残垣都被风沙掩埋了。"

他问我哪里人，去那里干什么？

我脱口说出了小时候的地名。他错愕地看着我，言语中充满了不可思议，他摆着手说："那是几十年前的地名了，重新合并后，也已经搬迁三次了。"

说完，他转身走了。刚走出两步，又转身快速地折返到我的眼前："没听错吧，图克木，图克木二大队，腾格里沙漠最里面的二大队？"

得到我的肯定，他上下打量着我，但很快就确认我们根本不认识。

我提起几个人名，他也茫然地摇摇头。他说：“小时候听大人们讲过，那里有树化玉……”

我们两个哑然失笑。再问，他比我小很多。可不是吗？等他知道树化玉的时候，我已经离开那里十几年了。

即使这样，我们两个毫不相干的人，因为对同一个地方的回忆，立在风里有种说不上的亲切。

等他走远，我又爬上沙头看了看。我知道，今生我再也回不去了。我和阿爸阿妈的情缘其实在我八岁那年就没有了。我似乎幻想着，荒野将我的想念从很久以前藏匿到了如今。我多情地认为，他们替我小心地保存了一些逝去的东西。

其实不止阿爸阿妈，还有离去的大爸、我妈、我姐夫、我同学、黑虎……原来这世上所有的遇见都是一次性的。

一个人活着的时候，注定不得不面对那么多生死，他在人间的日子，也注定要进入四处漏风、彻夜不眠的阶段。

我决定写这部小说的时候，距上一次回去，也有六年时间了。一些当初的从容和淡然，现在看来又是另一种心境。

花开花落，四季更替，酸甜苦辣，人都要经历。世界上有两种人生打开方式：一种是经历后的懂了，一种是懂了后的尝试。前者叫成熟，后者叫成长！

这也算做我的这部小说的终结篇吧，致敬岁月，致敬遇见。

我还好，你们都要好好的。